W0305909

LE DILEMME
DE JESSIE JEFFERSON

PAIGE TOON

LE DILEMME DE JESSIE JEFFERSON

Traduit de l'anglais
par Camille S.

EDITIONS PRISMA

Titre de l'édition originale :
I KNEW YOU WERE IN TROUBLE
© 2015 Paige Toon

Published by arrangement with Simon & Schuster UK Ltd
1st Floor, 222 Gray's Inn Road, London, WC1X 8HB
A CBS Company

Responsable éditoriale : Ambre Rouvière
Éditeur : Nicolas Rabeau
Correction et composition : Nord Compo Multimédia
Conception graphique de la couverture : Nicandlou
Photos de couverture : © Jenni Hare

© 2017 Éditions Prisma / Prisma Media pour la traduction française

Tous droits réservés. Toute reproduction, même partielle, de cet ouvrage est interdite sans l'autorisation écrite de l'éditeur.
Une copie ou une reproduction par quelque procédé que ce soit constitue une contrefaçon passible des peines prévues par la loi sur la protection du droit d'auteur.

ISBN : 978-2-8104-2139-8

PEFC 10-31-1601 Certifié PEFC pefc-france.org

Depuis 2009, Prisma Media met en place une politique d'achat éco-responsable. Ainsi, près de 100 % du papier de nos magazines est certifié PEFC (gestion durable des forêts). La fabrication des livres des Éditions Prisma s'inscrit également dans cette démarche.

À mon ancien professeur d'anglais, Chris England,
et à tous les élèves du lycée Altwood.
Merci pour tous ces bons souvenirs.

Prologue

– Mais quelle tête tu fais ! Arrête de t'inquiéter comme ça !

– C'est que... Oh, je ne sais pas, Jessie, mais si tu te retrouves avec un garde du corps, c'est bien pour une raison.

Par la vitre, je regarde, maussade, le paysage qui défile.

– Oui, et c'est ridicule, je marmonne.

Quatre mois plus tôt, je ne savais même pas que j'avais un père, encore moins qu'il était une célèbre rock star. Au début, quand mon identité était encore secrète, c'était marrant, mais aujourd'hui, tout le monde sait que je suis la fille de Johnny Jefferson, et j'ai l'impression d'être embarquée à bord d'un train fou. Tout va trop vite.

Il ne dit rien, et quand je me tourne vers lui, je vois bien à son expression qu'il est tendu. Je promène mon regard sur ses bras longs et maigres, ses mains bronzées agrippées au volant. Soudain, j'ai envie de défaire ma ceinture de sécurité pour me rapprocher de lui, de manière à pouvoir l'embrasser dans le cou. Mais je le sais, le moment est mal choisi. Il est devenu ultra protecteur dernièrement.

Il jette un œil dans le rétro et fronce les sourcils.

– Qu'y a-t-il ?, je demande, toujours dans l'idée de lui voler un baiser.

– Je ne sais pas, murmure-t-il. Ce van blanc, juste derrière, nous suit depuis un moment…

Je pivote sur mon siège et regarde par la vitre arrière, mais impossible de voir qui conduit ce maudit van.

– Tu es complètement parano, je soupire avec un haussement d'épaules, quand brusquement, il donne un coup de volant, quitte la route principale et s'engage sur une voie plus étroite.

– Wow !, je m'exclame, déséquilibrée sur mon siège. (Derrière nous, sur la grande route, le van continue tout droit.) Tu vois ! Inutile de t'inquiéter. Et zut à la fin ! Gare-toi !

Il ne prend même pas la peine de mettre le clignotant. Il s'arrête dans un crissement de freins, juste à l'entrée d'une allée privée. Je lui lance mon regard le plus noir, ouvre la portière et descends de voiture.

– Hé !, s'écrie-t-il. Où crois-tu aller, comme ça ?

– J'ai besoin d'air !, je réplique en lui claquant la portière au nez.

Quelques secondes plus tard, il me rejoint. Je lui fais face, hors de moi.

– Viens. On ferait peut-être mieux d'aller chez ton père, suggère-t-il avec douceur.

Je le dévisage, incrédule. Qu'il me dise ça, je n'arrive pas à le croire.

– Non ! J'en ai assez de vivre comme en prison ! Je veux juste passer un moment en tête-à-tête avec mon petit ami. Est-ce vraiment trop demander ?

– Hé, dit-il en glissant son bras autour de ma taille avec tendresse pour m'attirer contre lui. À ma grande surprise, je me surprends à devoir retenir mes larmes.

Tout ça, c'est trop. Je veux retrouver mon anonymat. J'en ai marre d'être harcelée par la presse, marre qu'un garde du corps me colle vingt-quatre heures sur vingt-quatre. Je suis fatiguée de tout ça ! J'ai juste envie qu'on me laisse tranquille. Voilà pourquoi aujourd'hui, je me suis fait la belle. Enfin libre ! Et maintenant, il veut me ramener ? Pas question.

– Embrasse-moi, je lui ordonne, en approchant mon visage du sien.

Ses lèvres effleurent les miennes, puis il s'écarte, trop vite.

– On est garé sur l'allée de quelqu'un, me dit-il, l'air tracassé.

J'éclate de rire, rire vaguement hystérique d'une personne qui a été enfermée un peu trop longtemps.

Je recule de plusieurs pas, mais il ne me laisse pas aller bien loin. Il m'attrape par la main, m'attire contre lui et, cette fois, il m'embrasse vraiment. Le soleil cogne, exceptionnellement chaud pour un mois d'octobre. Il glisse ses mains autour de ma taille et me plaque contre la voiture pour m'emprisonner de son corps. Nous nous embrassons, comme si ce baiser était le dernier, et c'est tellement, tellement bon. Je laisse échapper un soupir quand il arrache sa bouche de la mienne pour regarder derrière moi, par-dessus le toit de la voiture. Il se fige.

– Le van, dit-il à voix basse, tendu.

Soudain, j'entends le moteur, comme un roulement de tonnerre, qui se rapproche. Puis c'est un coup de freins, et le véhicule s'arrête, en même temps que mon cœur. Car je comprends tout de suite que nous sommes en danger.

– COURS !, je m'exclame en le repoussant. COURS !

1.

Six semaines plus tôt

Perplexe, je contemple la fille dans le miroir. Elle ressemble trait pour trait à son reflet, deux mois en arrière. Mêmes cheveux blond cendré, même tresse approximative, mêmes yeux verts soulignés de mascara noir, même uniforme scolaire, outrageusement court. Pourtant, cette fille est différente, très différente même. Avant les vacances d'été, j'étais cette ado, Jessie Pickerill, orpheline depuis six mois. Aujourd'hui, je suis Jessie Jefferson, fille d'une mégastar planétaire. Seul problème, personne ou presque ne le sait.

Je dresse l'oreille quand le nom de ma rock star de père est cité à la radio.

« Les billets pour la tournée mondiale de Johnny Jefferson se sont vendus en l'espace de quelques minutes. Il y en a qui ont de la chance ! »

Je souris intérieurement. *Moi, je serai assise au premier rang !* Bien sûr, la tournée n'a lieu que l'année prochaine

– autant dire dans une éternité –, je ferais donc mieux de penser à autre chose. Mais à la perspective de pouvoir me balader dans les coulisses avec Barney et Phœnix, mes deux petits demi-frères – tout juste si je ne me consume pas sur place.

– Tu es prête ?, demande Stu, mon beau-père, au rez-de-chaussée.

– J'arrive !, je réponds et, instantanément, mon estomac se noue.

Si maman était là, elle me serrerait fort dans ses bras et blaguerait pour tenter de me faire rire. Mais elle n'est plus là et je refuse de pleurer, alors je m'efforce de la chasser de mon esprit.

Je fais ma rentrée en première aujourd'hui, et curieusement, j'appréhende, ce qui ne me ressemble pas. Mon amie Natalie est partie en prépa, après le bac. Quant à mon ex-meilleure amie, Libby, elle ne jure désormais que par Amanda. Je ne sais vraiment pas où j'en suis avec Tom, le garçon pour lequel j'ai craqué avant les vacances d'été. On avait prévu de se voir, mais depuis que je suis rentrée des États-Unis, je n'ai eu aucune nouvelle. J'ai été tellement occupée que j'ai peut-être raté le coche avec lui. Je ne tarderai pas à être fixée, j'imagine.

L'espace d'une poignée de secondes, je vois dans ma tête les yeux gris bleu de Jack qui me fixent. L'image est si réelle que pour un peu, j'écarterais cette éternelle mèche de cheveux noirs, sur son front.

C'est sûr, si je lui en avais laissé la possibilité, il m'aurait brisé le cœur. Mais j'étais folle de lui ! Et malheureusement, je crois que je le suis encore.

– On va être en retard !, crie Stu.

– Je descends ! J'attrape mon sac, et j'efface de mon esprit le *bad boy* future star de rock.

Encore une année à tenir, je me répète tout en descendant, *après je serai libre comme l'air*. Libre d'aller vivre aux États-Unis, si ça me chante. Libre de crier à la face du monde que je suis la fille si longtemps perdue de vue – quinze ans exactement – de Johnny.

À me voir aujourd'hui, personne ne le croirait.

Je ferme la porte d'entrée derrière moi et monte dans la petite Fiat blanche de Stu, tout en regardant notre maison, modeste pavillon des années 1970.

La couverture parfaite, je me dis, avec un petit sourire.

Tout a beau être différent, on dirait que rien n'a changé.

– Passe une bonne journée, me dit Stu tout en me dévisageant derrière ses lunettes d'écaille, avant de s'éloigner en direction de la salle des profs.

– Toi aussi !, je réponds tandis qu'il disparaît de ma vue.

J'ai un moment d'hésitation face au long couloir qui s'étire devant moi. Puis je me décide et me rends directement aux toilettes où je joue un moment à *Candy Crush*, sur mon smartphone. Bientôt, j'entends les élèves qui commencent à se presser dans la cour à côté. J'aurais préféré ne pas arriver avant tout le monde, mais Stu n'a pas le choix. Il est prof de maths ici. À une certaine époque, Libby venait plus tôt elle aussi, juste pour être avec moi. Mais ce temps-là est révolu.

Je soupire, éteins mon téléphone et le glisse dans mon sac, quand j'entends quelqu'un entrer dans les WC juste à côté des miens. Je tire la chasse et sors pour me laver les mains, faisant un bond quand je vois Amanda contre le mur.

– Oh ! Salut !

– Salut, Jessie, me répond-elle, la voix nettement moins amicale que lorsqu'elle s'adresse à mon ancienne meilleure amie. Un quart de seconde plus tard, elle reporte son attention sur la porte des WC fermée à clé.

– Grouille-toi un peu, Libs !, lance-t-elle en riant. On va nous piquer notre place...

Ma gorge se serre. Évidemment. Elles partageront la même table, cette année. Je me rince les mains en vitesse et sors des toilettes quand j'entends Libby :

– C'était Jessie ?

La matinée traîne en longueur. En cours de sciences, je me retrouve assise à côté de Louise, la nouvelle. Libby et Amanda juste derrière. En passant devant moi avec Amanda qui visiblement n'avait pas envie de s'arrêter, Libby m'a fait un petit signe en me demandant si ça allait. À quelle réponse elle s'attendait ? Je ne vais pas lui parler de Johnny devant tout le monde. Elle est au courant pour lui – et a juré de garder le secret –, mais depuis que je suis rentrée, nous n'avons pas eu l'occasion de discuter vraiment. J'ai passé la majeure partie de mes vacances avec les Jefferson. Mais on a dû rentrer en Angleterre d'urgence quand le père de Johnny a fait un infarctus – dont il se remet heureusement plutôt bien. J'ai fait la connaissance de mon grand-père la semaine dernière, et il a l'air d'être un sacré bonhomme. J'espère le revoir bientôt.

En plus, peu après mon retour de Los Angeles, ma grand-mère maternelle est décédée. Je la connaissais à peine – elle n'a jamais été proche de ma mère ni de moi, et elle se trouvait dans un centre spécialisé depuis des années, atteinte de démence sénile. Mais j'étais sa dernière famille en ce monde, et elle était mon dernier lien avec maman. J'ai trouvé dur de devoir m'occuper de toutes les formalités, d'assister à son enterrement. Heureusement, Stu m'a aidée, et il m'a accompagnée.

Bref, avec tout ça, je n'ai pas eu le temps de voir grand monde.

Après le cours d'anglais, je vais m'isoler à la bibliothèque le temps de la pause, avant de me retrouver encore une fois à côté de Louise pour les cours d'histoire et de maths.

Lorsque sonne l'heure du déjeuner, Amanda, super excitée, rassemble ses affaires et propose à Libby d'aller déjeuner au soleil, sur le campus. Moi, je prends mon temps et au bout d'un moment, je réalise que Louise ne se hâte pas non plus. Si j'ai angoissé à la perspective de cette première journée de classe, j'imagine ce qu'elle doit ressentir.

– Tu veux venir à la cafétéria avec moi ?, je lui demande alors, spontanément.

– Bien sûr, répond-elle avec un empressement très net.

On sort de la salle, derrière Amanda et Libby. Amanda a noué son bras à celui de Libby et lui chuchote quelque chose à l'oreille, avec des airs de conspiratrice. Elle est trop, cette fille, toujours en représentation. Libby semble boire bêtement chacune de ses paroles. Juste à ce moment, elle tourne la tête et me sourit.

– Tu viens manger avec nous, dehors ?, m'interpelle-t-elle, obligeant Amanda à s'arrêter.

– On va à la cafèt', je réponds en désignant Louise.

– Alors, peut-être à tout à l'heure, dit-elle avec un hochement de tête.

– Ou pas, je rétorque sur le ton de la plaisanterie, mais le cœur n'y est pas. Libby me sourit, mal à l'aise, pendant qu'Amanda l'entraîne vers l'escalier.

Le moral au plus bas, je leur emboîte le pas mollement, avant de m'adresser à la nouvelle :

– Tu viens d'où ?

– Portsmouth, répond Louise, timide.

À peu près de ma taille, cheveux courts en pétard blond platine, racines noires, elle a un piercing à une narine, mais aucun bijou. Sans doute l'a-t-elle enlevé pour venir au lycée. J'aime bien son look.

– Mon père a trouvé un job ici, explique-t-elle avec un haussement d'épaules. Il est médecin.

– Cool... (Elle vient juste de répondre à la question que je m'apprêtais à lui poser. Je me creuse la tête pour trouver autre chose à dire.) Ça doit être un peu chiant de se retrouver dans un nouveau bahut pour ta dernière année avant le bac, je remarque, alors que nous arrivons au rez-de-chaussée.

– C'est clair, répond-elle, sans commentaires.

Et voilà, maintenant, je ne sais plus quoi dire.

Avant même d'arriver à la cafèt', les odeurs nous assaillent. On se faufile pour faire la queue.

Et c'est là que je le vois. Tom Ryder, à quelques mètres de moi. Il est en terminale maintenant, il n'est plus obligé de porter l'uniforme du lycée. Il est craquant en jean, *Converse* grises aux pieds, tee-shirt jaune délavé, ses cheveux châtain gorgés de lumière, gorgés du soleil de l'été. À ce moment-là, il se tourne pour parler à un de ses copains, Chris, et je vois son profil. Nez droit, longs cils, visage bronzé…

Soudain, je réalise que Louise est en train de me poser une question.

– Pardon, tu disais ?

– Qui c'est ?, me demande-t-elle, vaguement narquoise.

– Qui c'est, qui ?

– Lui, là, répond-elle en désignant Tom.

Et elle me sourit avec un air entendu.

– C'est ça que tu me demandais ?, je remarque, sceptique, car je suis sûre que ce n'est pas la question qu'elle m'a posée pendant que j'étais occupée à me pâmer.

– Non, je voulais savoir si la bouffe ici était bonne, mais en fin de compte, j'ai trouvé un sujet de conversation plus intéressant…

Je sens mes joues qui s'embrasent, et c'est ce moment précis que choisit Tom, à mon grand désarroi, pour croiser mon regard.

– Hello !, lance-t-il.

– Salut, je marmonne en regardant mes pieds, et maintenant, je sens mes joues en feu. Quand j'ose le regarder à nouveau, il pousse son plateau pour se faire servir.

Une poignée de minutes plus tard, il passe devant nous avec son repas, sans dire un mot, en se contentant de me fixer avec un petit sourire emprunté. Mais il s'éloigne déjà, et je n'ai pas le temps d'entamer la conversation, si bien que mon embarras se transforme en déception. Ce n'était pas du tout ainsi que j'imaginais nos retrouvailles après ces vacances d'été.

Un moment plus tard, je suis installée à une table avec Louise, perdue dans mes pensées.

– Tu as envie d'en parler ?, me demande-t-elle soudain, tout en gobant une frite badigeonnée de ketchup. Tu peux avoir confiance en moi, tu sais. Je n'irai pas répéter ce que tu me diras. Tu es la seule à m'avoir adressé plus de trois mots...

– Désolée, je ne suis pas très bavarde, je réponds, quand l'image de Libby et Amanda bras dessus bras dessous me revient à l'esprit. J'ai besoin de quelqu'un à qui me confier. En fait, on devait aller au ciné ensemble pendant les vacances, mais j'ai dû partir, et je n'ai pas eu le temps de lui envoyer un texto depuis mon retour.

– Même pas le temps... d'envoyer un texto ?, répète-t-elle, les yeux ronds.

– J'ai été très très occupée, je réponds avec un haussement d'épaules, sur la défensive, ne voulant pas entrer dans les détails.

– Wow, dit-elle, impassible.

– Mais il ne m'en a pas envoyé un seul, lui non plus.

Vu sa mine quand il est passé, tout à l'heure, je doute qu'il le fera un jour. Et à l'expression de Louise, je comprends qu'elle pense la même chose.

– Hello, mon poussin ! (La voix affectueuse de Johnny résonne sur la ligne quand il m'appelle, en début de soirée. Je n'arrive toujours pas à l'appeler papa.) Alors, ce premier jour de rentrée ?

– Bof, je réponds, sans enthousiasme.

– Tant que ça ?

– Non, ça va, ça va... Et vous, qu'est-ce que vous avez fait ?, je demande, préférant changer de sujet.

– Meg était de sortie avec une de ses amies aujourd'hui, alors je me suis occupé des garçons tout seul comme un grand. On est allé au parc. Et on a donné du pain aux canards.

Meg est la femme de Johnny. Au début, on a eu quelques problèmes de communication, toutes les deux. Mais aujourd'hui, elle semble avoir dépassé la méfiance qu'elle éprouvait à mon égard. En tout cas, je l'espère. J'ai vraiment envie qu'on devienne amies, elle et moi.

– Vous avez dû bien vous amuser, je réponds, regrettant de ne pas avoir pu les accompagner.

– Pas vraiment, en fait. Barney a glissé sur la berge à cause de la boue, et il a failli tomber dans la rivière. Sam en a presque fait une attaque, ajoute-t-il en riant.

Américain pur jus, Sam – Samuel –, l'un des gardes du corps de Johnny, a accompagné la famille pour ce voyage au Royaume-Uni. Les garçons, Barney, quatre ans, et Phœnix, un an tout juste, sont adorables.

– J'imagine le tableau, je soupire, la voix encore empreinte de tristesse.

– Tu vas bien ?, demande Johnny, manifestement inquiet. Tu as l'air déprimée.

– Oh, tu sais, un jour de rentrée, ça n'est jamais… Bref. Et puis, vous me manquez.

– Tu viens nous voir ce week-end, me rappelle-t-il.

Comme si je risquais de l'oublier. Je vais les retrouver chez eux, au manoir d'Henley. Il me tarde trop.

– Alors, qu'est-ce que tu as prévu pour le reste de la semaine ? Bahut, bahut et encore bahut ?

– Je vais à une fête d'anniversaire, vendredi soir.

– L'anniversaire de qui ?

– De l'ami d'une amie.

– Quelle amie ?

– Natalie. Et Liam, c'est le prénom de son copain.

– Quel âge a-t-il ?

– Il vient d'avoir dix-huit ans… Bon sang, pourquoi tant de questions ?

– Tous ces gens… ils ne sont pas un peu trop âgés pour toi ?, demande-t-il.

– Tu rigoles ?

Rock star ou pas, les pères sont parfois super chiants.

– Pas de bêtises, hein, ajoute-t-il.

Alors ça, c'est la meilleure. C'est lui qui dit ça, l'ex-coureur de jupons, l'ex-addict à l'alcool et aux drogues en tout genre !

– Comme si tu pouvais me donner des conseils dans ce domaine !

– Justement, je suis bien placé pour te mettre en garde, dit-il avec calme. Je connais tout ça par cœur. Je sais où ça mène.

– J'ai l'impression d'entendre Stu, toujours à me faire la morale avec cette merde.

– Voilà pourquoi j'apprécie beaucoup ton beau-père, explique Johnny avec entrain, avant d'ajouter : Oh, s'il te plaît, surveille ton langage !

Au début, Stu était un peu méfiant vis-à-vis de Johnny. Je ne suis pas certaine qu'il lui ait encore totalement pardonné son comportement avec ma mère.

En fait, je ne suis pas certaine moi-même de lui avoir pardonné, je réalise avec un serrement au cœur. Maman est morte il y a huit mois, en début d'année, et sa disparition est encore comme une plaie à vif. Je n'y pense plus en permanence et du coup, ça va un peu mieux, mais parfois, ça me prend de plein fouet, quand je m'y attends le moins.

Elle a été tuée lors d'un accident complètement improbable, le jour de mes quinze ans. Depuis le matin, elle courait dans tous les sens, s'affairait pour que tout soit prêt pour la fête, et à un moment, elle est sortie pour acheter le gâteau. J'ai attendu et attendu son retour, hors de moi parce qu'elle tardait. Puis, peu à peu, la colère s'est muée en terreur.

En réalité, ma peur était fondée. La police s'est présentée à la maison. On nous a expliqué que maman marchait sur le trottoir quand un pan de baie vitrée s'est détaché d'une fenêtre du quatrième étage d'un immeuble pour venir s'écraser sur elle, la tuant sur le coup. Je me suis effondrée, et à vrai dire, je ne me suis jamais vraiment totalement remise.

Toute ma vie, maman m'a caché l'identité de mon père biologique. Quelques mois après son décès, le fait que je ne connaîtrais jamais la vérité a commencé à m'obséder. Le pauvre Stu ne savait plus quoi faire avec moi – j'étais insupportable, une vraie peste. Jamais je n'aurais pensé que lui savait qui était mon vrai père, et quand il a pris la décision de tout me dire, je ne l'ai pas cru.

Je me souviens très précisément de ce moment.

– Je t'en prie, dis-le-moi, je le suppliais. Il faut que je sache. C'est pour ça que je suis tellement… en colère… Je ne peux pas penser à autre chose, je ne peux pas dire adieu à maman. Pas vraiment. J'ai tellement mal, je lui en veux tellement de ne pas me l'avoir dit. Je t'en prie…

Et au final, Stu a explosé :

– Son nom est Johnny Jefferson !

En fait, à ce moment-là, je n'ai même pas réagi. Comme je l'ai dit, je ne l'ai pas cru au début. Johnny

Jefferson était un nom connu, ultra célèbre. Comment pouvait-il être mon père ?

Puis Stu m'a raconté. Maman était déjà fan de Johnny à ses débuts, avant que lui et son groupe ne deviennent des mégastars. Il m'a expliqué qu'elle suivait le groupe dans tous ses déplacements, complètement accro à Johnny, le chanteur. Ce qui me semblait plausible, maman étant folle de rock.

J'ai prévenu Stu que s'il me mentait, je quitterais la maison et qu'il ne me reverrait plus jamais. Puis – et c'est là que je l'ai cru – il a juré sur la tombe de ma mère qu'il disait la vérité.

Oui, là, j'ai su dans mon cœur qu'il disait vrai. Qu'il ne me mentait pas. J'étais sous le choc, comme si mon monde avait basculé sur son axe pour aller dévaler une colline.

C'était il y a un peu plus de deux mois. Et aujourd'hui, mon monde ne tourne toujours pas rond.

Lorsque je me suis rendue à L.A., cet été, c'est Johnny en personne qui m'a raconté ce qui s'était passé entre ma mère et lui. Une histoire toxique. Apparemment, ils avaient couché ensemble après l'un de ses concerts, puis ils s'étaient fréquentés un certain temps, mais dès que maman s'était mise à parler engagement, il l'avait rejetée. Allant même jusqu'à draguer une autre fille devant elle. Le salaud.

Elle lui a toujours caché mon existence. Lorsqu'elle a découvert qu'elle était enceinte, il était en tournée à l'autre bout de la planète, et ses liaisons avec ses groupies faisaient la une de la presse people. Elle a fini par comprendre que pour lui, elle n'était juste qu'une nana parmi d'autres. Ça lui a brisé le cœur. Et Stu était là pour recoller les morceaux.

Alors non, je ne pense pas que mon beau-père ait complètement pardonné à Johnny son attitude par le passé. Même si mon père a changé aujourd'hui, grâce à Meg et aux garçons.

Des pleurs d'enfant retentissent soudain à l'autre bout du fil, me ramenant brutalement au présent.

– Tout va bien, mon grand ?, crie Johnny à son fils que j'entends hurler.

– Peut-être que tu devrais y aller, non ?

– Oui, désolé, Jess. Barney vient de se cogner la tête contre la table.

– Aïe. Serre-le très fort dans tes bras de la part de sa grande sœur... Plus précisément de sa grande demi-sœur, mais on ne va pas chipoter sur des détails techniques.

– Promis. Prends soin de toi, dit-il d'une voix chaude. Et attention à cette fête !

– Oui, oui, je réponds, mais il a déjà raccroché.

Quand le vendredi arrive, j'ai déjà pris l'habitude d'appeler Louise « Lou ». Je lui ai raconté toute l'histoire entre Libby et moi. Elle sait aussi que ma mère est morte au début de l'année, même si je ne suis pas rentrée dans les détails. Lou est super. Je l'adore. Ça fait du bien d'avoir une nouvelle amie, j'en oublierais presque le binôme Libby/Amanda.

– Tu fais quoi, ce soir ?, demande Lou, alors que nous sommes assises dehors, sur le campus, pendant la pause-déjeuner.

– Je vais à une fête, je réponds, distraite par Tom et ses copains, en train de jouer au foot. (Je ne l'ai pas vu hier. Il pleuvait, et on est resté à la cafèt'. Il devait être en train de se détendre dans la zone réservée aux élèves de terminale. Le saint des saints...) Chez l'ami de Natalie, j'explique. (J'ai aussi parlé de Natalie à Lou.) Et toi ?

– Rien. Oh, si, j'ai promis à Chloe de l'appeler après le dîner.

Chloe, c'est la meilleure amie de Louise, à Portsmouth. Je ne suis pas la seule à avoir la nostalgie d'une vraie amitié. À cette différence que Lou n'a pas eu d'autre choix que de subir les circonstances et de suivre le vent. Or, si Libby n'est plus mon amie, je ne peux m'en prendre qu'à moi-même. J'étais tellement désespérée, après la mort de maman, que j'avais besoin de m'anesthésier pour oublier la douleur, certainement pas d'en rajouter en parlant de ça sans cesse. Et puis, la famille de Libby est tellement parfaite ! Le seul fait d'être chez eux me ramenait à ce que j'avais perdu. J'inspire, j'expire, faisant de mon mieux pour ne pas penser à maman. Je n'ai pas envie que tout le bahut me voie m'effondrer.

– Pourquoi tu ne viendrais pas à la fête ?, je suggère.

– Merci, mais je ne veux pas m'incruster.

– Nat s'en fout totalement... Du moins, c'est ce que je pense.

– OK, alors, peut-être.

Je sursaute à cet instant en voyant Tom se diriger vers nous, puis quelqu'un lui envoie le ballon, et de nouveau, il s'éloigne.

– Il y sera ?, me demande Lou, qui a surpris mon regard.

– Je ne sais pas… Je détourne les yeux et aperçois à ce moment Libby qui vient dans notre direction, Amanda dans son sillage.

– On peut se joindre à vous ?, demande-t-elle, avec un sourire hésitant.

– Bien sûr, je réponds, surprise mais ravie, sans tenir compte d'Amanda qui fait la gueule et s'assoit dans l'herbe, visiblement à contrecœur, à côté de Libby.

– Alors, cette première semaine, ça s'est bien passé ?, demande Libby à Lou.

– Pas trop mal, répond celle-ci.

Je les écoute discuter d'une oreille, en me demandant ce que Libby a derrière la tête. Car il est clair qu'elle est l'amie d'Amanda, désormais. En fait, elle donne même tellement l'impression d'être la propriété d'Amanda que je m'étonne que celle-ci ne lui ait pas collé sur le dos un tas d'étiquettes avec À MOI marqué dessus.

Peut-être que je lui manque, me chuchote une petite voix intérieure que je m'empresse de réduire au silence. Même si je ne suis pas sûre d'en avoir envie.

À nouveau, mes yeux s'égarent du côté du terrain de foot et à cette seconde précise, Tom capte mon regard. Lorsqu'il sourit, un frisson me parcourt. Je réponds timidement à son sourire puis, au prix d'un effort surhumain, je tente de me joindre à la conversation autour de moi. Mais après ça, impossible de me défaire d'une certaine nervosité.

Quand sonne la fin des cours, Lou et moi sortons ensemble de la salle.

– Alors, tu veux venir ou pas, ce soir ?, je lui demande, sac en bandoulière, alors que nous franchissons le portail pour nous retrouver dehors, sous le soleil radieux de l'après-midi.

– Merci, mais je crois que non.

– Tu es sûre ?, j'insiste, tandis que nous traversons la cour pavée.

– Oui, la prochaine fois, d'accord ?

– OK.

Je lui aurai au moins proposé de venir.

Devant nous, j'aperçois Tom sortir du bâtiment réservé aux élèves de terminale, seul. Il s'arrête, attendant manifestement quelqu'un.

– Pourquoi tu ne vas pas lui parler ?, suggère Lou, quand je ralentis le pas.

– Non, je ne peux pas.

– Pourquoi ?

– Oh, c'est trop compliqué, je réponds en secouant la tête, déterminée, avant de jeter un œil en direction du bureau de Stu.

– Il est en train de te regarder !, me chuchote soudain Lou, fébrile.

Je fais alors ce que l'on n'est surtout pas censé faire dans pareille situation. Je tourne la tête et croise le regard de Tom. Oups. Maintenant, c'est sûr, il sait que nous sommes en train de parler de lui. Je m'apprête à détourner les yeux, quand il me sourit.

Je fais chut à Lou qui glousse à côté de moi. Puis, je vois Chris, le copain de Tom, qui passe la porte. Tom fait alors un signe de notre côté, puis ils se dirigent vers nous.

– Ça va ?, je dis sur un ton que je veux nonchalant, tout en priant pour que mon visage ne vire pas au rouge tomate.

– Ça va, répond Tom. Salut, ajoute-t-il en regardant Lou, et je fais les présentations.

– Tu viens à la fête pour les dix-huit ans de Liam, ce soir ?

– Liam ?, répète Tom, perplexe. Qui c'est ?

La déception me submerge. J'imagine que je dois prendre ça pour un non.

– Il est en prépa avec Natalie, j'explique.

– Mais oui, tu le connais, intervient Chris en balançant à Tom un coup de coude dans les côtes. C'est le mec de la sœur d'Isla… Euh, comment elle s'appelle déjà ?

– Lauren ?, demande Tom.

– Oui, c'est ça. C'est son ex, en fait.

À l'évocation d'Isla, l'ex-petite amie de Tom, je décroche. D'autant que Tom vient juste de dire qu'il ne viendra pas…

– Oh. Oui, je le connais. C'est chez lui, la fête ?, me demande-t-il.

– Je crois, oui. Et tout le monde est invité apparemment, j'ajoute avec maladresse, en espérant que ce soit vraiment le cas.

– Et toi, tu y vas ?, demande Chris à Lou.

– Peut-être… Elle se trémousse un peu et, à ma grande surprise, elle rougit. Aurait-elle craqué pour Chris ?

– Alors, on se verra peut-être là-bas, dit Tom, et en un éclair, je me sens pousser des ailes.

– D'accord, je réponds sur un ton détaché, puis je fais signe à Lou, et nous nous éloignons. Tu as décidé de venir finalement ?

– Peut-être, répond-elle, de plus en plus rouge. Il faut que je demande à mon père.

2.

– Enfin, c'est pas trop tôt !, s'exclame Natalie en me faisant la bise, sur le pas de sa porte.

– J'ai à peine dix minutes de retard, je réponds, à moitié étouffée dans ses bras.

– Mais non, répond-elle dans un éclat de rire, je veux dire depuis que nous avons passé une super soirée ensemble. Ça fait quoi ? Il faut qu'on se rattrape d'urgence !

On prend la direction de la fête. Stu m'a déposée chez Natalie, sans oublier les mises en garde habituelles.

– Tu es aussi pénible que Johnny, j'ai marmonné, mais ça l'a fait rire.

– Tu es superbe. J'adore ta robe !, s'extasie Natalie.

– Merci… C'est une robe courte aux couleurs noire et menthe à l'eau que Johnny m'a offerte, à L.A., mais ça, je le garde pour moi. La tienne n'est pas mal non plus.

Elle porte une jupe noire avec un top H&M que je reconnais. Bleu ciel, comme ses yeux, qui contraste avec ses cheveux teints en noir.

– Et le bahut ?

– Ça va, je réponds. Mieux, grâce aux efforts de Libby. Et aussi parce que j'ai réussi à parler à Tom sans me ridiculiser. Mais je regrette que tu sois partie. Et toi, la prépa ?

– Génial, répond-elle, avant de m'adresser un sourire penaud. Pardon. Encore un an, et tu y seras, toi aussi.

Peut-être que je serai à L.A. Je n'ai pas la moindre idée de ce que sera ma vie dans les douze prochains mois, ou de ce que j'aimerais qu'elle soit.

J'ai déjà raconté à Natalie mon séjour aux États-Unis. Elle est passée me voir, la semaine dernière, et on a parlé des garçons, autrement dit de Tom et de Liam, l'actuel petit copain de Natalie.

Sur le chemin de la fête, on récupère Lou puis, une fois sur place, Liam vient nous ouvrir. Je comprends ce que Nat lui trouve. Grand, presque maigre, genre poète maudit avec ses cheveux noirs en bataille, un piercing à la lèvre et une rose rouge avec des épines tatouée sur l'avant-bras. Totalement son style.

– Tu l'as fait !, s'écrie Natalie en lui attrapant le poignet pour admirer son tatouage, un peu austère, mais cool quand même.

– Hier, répond-il en riant.

– Joyeux anniversaire !, s'exclame Natalie en brandissant une bouteille de vodka.

– Merci ! (Il saisit la bouteille et nous fait entrer.) Les boissons sont dans la cuisine.

Il disparaît dans la première pièce sur sa gauche, où l'on entend à fond Thirty Seconds to Mars. Natalie se dirige vers la cuisine en me lançant un regard du genre : « Alors, qu'en penses-tu ? »

– Super sexy, je chuchote, et l'éloge a l'air de lui plaire.

On attrape de quoi boire, puis on sort. Quelques minutes plus tard, mon téléphone bourdonne. Mon cœur s'arrête. C'est un texto d'Agnès, la sœur de Jack.

« Salut, toi. Je m'ennuie grave en cours de géo. J'ai la carte du Royaume-Uni devant les yeux, ça me fait penser à toi. Comment va la vie ? Tu me manques. »

J'ai fait la connaissance d'Agnès à L.A., par le biais de Jack, et depuis, elle fait tout pour garder le contact.

À la différence de son frère…

Peu après mon retour des États-Unis, j'ai envoyé un mail à Jack, auquel il n'a pas pris la peine de répondre. Je n'aurais jamais dû faire ça.

Je renvoie un texto à Agnès.

« Tu me manques aussi. Je suis à une fête. Rien à voir avec celles de Lottie… »

J'appuie sur « Envoyer » avec un petit sourire. Lottie, diminutif de Charlotte Tremway, célèbre actrice ado de *Little Miss Mulholland*, l'une de mes séries préférées.

Ça me fait tout drôle, maintenant que je l'ai rencontrée, de la voir sur le petit écran. Je connais pas mal de gens ici qui seraient fous s'ils savaient que je suis allée à deux de ses soirées réputées sulfureuses.

Un autre texto d'Agnès arrive :

« Suis trop jalouse. Merde, le prof m'a vue. Je te laisse. »

Je glisse mon téléphone dans mon sac en gloussant, et hausse les épaules devant le regard inquisiteur de Natalie. J'ai l'impression bizarre à cet instant précis, que mes deux mondes se télescopent.

Une heure plus tard, je suis assise en compagnie de cinq autres personnes sur un canapé conçu pour trois, avec la musique à fond qui résonne dans mon oreille gauche. Je suis clairement bourrée maintenant – il faut dire qu'il m'en faut peu –, et je me marre vraiment, même si Tom ne s'est toujours pas montré.

Liam est aux platines, et il vient juste de mettre les Black Kids, « I'm Not Gonna Teach Your Boyfriend How To Dance With You ».

J'adore cette chanson, bien qu'elle me rappelle Jack. J'ai fait la DJ avec lui, pour la fête des seize ans d'Agnès, à L.A. Et dire que c'était il y a quelques semaines à peine !

Sans même réfléchir, je m'extrais du sandwich entre Natalie et Lou, et traverse le salon plein de monde, direction les platines. Liam me jette un regard perplexe, puis d'un signe de tête, me laisse regarder dans son stock de disques. Tout en me déhanchant en rythme, je fouille parmi les vinyles, et souris, victorieuse, quand je tombe sur les Wombats. Il se marre lorsque je désigne le titre « Tokyo », puis prend le disque avec un haussement d'épaules. Jack va voir les Wombats en concert à L.A., ce mois-ci et, l'espace de quelques secondes, je me projette là-bas, avec lui…

Assis par terre, adossé au mur, guitare entre les mains, il enchaîne quelques accords enlevés, puis il se met à chanter, et j'éclate de rire quand je reconnais la chanson,

« Live While We're Young » de One Direction. Il ne connaît pas bien les paroles, mais il improvise, et c'est trop marrant. Je me suis moquée de lui à cause de son tatouage sur l'avant-bras, copie du fameux « ZAP » de Zayn. Jack m'a juré qu'il l'a fait le premier (et c'est la vérité). Il gratte une dernière fois sa guitare et me sourit, si sexy avec ses cheveux noirs ébouriffés et ses yeux gris bleu pétillants que j'en ai le cœur tout retourné...

Je voudrais le détester – il m'a tourné autour, alors même qu'il sortait encore avec Eve, la chanteuse de son groupe –, mais je n'y arrive pas.

Je me demande s'il la voit encore. Je refuse pourtant de poser la question à Agnès. J'essaie de chasser Jack de mon esprit mais, en un éclair, je suis dans sa salle de jeu, je le regarde dans les yeux, et je sens la chaleur de son torse contre mes seins. Puis il enfouit les doigts dans mes cheveux, prend mon visage entre ses mains, et ses lèvres effleurent les miennes.

Je rougis au souvenir de notre premier baiser, puis je regarde du côté de la porte, et je vois Tom qui me fixe. Je soutiens son regard avec arrogance et, presque aussitôt, un essaim de papillons s'envole au creux de mon ventre. Je ne sais plus où me mettre.

– Euh, hello...

Je sursaute à la voix de Natalie. Je ne l'ai même pas vue approcher.

– Oh, hello !, je m'exclame avec un sourire, juste avant de voir son expression. (Je frémis.) Est-ce que ça va ?

Elle se penche pour me parler à l'oreille.

– Moi, ça va. Mais toi ? Sa question est lourde de sous-entendus, et je vois ses yeux qui se portent sur Liam, à côté de moi.

Oh, merde. Elle pense que je le drague ? Mais que je suis bête !

– Allons boire un verre, dis-je, et je lui prends le bras, m'éloignant des platines avec elle. Un verre ?, je hurle à Lou en passant. Elle acquiesce d'un hochement de tête et se lève. Tom n'est plus dans l'entrée, mais de toute façon, je concentre toute mon attention sur Natalie.

– Désolée, dis-je, une fois dans la cuisine. Je ne cherche pas à te piquer Liam. C'est juste... La musique me rappelle Jack. Les Black Kids... Les Wombats... Tout ça. Je ne me suis pas rendu compte.

– C'est bon, répond-elle avec un haussement d'épaules, mais je sens bien qu'elle est contrariée.

Pourtant, marcher sur les plates-bandes d'une amie, c'est une chose que je ne ferais jamais. Jamais ! En fait, elle ne me connaît pas vraiment. Ce qui n'a rien d'étonnant, on est amies depuis quelques mois seulement.

– Qu'est-ce qu'il y a ?, demande Lou quand elle nous rejoint.

– Rien, nous répondons en chœur, Natalie et moi, tout en ouvrant une cannette de cidre. Johnny et Stu ne m'ont interdit à aucun moment de boire.

À cet instant, Chris et Tom pénètrent dans la cuisine.

– Salut, me dit Tom.

– Salut, je réponds en souriant.

– Je ne savais pas que tu étais DJ...

– Pas du tout. Je regardais juste le stock de disques de Liam, simple curiosité... Puis je change de sujet : On allait prendre l'air. Vous venez ?

– Bien sûr. Tom prend deux bouteilles de bière, en passe une à Chris, puis nous sortons tous ensemble dans le jardin, et je sens mon cœur battre un peu trop vite.

Dougie et Em, en prépa avec Nat, fument sur la pelouse. On s'assoit avec eux, Tom à mes côtés. Tous s'allument une clope, sauf Tom et moi.

– Tu as arrêté ?, me demande Tom avec curiosité.

– Plus ou moins. Mais là, j'ai pas envie.

C'est avec Johnny que j'ai arrêté, à L.A. Deux trois mots de la part de ma rock star de père ont fait plus que les longs discours de mon intello de beau-père. Je dis ça avec affection. J'aime infiniment Stu – il est la seule figure paternelle que j'ai eue pendant longtemps –, mais il est complètement largué pour tout ce qui est comportement à risques.

– Super, dit Tom.

À la différence de Jack, il ne fume pas. Un-zéro pour Tom.

J'écoute le ronronnement des conversations autour de nous. L'herbe est humide, la nuit fraîche, mais c'est un vrai soulagement après la chaleur moite qui règne dans le salon. Je regarde le ciel, parfaitement clair, l'éclat des étoiles vaguement pollué par la lumière des lampadaires, dans la rue.

– Alors, l'Amérique, c'était comment ?, demande Tom.

– Génial, je réponds, légèrement tendue.

– Tu étais chez un ami de ta mère ?

C'est la version que je lui ai donnée, avant de partir. Une distorsion de la vérité, et ça me gave de ne pas être honnête avec lui. Peut-être que je peux, en fin de compte.

– J'étais chez mon père, je réponds en baissant la voix. Mon vrai père.

Il a un mouvement de recul, surpris.

– Wow. Comment c'est arrivé ?

J'esquive la question, impossible d'entrer dans les détails.

– Je voulais te le dire avant mon départ, mais je ne savais pas ce qu'il se passerait.

– Comment as-tu découvert son identité ?

Bon, manifestement, je ne peux pas continuer à répondre à côté.

– Stu savait que c'était lui depuis le début.

– Et ce n'est pas un type de la mafia, ou je ne sais quoi, alors ?, demande-t-il, avec un regard poignant.

On avait eu ensemble une discussion sur la réaction que je pourrais avoir si j'apprenais que mon père biologique était un voyou. En fait, c'est Tom qui m'a suggéré de parler de lui à Stu.

– Non, je réponds en lui souriant. C'est un type normal, j'ajoute, avant d'être tentée d'aller plus loin.

Premier mensonge.

– Et Ibiza, comment c'était ?

Je sais qu'il est allé là-bas avec des copains.

Il esquisse un sourire. Dans l'obscurité, la lueur des spots de la cuisine projette comme des braises dans ses yeux.

– C'était marrant. Le délire, ajoute-t-il.

On continue à discuter, et je me détends. J'avais oublié combien c'était facile de parler avec Tom.

– Où tu es allée, aux États-Unis ?, me demande-t-il.

– À L.A.

– Classe. Il faisait chaud ?

– Affreux. Mon père a une piscine, j'ai passé la moitié de mon temps dedans.

– Je comprends mieux pourquoi tu es bronzée comme ça, dit-il, et spontanément, on compare, son bras contre mon bras. (Aussitôt, le contact me donne la chair de poule. Je ris bêtement et m'écarte.) Alors, raconte, dit-il, et l'espace d'une seconde, je crois qu'il fait allusion à Jack, avant de comprendre qu'il continue de parler de mon père.

Wow. Il est temps que je me remette les idées en place.

– C'est compliqué. Mais, oh, je t'ai dit qu'il a deux fils ? Oui, j'ai deux demi-frères !

– Non ?

– Toute ma vie, j'ai cru que j'étais fille unique. Ils sont mignons tout plein.

– Comment ils s'appellent ?

J'hésite, ne voulant pas vendre la mèche.

– Je les ai baptisés Bee et Little Bird... (Ma gorge se serre, un mensonge de plus. Mais bon, parfois, il m'arrive d'appeler Barney « B ». Et j'ai souvent pensé que Phœnix ressemble à un petit oiseau quand il mange. Et puis, après tout, un phœnix, c'est bien une sorte d'oiseau, non... ?) Et ton père alors ?, je demande, voulant à tout prix parler d'autre chose, avant de le regretter quand je vois son sourire s'effacer.

– Aucune nouvelle, répond-il avec un haussement d'épaules.

– Désolée.

Pauvre Tom. Son père a quitté sa mère, l'an dernier. Il s'est barré aux États-Unis avec une femme qui était sa maîtresse depuis trois ans. C'est nul.

– Où est-il, en Amérique ?, je demande.

– San Francisco.

– Tu n'as pas envie de l'appeler ? Peut-être d'aller le voir ?

– Pas tout de suite, marmonne-t-il.

– Et ta mère, ça va ?

– Oui, ça va. Elle se sent un peu seule, tu vois… ?

J'acquiesce d'un signe de tête, et mes pensées vont vers Stu. À un moment ou à un autre, il se trouvera une nouvelle copine, mais à l'idée qu'il puisse remplacer ma mère, je ressens comme un étau autour de mon cœur.

– Quoi ?, s'exclame Tom en se tournant vers Chris.

J'avais complètement oublié les autres. Chris a dû lui taper sur l'épaule, ou quelque chose comme ça. Tom se penche légèrement, et je suis son regard. C'est là que j'aperçois son ex, Isla, à quelques mètres de nous. Il a rompu avec elle juste avant l'été. Et elle n'a pas l'air de bonne humeur.

– Je peux te parler ?, chuchote-t-elle, l'occasion pour moi de découvrir que je suis douée pour lire sur les lèvres.

Je vois le visage de Tom se durcir, puis il hoche brièvement la tête et se lève. Je sens mon estomac se nouer.

– Je reviens tout de suite, me dit-il.

J'essaie de la jouer indifférente quand il enjambe mes amis pour aller retrouver sa super ex-fiancée. J'essaie de ne pas regarder quand Isla l'entraîne dans un coin, à l'écart. J'essaie de ne pas penser à ce qu'elle est en train de lui dire. Parce que, quels que soient – ou quels qu'aient été – mes sentiments pour Jack, aujourd'hui, c'est ici que je suis, avec Tom. Et je n'ai pas envie que ça s'arrête.

Lorsque Tom m'a expliqué qu'entre Isla et lui c'était terminé, qu'il ne retournerait jamais avec elle, j'ai prié pour que ça soit vrai. Grande, mince et hyper jolie, avec de longs cheveux noirs qu'elle coiffe souvent en un mégachignon déstructuré, Isla n'est pas vraiment le genre de fille que les garçons quittent.

– On retourne à l'intérieur ?, suggère Natalie, tandis que j'arrache des poignées d'herbe à mes pieds, histoire de m'occuper l'esprit.

J'acquiesce d'un signe de tête, me lève, enlève la poussière sur mes fesses et la suis. Je réussis l'exploit de ne pas regarder de l'autre côté.

Dans le salon, l'ambiance a encore monté d'un cran. My Chemical Romance résonne dans les enceintes.

Je remarque à cet instant Chris qui suit Lou comme son ombre. Elle se retourne pour lui dire quelque chose, et il lui sourit.

Natalie m'entraîne, et on va danser au milieu des autres, mais j'ai l'esprit ailleurs. J'aimerais étouffer cette angoisse qui me brûle à l'intérieur. L'alcool devrait pouvoir m'aider. J'avale une longue gorgée de cidre. Soudain, Liam apparaît, en sueur et clairement bourré. Il attrape Natalie par le cou et me sourit.

– Vous vous éclatez ?, hurle-t-il, toujours en me regardant.

– Oui, super fête !, répond Natalie en lui faisant les yeux doux. De mon côté, je me contente de hocher la tête.

– Je ne t'ai jamais croisée, en prépa ?, enchaîne Liam, et c'est encore à moi qu'il s'adresse.

En un quart de seconde, Natalie se met à faire la gueule.

– Je suis encore au bahut, je réponds, mal à l'aise.

– C'est vrai ?, demande Liam, qui lâche Natalie et se rapproche de moi. Tu as quel âge ?

– Quinze ans, je réponds avec un haussement d'épaules, et maintenant, je ne sais plus où me mettre.

– Merde ! Tu fais plus, sérieux. Hé, tu veux boire un truc ?

Il tient une bouteille de vodka dans sa main, cette bouteille que Natalie lui a offerte tout à l'heure. À moitié vide.

– Non merci.

– Moi j'en veux !, s'écrie Natalie, et sans m'accorder un regard, elle attire Liam sur la piste de danse improvisée.

Je m'éclipse aux toilettes et de retour au salon, je remarque tout de suite Tom avec Chris et Lou.

– Hé !

Il sourit à mon approche.

– Salut… (Je m'interdis de faire le moindre commentaire à propos d'Isla, mais mon idiote de bouche ne veut parfois pas m'obéir.) Et Isla, ça va ?

– Super, répond-il, l'air un peu triste.

– Elle et toi, vous êtes… ? Je dois lui parler directement au creux de l'oreille pour couvrir le fracas des décibels.

– Quoi ? (Il s'écarte et me dévisage avec surprise.) Non, non…

Il secoue la tête en guise de ponctuation, puis il se penche sur moi, et la chaleur de son souffle caresse mon oreille quand il ajoute :

– Mais elle voudrait qu'on se remette ensemble.

– Oh… Je recule et hoche à nouveau la tête, mais là, il m'attire près de lui, une main sur mon bras.

– Mais ça n'arrivera pas. C'est fini, dit-il, et je sens un frisson me parcourir de haut en bas.

Sa main s'attarde sur mon bras et, quand il s'écarte pour me regarder, mon cœur bondit dans ma poitrine. Ses derniers mots renferment tant de promesses.

– On n'est toujours pas allé voir ce film, dit-il.

– J'ai eu un été un peu fou, je réponds avec un haussement d'épaules. Mais j'aimerais bien y aller enfin.

– Moi aussi.

Et un autre frisson, un ! Il n'a pas détaché son regard du mien.

– Ça m'étonnerait qu'ils passent encore le film de Joseph Strike…, je remarque en faisant semblant d'écraser une larme.

Il lève les yeux au ciel et s'exclame :

– Ah, mais c'est vrai, j'avais oublié que tu fantasmais sur lui. Je ne sais pas si j'aurais voulu être assis à côté de toi, en train de baver devant les pectoraux de Joseph Strike.

J'éclate de rire et repousse une mèche sur mon front.

– Tu veux aller voir autre chose ?, demande-t-il, les yeux rivés sur ma bouche.

– Je veux bien, je réponds, alors qu'une sensation de chaleur m'envahit, mais cette fois, j'en suis sûre, l'alcool n'y est pour rien. Quand ?

– Tu fais quoi, demain soir ?

Je dois aller voir Johnny, chez lui, dans sa maison en Angleterre, mais ça, je ne peux pas le lui dire.

– Demain, c'est impossible. Mais pourquoi pas dimanche ?, je m'empresse d'ajouter.

– D'accord, répond-il, puis il jette un coup d'œil derrière moi. J'ai l'impression que Chris a flashé sur ta nouvelle amie.

Je les regarde à mon tour et aperçois Lou dressée sur la pointe des pieds, en train de chuchoter à l'oreille de Chris.

– On dirait que c'est réciproque, je réponds en souriant. Si on leur demandait de nous accompagner ?

– Bonne idée.

À ce moment-là, j'ignore ce que c'est, mais quelque chose me pousse à regarder sur ma droite. Je vois Isla entourée de ses copines, et l'image d'une meute de loups assoiffés de sang me traverse l'esprit. Des loups assoiffés de *mon* sang. Soudain, je me sens arrachée à Tom, et en moins de deux secondes, je me retrouve entraînée à côté du salon, dans le couloir. Stupéfaite, je me tourne vers la chose qui semble décidée à me broyer la main. La chose étant Natalie.

– Mais que… (Quand je vois son expression, je me fige.) Un problème ?, je demande, inquiète.

Elle semble bouleversée.

– Quel connard, crache-t-elle.

L'espace d'une seconde, je crois qu'elle parle de Tom, puis je comprends qu'elle fait allusion à Liam.

– Qu'est-ce qu'il a fait ?

– C'est qu'un pauvre type. J'ai envie de me casser. Tu viens ou pas ?

– Où veux-tu aller ?

– Chez moi. Tu m'accompagnes ?, me demande-t-elle, ou plutôt m'implore-t-elle, ce qui est rare chez Natalie.

– Bien sûr, je réponds sans hésiter.

Le soulagement dans son regard est évident.

– Ça va ?, nous interpelle Lou qui pointe son nez juste à ce moment-là.

– On se barre, rétorque Natalie.
– Ah…
Lou semble hésiter.
– Tu peux rester, je m'empresse de lui dire, face à son désarroi.
– Non… (Elle secoue la tête.) Je préfère venir avec vous.
Moi non plus, je n'aurais pas envie de rester à une fête si mes amies s'en allaient, même si un garçon m'intéressait.
– Je vais juste dire au revoir à Tom, je leur dis.
– Je te retrouve dehors, répond Natalie qui se dirige vers la sortie telle une furie.
Elle ouvre la porte avec rage et, malgré la musique, je l'entends claquer derrière elle. J'échange un regard perplexe avec Lou, puis nous retournons dans le salon rejoindre Tom et Chris, en pleine discussion avec des copains.
– On doit partir !
Tom se renfrogne.
– Ah bon ? Pourquoi ?
– Nat ne se sent pas très bien. C'est OK pour dimanche ?, Je regarde Chris de façon explicite, et Tom hoche la tête avant de s'adresser à son ami et à Lou.
– Dites, vous deux, ça vous dirait de venir avec Jessie et moi au ciné, dimanche soir ?
Le regard de Lou s'illumine, et quand tous les deux répondent oui en chœur, je me sens mieux. Tom me sourit.
– Je t'enverrai un texto.
– OK, je réponds, et là, c'est net, des étincelles par milliers crépitent entre nous. Je sens qu'il a envie de m'embrasser. En m'éloignant, je réalise avec un frisson

que ce n'est sans doute plus qu'une question de temps. À ce moment-là, Jack et L.A. semblent si loin, comme dans un rêve, sur une autre planète.

Une fois de plus, Isla et ses copines me suivent méchamment des yeux quand je sors du salon. J'essaie de ne pas trop m'en faire. Une seule chose m'importe. J'ai rendez-vous avec Tom Ryder !

3.

– Bonjour, jeune fille !, s'exclame Johnny avec chaleur en ouvrant grand la porte.

Il me visse son bras tatoué autour du cou et me serre contre lui, mais à peine mon visage effleure le sien qu'il me lâche déjà. Ses câlins sont toujours furtifs.

– Salut, je réponds en me sentant rougir.

À chaque fois, je suis intimidée face à lui, même après une courte séparation. Une petite semaine s'est écoulée, pas plus. Mais je ne le connais pas encore si bien que ça.

– Stu, dit-il avec un signe de tête amical, et il échange une poignée de main avec mon beau-père, juste derrière moi. Un café ?

Stu va rendre visite à ses parents, aujourd'hui, et moi, je reste coucher ici.

– Avec plaisir, répond Stu.

Il semble encore un peu mal à l'aise. En fait, je me demande s'il se sentira un jour vraiment détendu face à ma rock star de père.

Soudain, la petite boule d'énergie qu'est mon demi-frère Barney surgit dans le couloir.

– Jessie !, hurle-t-il. Viens voir mon garage Lego !

J'éclate de rire alors qu'il m'entraîne dans la salle de jeu, au fond de la maison. Je suis plutôt soulagée de laisser Stu. Ce matin, il m'a reproché d'empester l'alcool et le tabac, alors que je n'ai même pas fumé. Quant à l'alcool… Et merde, laissez-moi respirer un peu. Je ne peux pas être un ange en permanence.

À Henley, le petit pied-à-terre anglais de Johnny et Meg est en fait un manoir de style georgien avec pas moins de sept chambres. Quand ils sont partis pour L.A., ils voulaient le mettre en vente ou le louer, mais au final, le manoir est resté inoccupé. Il leur sert de point de chute quand ils viennent. Il faut dire qu'ils ont les moyens, ils n'ont pas besoin…

– Salut, toi !, s'exclame Meg quand Barney et moi surgissons dans la salle de jeu – une grande pièce lumineuse remplie de jouets, avec des canapés moelleux et des étagères pleines de livres aux couvertures multicolores. Elle est assise sur le tapis près de la baie vitrée avec Phœnix, mon demi-frère, un an au compteur. Ils sont entourés d'ambulances, de camions de pompiers et de voitures de police.

Meg se lève pour m'embrasser. Du haut de son mètre soixante-dix, elle est plus grande que moi de quelques centimètres. Mince, cheveux blonds mi-longs, yeux marron, elle est super jolie. Elle paraît vraiment heureuse de me voir ; du coup, je me sens tout émue.

Quand il me voit, le visage de Phœnix s'illumine. Il gazouille quelque chose d'incompréhensible et se dresse sur ses petits pieds robustes pour venir jusqu'à moi.

– Mais c'est mon chou à la crème, ça !

Je laisse Meg pour le prendre dans mes bras et le serrer contre moi.

– Regarde, Jessie, regarde !, s'interpose Barney en m'attrapant par la main. Les voitures rentrent de ce côté...

Il se met à me parler de son garage Lego, alors je repose Phœnix sur ses pieds, souris à Meg, et reporte toute mon attention sur l'aîné de mes deux demi-frères.

Meg nous abandonne pour aller dire bonjour à Stu, mais elle revient quelques minutes plus tard, et prononce la formule magique, « cookies aux pépites de chocolat ». Aussitôt, mes petits frères se précipitent, direction la cuisine.

– Comment vas-tu ? Tu as passé une bonne semaine ?, me demande Meg tout sourire, alors que les garçons disparaissent dans le couloir.

– Super bien. Et toi ? Johnny m'a raconté que tu avais repris contact avec une amie ?

– Bess, oui, dit-elle, avec un regard ému. On doit se voir un de ces jours.

– C'est une amie, une vraie ?

Sans doute, si Meg compte lui parler de moi. Jusqu'à présent, elle est restée très secrète à mon sujet.

– Ma meilleure amie, répond-elle. (Aussitôt, je pense à Libby, le cœur gros.) Et au lycée, tout va bien ?

– Bof, je marmonne avec un haussement d'épaules.

– Natalie te manque, c'est ça ? demande-t-elle. Et peut-être aussi Libby ?

– Un peu, j'avoue, surprise.

Je lui ai expliqué que Natalie allait en prépa et que Libby s'était trouvée une nouvelle amie en la personne d'Amanda, mais je ne m'attendais pas à ce qu'elle s'en souvienne. C'est plus fort que moi, au fond, j'ai encore le sentiment de ne pas être la bienvenue ici. Il serait temps que ça cesse. Elle est vraiment adorable avec moi depuis des semaines.

– Allons boire un thé, avant que Stu ne reparte. Ensuite, on aura tout le temps de discuter.

– D'accord, j'acquiesce en la suivant dans le salon.

Johnny et Stu ont pris place sur l'un des canapés panoramiques en cuir, couleur chocolat. Dès que nous apparaissons, ils se taisent. Stu toussote.

– Vous n'étiez pas en train de parler de moi, bien sûr ?, je lance avec ironie.

– Il paraît que tu as passé une super soirée, hier ?, répond Johnny sur le même ton.

– Super, super, pas tellement, je réponds en m'asseyant à côté de lui, entre deux coussins moelleux. Et je ne sais pas ce qu'il t'a raconté, j'ajoute en regardant Stu, mais c'est faux, je n'ai pas fumé.

– Ta chambre empestait le tabac, ce matin, quand je suis monté te réveiller, dit-il.

– Bon, j'ai bu quoi, deux verres, mais pas plus. Et d'accord, les autres m'ont offert une clope à plusieurs reprises, mais j'ai dit non ! Si j'avais su que tu allais faire des histoires, j'aurais dit oui.

– OK, OK... (Stu lève les deux mains en signe de reddition.) Je te crois. Pardon.

– Il serait temps, je marmonne, hargneuse.

Stu semble blessé par mon agressivité, que je regrette aussitôt.

– Où sont les garçons ?, demande alors Johnny à Meg, pour changer de sujet.

– Avec Eddie, à la cuisine, répond-elle.

Ils emmènent souvent dans leurs bagages leur cuisinier américain. Et quand on parle du loup… Eddie apparaît avec un plateau.

– Salut, Jessie !, dit-il sur un ton enjoué en posant le plateau sur une magnifique table basse en bois finement sculpté.

Le style de cette maison est radicalement différent de celle de Los Angeles, hyper moderne, avec une déco minimaliste, d'immenses baies vitrées ouvrant sur la piscine à débordement et la ville en arrière-plan. La propriété de L.A. ressemble davantage à Johnny. Je pense que Meg préfère celle-ci, où se côtoient sur les tentures aux murs des œuvres d'art d'inspiration contemporaine aussi bien que classique, et où chaque pièce regorge d'antiquités.

Mon beau-père s'en va peu après.

– Je te trouve trop dure avec lui, remarque Johnny, alors que la petite Fiat blanche de Stu s'éloigne et que le lourd portail en bois se referme derrière lui.

– Je sais, je marmonne avec un sentiment de culpabilité. Mais il ne croit jamais ce que je dis.

– Peut-être ne lui as-tu pas donné de raisons pour ça… (Johnny me fait face et plonge ses yeux verts dans les miens.) Mais bon, avec le temps, tout s'arrangera, ajoute-t-il avec douceur, en refermant la porte.

Je ne relève pas, mais je m'en veux encore quand nous retournons au salon.

– Au fait, je n'ai pas eu le temps de te le dire, mais mon père vient passer quelques jours.

– C'est vrai ? (Toute contente, je m'assois sur le canapé laissé libre par mon beau-père. Ça ne m'a pas du tout gênée de ne pas m'asseoir avec Stu, tout à l'heure, mais maintenant qu'il est parti, je suis prise d'un sentiment bizarre de loyauté à retardement.) Comment va-t-il ?

– Nettement mieux, cette semaine, répond Johnny.

Le père de Johnny est resté hospitalisé quelques jours après son infarctus et depuis, une infirmière à domicile veille sur lui. Johnny m'a emmenée le voir pour faire sa connaissance, il y a une dizaine de jours. Il n'était pas en grande forme à ce moment-là, donc je suis heureuse qu'il vienne nous rendre visite, ça veut dire qu'il se sent mieux. D'après ce que je sais, mon grand-père a épousé une femme plus jeune que lui, quelques années auparavant, mais aujourd'hui, ils sont divorcés, et il est célibataire. Apparemment, c'était un vrai dragueur quand Johnny était plus jeune, et j'ai l'impression qu'avec l'âge il n'a pas beaucoup changé. À treize ans, Johnny est allé vivre avec lui, après avoir perdu sa maman emportée par un cancer. Ça nous fait un triste point commun, la perte prématurée de notre mère.

– À quoi penses-tu ?, demande Johnny, perplexe, en voyant mon expression.

– À ma mère. Ne t'en fais pas…

Il hoche doucement la tête et fixe la table basse devant lui, morose.

– Alors, à quelle heure arrive-t-il ?

J'ignore comment appeler mon grand-père biologique. Pour Barney, c'est papi, mais bon, ça me semble un peu trop familier. Je pourrais peut-être l'appeler par son prénom, Brian, comme le fait Meg, mais bref, pour le moment, il est juste le « père de Johnny ».

– Sam est allé le chercher, m'explique Johnny. Ils devraient être là pour le déjeuner.

– Super. Je souris. Je suis contente de passer un peu de temps avec lui.

– Tu sais, tu pourras lui rendre visite, quand nous serons rentrés à L.A. Vous n'avez pas besoin de nous pour vous voir.

Mon cœur se sent pousser des ailes à cette perspective, avant de se crasher quand je comprends ce qu'il vient de dire.

– Vous repartez quand ?

– Fin de la semaine, répond-il avec douceur. Meg ne veut pas que Barney rate la rentrée scolaire.

– Mais il n'a pas déjà manqué le début du trimestre ?, je demande, sceptique.

– Ils rentrent plus tard, dans le privé, répond Johnny, qui se renfrogne.

On pense, lui et moi, à la même chose. Je ne suis pas dans un lycée privé. Perso, je n'y tiens pas, mais ça, il s'en moque.

– Et puis, il faut que je rentre, moi aussi, ajoute-t-il, mal à l'aise. J'ai du boulot qui m'attend. Mais nous reviendrons vite et puis, bien sûr, tu viendras pour Noël.

Noël. Autant dire dans une éternité.

– Il me tarde tellement !, je m'exclame, en prenant un ton enjoué. Oui, c'est une super idée, j'irai voir ton père, quand vous serez partis !

– En tout cas, il y compte bien, répond Johnny en souriant. Il te trouve, euh, comment a-t-il dit… Ah oui, pétillante.

– Oh… J'ignore comment je dois le prendre.

Il rigole.

– C'est un compliment, crois-moi.

Je souris.

À ce moment-là, mon téléphone vibre contre ma cuisse. Mon cœur fait un salto arrière quand je vois un texto de Tom.

« Toujours OK pour demain ? Qu'est-ce qu'on va voir et où ? »

– Comment s'appelle-t-il ?, demande Johnny.

– Quoi ?, je m'exclame, prise de court, en le regardant. Comment sais-tu que c'est un garçon ?

– À tes yeux, répond-il avec nonchalance. Alors ?

– Alors quoi ?

– Comment s'appelle-t-il ?

– Tom, je réponds, de mauvaise grâce.

– Et ce Tom, c'est ton petit ami, ou tu aimerais qu'il le devienne ?

– Tu te prends pour mon père, maintenant, ou quoi ?

– En fait, oui, c'est bien ce que je suis, non ?, répond-il avec un clin d'œil.

Je rigole. Ça me fait tellement bizarre d'entendre Johnny Jefferson s'adresser à moi sur ce ton paternel. Johnny Jefferson !

– Non, ce n'est pas mon petit ami. On va juste au ciné ensemble, demain soir.

– Aah. C'est bien ce que je disais. Tu aimerais qu'il soit ton petit ami.

– Possible…

Je regarde à nouveau l'écran de mon téléphone.

– Et tu vas lui répondre ?

– Plus tard, j'affirme en glissant mon portable dans ma poche.

Johnny sourit bêtement, puis son regard se fait tendre.

– Je suis content que tu aies envie de voir mon père. Ce n'est que du bonheur pour moi.

– Pour moi aussi.

J'espère que Brian aussi en aura envie. J'ai tellement peur de le perdre maintenant que je l'ai trouvé. Je sens mon cœur qui se rétracte en pensant à la mère de maman, cette grand-mère avec laquelle je n'ai jamais eu de relations, cette grand-mère dont j'ignorais même jusqu'à l'existence.

– Tu as des photos de ta mère ?, je demande à Johnny.

– Bien sûr. Tu veux les voir ?

– Oui, s'il te plaît.

Il disparaît quelques minutes avant de revenir avec un album en vieux cuir marron, qui semble peser au moins une tonne. Il s'assoit à côté de moi, le pose sur mes genoux, et regarde par-dessus mon épaule quand je l'ouvre.

– Oooh, c'est toi ?, je m'extasie devant le visage d'un petit garçon aux cheveux blonds et aux yeux verts. Le portrait craché de Barney.

– Oui… (Il sourit en fixant la photo.) Et là, c'est ma mère.

La femme sur le cliché est encore jeune – même pas trente ans à mon avis –, très mince, avec des cheveux blonds qui partent dans tous les sens. Elle porte une petite robe d'été multicolore et sourit, radieuse, à l'objectif.

– Elle est belle.

– Oui, acquiesce-t-il d'une voix à peine perceptible.

Je me souviens de son prénom, Ursula. J'examine avec attention les autres photos de l'album, puis je m'arrête sur l'une d'elles où l'on voit Johnny et sa mère dans un petit jardin, au milieu des fleurs.

– Elle a l'air heureuse…

Je le regarde.

– Elle l'était, le plus souvent. Ou si elle ne l'était pas, elle était bonne comédienne. C'est Meg qui a fait cet album pour moi, m'explique-t-il, tandis que je tourne les pages. Je gardais toutes ces photos dans une boîte à chaussures.

– C'est gentil de sa part.

– Tu me montreras des photos de Candy, un jour ?, me demande-t-il.

– Vraiment ? Je n'aurais jamais pensé qu'il aurait eu envie de se rappeler, après ce qu'il a fait à ma mère. Quant à moi, je n'ai pas regardé mes albums photo depuis une éternité. C'est trop douloureux.

– Quand tu te sentiras prête, dit-il avec douceur, et face à sa bienveillance, mes yeux s'emplissent de larmes.

Je hoche la tête, incapable de parler. Puis je reporte mon attention sur les clichés, en me rapprochant un peu plus de lui.

L'atmosphère de la maison change à la seconde où Brian passe la porte. Il fait un peu rocker sur le retour avec ses cheveux châtain clair, légèrement trop longs, grisonnants sur les bords. J'ai entendu Johnny dire à Meg qu'il avait été frappé par son teint livide. Dans ce cas, il devait être noir, parce que moi, je le trouve super bronzé. La dernière fois que je l'ai vu, il avait les yeux cernés – des cernes moins visibles aujourd'hui, mais il est maigre. Maigre et tout sec, mais bizarrement, toujours aussi séduisant. Je n'en reviens pas de dire ça pour un senior.

– Jessie, Jessie, Jessie, dit-il, mais à peine a-t-il pu faire un mètre dans le couloir qu'il est littéralement assailli par ses autres petits-enfants. Samuel apparaît, le sac de Brian à la main.

– Bonjour, jeune fille !, lance-t-il en tapotant amicalement l'une de mes épaules.

– Hello, Samuel, je réponds avec un grand sourire.

Il se penche pour attraper mon sac.

– J'emporte tout ça à l'étage, dit-il.

– Elle est dans la chambre orange !, lance Meg.

– Entendu, répond Samuel avant de s'engouffrer dans l'escalier.

Décidément, Johnny et Meg aiment bien baptiser leurs chambres d'amis d'un nom de couleur. À L.A., j'occupais la chambre blanche. Une chambre incroyable !

– Comment ça va, ma petite ?, demande Brian.

– Je vais bien, je réponds en souriant. Et toi ?

– Jamais je ne me suis senti aussi en forme !

Je vois Johnny et Meg échanger un regard. La désinvolture de Brian les laisse apparemment perplexes. Il est vrai qu'il a failli mourir.

Nous passons les deux heures suivantes dans le jardin à jouer au croquet. Meg gagne deux parties d'affilée. Chaque fois, elle crie victoire et prend des airs supérieurs, jusqu'à ce que Johnny n'en puisse plus et qu'il la jette sur son épaule. Elle hurle et se débat, puis il finit par la reposer sur ses pieds en riant.

– Quel est le programme, ce soir ?, demande Brian, le calme revenu.

– Eddie nous concocte un rôti aux petits légumes, répond Meg en bousculant gentiment Johnny.

– Loin de moi l'idée de manquer de respect à Eddie, mais si on sortait plutôt ? Je suis resté cloîtré à la maison pendant des semaines.

– Je ne sais pas si c'est une bonne idée, répond Meg en fronçant les sourcils.

– Allez, Meggie, l'interrompt Brian avec bonne humeur. Tu peux bien faire ça pour le vieux bonhomme que je suis. Il doit bien y avoir un bon restaurant quelque part, avec une terrasse sur berges où l'on pourrait s'asseoir tranquillement ? J'en ai assez de broyer du noir, j'ai envie de m'amuser...

– D'accord, papa, tu as raison, on va sortir, décrète Johnny en glissant son bras autour du cou de Meg.

– Johnny...

Elle se tait.

– Quel est le problème, chérie ?, demande-t-il.

C'est là que Meg me regarde, et soudain, je comprends. Ce n'est pas l'état de santé de Brian qui l'inquiète. En fait, elle a peur que ma couverture ne vole en éclats.

– Tout se passera bien, dit Johnny à voix basse, avec un sourire désolé. Je vais prévenir Eddie... Il me donne une tape sur l'épaule et s'éloigne vers la maison. Tu viens te préparer ?

– Oui, je vais me changer, je réponds.

– Super.

Je n'ose pas regarder Meg, et le suis à l'intérieur.

Une fois en haut, je me dépêche, retire mon short et enfile mon jean. Il fait un temps super, mais ça pourrait se rafraîchir en soirée. J'opte pour un top en dentelle, je retouche un peu mon maquillage et je ressors de ma chambre, téléphone dans mon sac à main. Je n'ai pas encore répondu à Tom. Il faut d'abord que je regarde les films à l'affiche. Je me sens tout excitée à la perspective de me retrouver assise à côté de lui, dans l'obscurité.

– Tu veux que je réserve ?, j'entends Meg demander à Johnny, alors que je descends.

Tous deux attendent en bas, avec Samuel au garde-à-vous dans le hall d'entrée. D'habitude, il passe son temps dans la guérite, au portail. J'en déduis donc qu'il va faire le chauffeur.

– Non, ne les préviens pas, décide Johnny. Allons-y incognito.

– Monsieur…, dit Samuel, sur le ton de la mise en garde.

– C'est bon, Samuel. Vous pouvez attendre dans la voiture.

– Johnny…, commence Meg.

– Tout ira bien, la rassure Johnny, avant de se tourner vers moi, une fois que je les ai rejoints. Papa ? (Brian est avec les garçons, dans la salle de jeu, au fond du couloir.) Tu es prêt ?

– J'arrive !, crie Brian.

Johnny attrape une casquette de base-ball accrochée au porte-manteau, et l'enfonce sur sa tête.

– Avec ça, sûr que personne ne te reconnaîtra, remarque Meg avec ironie.

– Et mer…, marmonne-t-il, ravalant de justesse un juron. Il retire sa casquette, la jette sur la console, quand Brian apparaît avec ses petits-fils. Allons-y, dit Johnny.

Nous sortons tous ensemble dans une chaleur moite, et je réalise qu'il porte un tee-shirt à manches longues, sans doute pour cacher ses célèbres tatouages. Tous ses efforts pour passer inaperçu resteront vains, j'en suis convaincue. Il a une aura de célébrité qui lui colle à la peau, aussi tenace que les effluves d'un parfum. Il suffit d'un regard pour comprendre qu'il est une star.

Au premier abord, on pourrait nous prendre pour une famille normale. Sauf que Johnny ne ressemble à aucun autre père. Il mesure un peu plus d'un mètre quatre-vingts, et a les cheveux blond cendré mi-longs. Aujourd'hui, il porte une barbe de deux jours, mais la plupart du temps, il est rasé de près. Ses yeux d'un vert profond ne sont pas si différents des miens, m'a-t-on dit.

La serveuse nous conduit à la terrasse, avec vue plongeante sur la Tamise. On n'est même pas encore assis que les gens à la table d'à côté se mettent à chuchoter.

– Peut-être que c'est moi qui aurais dû me déguiser, je murmure, au moment où je vois deux ados, installées à proximité, me fixer bouche bée.

– Mets ça, juste au cas où quelqu'un se mettrait à prendre des photos, me dit Meg à voix basse. Elle sort des lunettes de soleil de son sac et me les tend.

– C'est bon, j'ai les miennes, je réponds en les glissant aussitôt sur mon nez.

Heureusement, il fait grand soleil, sinon j'aurais l'air d'une imbécile.

À ce moment-là, Brian se tourne vers Meg.

– Pourquoi tant d'histoires ?, demande-t-il, bougon. Quelle importance, si quelqu'un la reconnaît ?

– Mais voyons, elle serait tout de suite harcelée, répond Meg avec irritation.

– Et moi, personne ne me harcèle, marmonne-t-il avec un haussement d'épaules. Pourtant, je suis le père de ce grand gaillard !

– Oui, c'est bien vrai, ça, papa, remarque Johnny avec une certaine lassitude.

– Pas autant que j'aimerais en tout cas, ajoute Brian avec un sourire provocateur.

Johnny lève les yeux au ciel.

– Ça va, les filles ?, lance alors Brian à deux femmes d'un certain âge en train de siroter un verre de vin blanc, à une table voisine. Elle se mettent à glousser bêtement en guise de réponse.

Je commande un soda au citron vert, et me visse un sourire sur le visage, mais impossible de me détendre.

Plus tard, ce soir-là, je retourne dans ma chambre après un passage à la salle de bains, quand j'entends chuchoter en bas, dans le salon, et apparemment, ça se dispute. La dernière fois que j'ai surpris Johnny et Meg en train de s'engueuler, c'était à mon sujet. Il n'y a pas de raison pour que ça change. Le cœur serré, je m'avance en haut des marches, et tends l'oreille.

– C'était une mauvaise idée, j'entends dire Meg. Il n'y a rien de pire que d'être connu, je sais de quoi je parle. Je donnerais n'importe quoi pour un peu d'anonymat… (Un silence…) Et ne me regarde pas comme ça, poursuit-elle. Tu le sais, ma vie est avec toi, je n'en voudrais pas une autre. Mais Jessie n'a que quinze ans…

– Les garçons s'en accommodent bien, eux, rétorque Johnny de sa voix chaude de basse.

– Ils sont nés avec, observe Meg. Ils ne connaissent rien d'autre. Par contre, je sais ce qu'on a dans la tête quand on est une fille de quinze ans. Les garçons, les sorties en amoureux…

– Je suis vraiment obligé d'écouter ça ?

– Oh, mais tais-toi, le rabroue-t-elle gentiment. Être normal n'a pas que des défauts. Et Jessie a bien droit à sa part de normalité, avant que toute son existence ne se trouve bouleversée.

– Tout va bien, ma grande ? (À la voix de Brian, je sursaute. Il me regarde d'en bas, au pied de l'escalier, un verre d'eau à la main.) Tu as soif ?

– Euh, non, ça va, merci, euh…

– Appelle-moi papi, comme les garçons, me dit-il tout en montant.

J'essaie de sourire, mais impossible, mon visage semble pris dans de la glace.

Il fait mine de s'intéresser à ce qui se passe au salon, puis hausse les épaules.

– Ne t'inquiète pas, ajoute-t-il quand il me rejoint sur le palier, un peu essoufflé. (Il pose une main sur mon bras et m'entraîne vers ma chambre.) Tout finira par s'arranger. Bonne nuit, ma grande.

– Bonne nuit, euh…

– Papi, répète-t-il en souriant.

– Papi, je dis, et j'arrive enfin à esquisser un sourire.

Je retourne dans ma chambre, puis je m'assois sur mon lit, le moral en berne.

Johnny m'avait prévenue. Une fois mon identité dévoilée au grand jour, ma vie ne serait plus jamais la même. Il m'avait dit que je serais obligée d'avoir un garde du corps qui m'accompagnerait au lycée, à mes rendez-vous, partout. Et que je ne pourrais plus vivre dans ma maison, trop compliquée à sécuriser contre les intrus. J'ai du mal à croire que tant de précautions sont nécessaires. Mais bon, après tout, les Beckham et le couple Brangelina – avant qu'ils ne se séparent ! – ne se déplacent jamais avec leur progéniture sans toute une horde de gros bras. Johnny les connaît bien, et il est au moins aussi célèbre qu'eux.

Tout ça est tellement dingue. À la seule idée de devoir quitter ma maison, j'en suis malade. Jamais je n'aurais pensé être autant attachée à ce tas de briques, et pourtant. C'était la maison de maman. Il m'arrive d'y sentir encore sa présence. Alors non, je n'en partirai pas, et tant pis si c'est « dangereux ».

Une partie de moi aimerait que tout le monde sache que je suis la fille de Johnny mais, à ce moment précis, j'espère très fort que les craintes de Meg ne sont pas fondées. Je ne me sens pas encore prête à être sous le feu des projecteurs.

Je rabats ma couette, et m'apprête à me coucher, quand je me souviens du texto de Tom. Je regarde en vitesse les titres et horaires de films sur l'iPhone que Johnny m'a donné à L.A., avant de répondre. Lou est libre, et Tom me répond pour me dire que Chris aussi. On convient donc de se retrouver tous à l'entrée du ciné à dix-huit heures. Puis il m'envoie un dernier texto :

« Bonne nuit, bisous. »

Un baiser ? J'en suis tout émue. M'embrassera-t-il pour de vrai, demain ? Troublée, je me glisse sous la couette et j'essaie de penser à lui, malgré l'angoisse sourde qui me hante. Difficile de savoir si c'est parce que j'appréhende que mon identité éclate au grand jour ou parce que j'ai rendez-vous avec Tom... Pas avec Jack.

4.

– Mais vas-y, dis-le !

J'entends Johnny s'énerver, le lendemain matin.

– Je ne dirai rien du tout, répond Meg avec lassitude.

Ils sont dans la cuisine où je m'apprête à les rejoindre.

– Allez, c'est facile, insiste-t-il. *Je te l'avais bien dit.*

– Ne me fais pas chier, Johnny !

– Qu'y a-t-il ?, je demande, inquiète, et à la seconde où j'apparais, Johnny plaque la main sur sa bouche, l'air catastrophé.

Tous deux se figent. Les enfants ne sont pas là, mais ça, je m'en doutais, ils ne jurent jamais devant eux.

Johnny lance un regard méfiant à Meg, mais je ne lui laisse pas le temps de répondre : je me précipite et attrape l'iPad sur la table.

En une fraction de seconde, je suis tétanisée face au gros titre qui s'affiche sur le site d'un journal du coin :

« La fille cachée de Johnny serait-elle de la région ? »

Mon cœur dérape, et j'entends Johnny qui laisse échapper un long soupir. Il vient vers moi, le pas lourd, et pose la main sur mon épaule pendant que je lis l'article.

Il y a trois photos assez floues de moi, au restaurant hier soir, avec Johnny et sa famille. Sur l'un des clichés, tout sourire, je fais manger Phœnix; sur un autre, je rajuste ma queue-de-cheval, et sur le dernier, Johnny et moi échangeons un sourire.

Les mots et les phrases dansent devant mes yeux :

Blonde comme son père...

Un fort accent anglais...

A gardé ses lunettes de soleil sur le nez...

Séjourne chez les Jefferson...

Fait déjà partie de la famille...

Qui est-elle ?

Si vous avez la moindre information, contactez...

Sous le choc, je me tourne vers Johnny, puis je regarde Meg.

– C'est bon, dit-elle avec calme. Tu portais tes lunettes de soleil.

– Heureusement que tu m'as dit de les mettre.

– Pourquoi n'avons-nous pas été prévenus de la sortie de cet article ?, marmonne Johnny, passablement énervé.

– C'est juste le site web du canard du coin, dit Meg. Ils se fichent bien du droit à l'image et du respect de la vie privée.

– Ils vont publier ça dans la version papier de leur journal dès demain, continue-t-il. Et puis, la presse nationale va s'emparer du scoop. Si ce n'est pas déjà fait.

– Je vais voir ce que je peux faire, répond Meg.

– Ce n'est plus ton travail, ça. Pourquoi Annie n'a-t-elle pas été contactée ?, aboie-t-il, visiblement à cran.

Annie est son assistante, aux États-Unis.

– C'est le milieu de la nuit, à L.A., tente de le raisonner Meg.

– Elle aurait dû venir avec nous !

Meg soupire, apparemment à court d'arguments. Elle était autrefois l'assistante de Johnny – c'est d'ailleurs comme ça qu'ils se sont rencontrés. Elle continue à s'occuper un peu de ses affaires et pensait manifestement pouvoir tout gérer seule, le temps de leur séjour en Angleterre, ne jugeant pas nécessaire d'embarquer Annie avec eux pour seulement quelques semaines.

Le téléphone sonne. Meg lance un coup d'œil lugubre à Johnny, puis répond.

– Hello, Stu, dit-elle, et ses épaules s'affaissent tandis qu'elle me regarde. (C'est là que je remarque qu'elle est encore en pyjama. Elle a dû se lever tout de suite en découvrant l'info.) Tu as eu mon texto ?

Une vague de nostalgie me submerge en pensant à mon beau-père, à l'autre bout du fil, en train de s'inquiéter pour moi.

– Oui, elle est là. On est encore un peu sous le choc, mais je vais appeler Wendel... (C'est l'avocat de Johnny. J'ai fait sa connaissance juste après que Stu m'a avoué que Johnny était mon père.) Je te passe Jessie...

Elle me tend le téléphone avec un petit sourire de compassion, puis sort de la cuisine, sans doute pour appeler Wendel, dans le bureau.

Johnny reste dans la cuisine, se pose sur un tabouret, l'air abattu, et se passe la main dans les cheveux tout en fixant l'iPad, sous ses yeux.

– Hello, dis-je.

– Salut… (La voix de Stu m'enveloppe, toute chaude.) Ça va ?

– Pas vraiment, je reconnais, regrettant qu'il ne soit pas là en chair et en os, à mes côtés.

– Ne t'inquiète pas outre mesure, poursuit-il avec douceur. Ton identité n'a pas encore été dévoilée.

– Oui, mais ça ne devrait pas tarder, non ?, je relève, morose, en sentant le regard perçant de Johnny sur moi.

– Pas nécessairement, dit Stu qui se veut rassurant. L'essentiel, c'est que tu continues à sauver les apparences, à te comporter normalement pour que le secret soit gardé encore un certain temps. Essaie juste de faire un peu plus attention, c'est tout. Johnny doit rentrer quand à L.A. ?

– En fin de semaine, je réponds d'une voix éteinte.

– Déjà ? Oh, mais après tout, c'est peut-être mieux comme ça, dit-il avec calme. Les choses se calmeront d'elles-mêmes.

– Mmm, peut-être…

Je me retourne et surprends Johnny qui continue de me fixer avec curiosité. Il tend la main pour que je lui passe le téléphone.

– Johnny veut te parler.

– D'accord. Je me mettrai en route après le déjeuner, donc je devrais être là en milieu d'après-midi.

– OK. À tout à l'heure alors…

Je tends le téléphone à Johnny, et prends l'iPad. Je finis de lire l'article en vitesse, tout en prêtant l'oreille à la conversation entre Johnny et mon beau-père.

– Je crois qu'il vaudrait mieux que Sam la raccompagne, dit Johnny. (Il est le seul à appeler Samuel

« Sam ».) Il se peut que des photographes fassent le pied de grue au portail. (Je sens mon sang se glacer à l'idée d'une meute de paparazzis, armés de leurs téléobjectifs, à l'affût devant la propriété, pour me prendre en photo.) Il a l'habitude, il saura les semer, poursuit Johnny, en sous-entendant que Stu, lui, en sera incapable.

J'imagine mon beau-père se pointant ici dans sa petite Fiat blanche, pour m'embarquer avec lui sur le siège avant, avec les paparazzis à nos trousses jusqu'à la maison. Pour le coup, fini le secret sur mon identité !

Je me sens nerveuse à la perspective de partir, même avec Samuel. Mais j'en suis sûre, il saura quoi faire. Il est rodé à ce genre d'exercice.

Johnny met un terme à la conversation avec Stu, et me fait face.

– Je suis désolé, dit-il. J'aurais dû écouter Meg.

Je le dévisage, surprise. Je ne m'attendais pas à des excuses. Je secoue la tête, un peu triste pour lui.

– C'est bon, je m'empresse de répondre avec un large sourire. Ils ne savent pas encore qui je suis. Et puis, comme l'a dit Meg, il s'agit uniquement du site web d'un journal local. Si elle arrive à empêcher la parution de cet article dans...

– Elle ne pourra pas, me coupe-t-il avec un air désabusé.

– Ah, eh bien, il n'y a qu'à demander à Wendel d'intervenir. Lui, il pourra...

– Les journalistes sont comme des chiens enragés, Jess. La presse nationale va très mal prendre qu'un vulgaire canard ait sorti le scoop ! Ils vont tout faire pour t'identifier.

– Mais il n'y a aucun moyen de reprendre le contrôle ? De protéger mon identité, je veux dire ? Après tout, je suis mineure, et je vais encore au lycée.

À ce stade, je suis complètement paniquée.

– Trop tard, la machine est lancée, répond-il en pianotant sur son iPad. Maintenant, c'est à qui découvrira le premier ton identité. Et ils ne lâcheront rien avant de le savoir.

Le stress me retourne l'estomac. J'en aurais presque la nausée.

– Je cherche juste à te préparer, dit-il avec douceur, en couvrant ma main de la sienne. Son contact me réconforte, jusqu'à ce qu'il ajoute : Tout va changer à présent pour toi, Jess.

– Eh bien, ce qui doit arriver arrivera, je réplique aussitôt en retirant ma main, soudain déterminée. Dans l'immédiat, je vais faire comme Stu a dit. Continuer à vivre normalement, et faire ce que je fais d'habitude. Si Samuel peut me ramener à la maison sans que personne ne nous piste, tant mieux. Comme ça, au moins, je pourrai aller à mon rendez-vous, demain soir, je conclus avec un sourire gêné.

– Je n'aime pas ça, marmonne Johnny en secouant la tête, et manifestement, il n'a pas envie de sourire.

– Je vais rentrer à la maison, ça va aller, Johnny, je réponds avec fermeté en le regardant droit dans les yeux. Je t'assure. Je veux rentrer, je répète en bafouillant un peu.

Stu rappelle plus tard pour nous dire qu'il est rentré et m'attend. Je vais dans le jardin dire au revoir aux garçons et à Brian. Je suis encore bouleversée à l'idée qu'un paparazzi planqué derrière un arbre me mitraille avec son téléobjectif. Mais Meg m'a assurée que dans l'enceinte du manoir, on était en sécurité. La presse n'a pas le droit de voler des photos de personnes sur une propriété privée.

– Tu es prête à partir ?, me demande Brian, l'air inquiet.

Je hoche la tête, le moral à zéro.

– Et toi, tu pars quand ?

– Je vais rester quelques jours de plus, répond-il avec un haussement d'épaules. Pour tenir compagnie à ces petits garnements…

Il caresse les cheveux de Barney en souriant. Ses petits-fils sont en train de jouer dans le bac à sable.

Je m'approche et prends Phœnix dans mes bras, et tant pis si je vais me retrouver pleine de sable, il en a partout sur les jambes. Je dépose un baiser sur ses joues potelées de bébé, puis du bout du nez, je lui chatouille le cou jusqu'à ce qu'il glousse et gigote. Je le repose au milieu de ses pelles mécaniques, puis m'accroupis devant Barney.

– Bye bye B, je dis, les larmes aux yeux.

– Bye bye, me répond-il gaiment avec un sourire lumineux, avant de retourner à ses jouets. Un peu frustrée, je l'attire contre moi, et je sens son petit cœur contre le mien. Je n'ai droit qu'à un bref câlin, puis il s'arrache à mes bras et me plante une sorte de bisou bien baveux sur les lèvres, avant de s'élancer sur la pelouse, bras en croix, en rugissant comme un avion. Je l'observe, le cœur gros. Je les ai beaucoup vus, Phœnix et lui, ces trois derniers mois. Mais je ne crois pas qu'ils comprennent qu'on ne se verra pas avant longtemps. On ne va pas prendre le risque de se revoir avant leur départ d'Angleterre. Alors aujourd'hui, c'est bien d'un au revoir qu'il s'agit, presque d'un adieu.

Je me demande si je vais leur manquer.

Je me relève et croise à ce moment les yeux de Brian.

– On se voit bientôt ?, dit-il, et je sens ses doigts osseux autour de mon bras.

– Y a intérêt, papi, je me surprends à répondre. Peut-être que je viendrai te rendre visite, dans une semaine ou deux ?

– Ça serait génial, répond-il, tout sourire.

Quand j'ai découvert la vérité sur mon père biologique, je ne m'attendais pas à trouver aussi un grand-père dans le paquet cadeau, mais maintenant, je n'imagine pas le perdre.

Quand je rentre, je retrouve Meg et Johnny dans le hall. Samuel a déjà emporté mon sac dans la voiture.

– Je suis désolée pour tout ça, dit Meg avec tristesse en me serrant dans ses bras.

– Ce n'est pas de ta faute… (Je regarde derrière elle, et vois Johnny qui baisse les yeux.) Ce n'est pas de la tienne non plus, j'ajoute en me détachant de Meg. Ça devait arriver…

Je me sens étonnamment pleine de courage. Parce que tout ça me semble irréel. Il faudra peut-être des semaines avant que l'info n'éclate au grand jour.

– Je t'appelle demain, dit-il.

– OK, je réponds avec un petit sourire crispé, en me préparant aux adieux.

Il me prend dans ses bras, et je me blottis contre lui avec, devant les yeux, l'image brouillée par mes larmes de son tatouage à l'encre noire qui déborde sous sa manche. J'en suis consciente, je ne le reverrai pas avant un siècle, et si quelques jours peuvent créer de la distance, qu'en est-il des semaines ?

– Bon rendez-vous demain soir, dit-il en s'écartant.

– Je ferai de mon mieux, je réponds, avec un brin d'impertinence.

Il lève les yeux au ciel, feignant l'exaspération, en regardant Meg.

– Tel père, telle fille, commente cette dernière avec ironie.

Je prends ça pour un compliment, même si je ne crois pas que ça en soit un dans sa bouche.

Au moment où Samuel et moi franchissons le portail, trois types, appareil photo à bout de bras, se précipitent devant la voiture et nous mitraillent avec frénésie. Malgré les vitres teintées, je me recroqueville sur mon siège, paniquée. Tout ça est trop bizarre.

Le trajet jusqu'à la maison prend plus de temps que prévu, mais Samuel finit par semer les voitures qui nous collent aux fesses, et pour rejoindre Maidenhead, il emprunte le réseau des routes secondaires.

– Tout est OK, maintenant, jeune fille. Je vais pouvoir vous ramener à Stu très vite, me rassure Samuel, quand je regarde derrière nous pour la énième fois.

Je tente d'engager la conversation, histoire de m'aider à me détendre un peu, mais Samuel est le genre armoire à glace pas bavard du tout. Je me souviens qu'une fois, à L.A., il m'avait fait rire avec des blagues idiotes. Mais là, je n'ai pas le cœur à plaisanter.

– Vous allez rentrer à L.A. avec les Jefferson ?

– En principe.

– Vous avez hâte ?

– Non, répond-il. Je vais où ils vont, c'est tout.

– Vous avez une famille, Samuel ?, je me surprends à lui demander.

– Non, je suis tout seul, ma grande.

– J'imagine que ça doit faciliter les choses quand on voyage sans arrêt, je chuchote, le nez collé à la vitre.

Samuel ne répond pas. Je me demande s'il se sent seul, parfois, mais je n'ose pas lui poser la question.

Vingt minutes plus tard, on traverse le centre de Maidenhead, et tout au bout, se trouve la rue où j'habite.

– Mieux vaut se tenir prêts, pas question de traîner, me prévient Sam. Je porterai vos affaires et, de votre côté, vous courrez vite à l'intérieur...

Il appelle Stu pour lui dire que nous arrivons, et peu après, il se gare devant la maison.

– Allez-y !, me lance-t-il.

Je bondis de la voiture et me précipite vers la porte qui s'ouvre comme par magie, juste quand j'arrive devant. Peu après, mes affaires sont dans l'entrée, et Stu referme la porte sur Samuel qui repart déjà. J'entends le moteur de la Mercedes qui s'éloigne.

– Wow, je soupire, à bout de souffle.

– Tout va bien ?, s'inquiète Stu.

– Ça craignait un peu, je réponds, épuisée par toutes ces émotions.

– C'est-à-dire ? Que s'est-il passé ?

On va s'asseoir, et je lui raconte les paparazzis à nos trousses et la route, Samuel frôlant l'excès de vitesse pour tenter de leur échapper. Quand j'ai terminé, Stu a l'air ébranlé.

– C'est bon maintenant, ne t'en fais pas, je lui dis.

Il soupire, se passe et se repasse la main dans les cheveux. Du coup, il est tout décoiffé. Puis il enlève ses lunettes cerclées d'écaille et en nettoie consciencieusement le verre, avec un coin de son tee-shirt. Il les remet sur son nez et me regarde.

– Bien, je vais aller préparer le dîner, dit-il au bout d'un moment.

– Tu te rappelles que je sors, ce soir ?

– Jessie..., commence-t-il à soupirer.

– N'y pense même pas ! Je ne vais pas annuler mon rendez-vous. Avec Tom Ryder, merde ! Et puis, tu n'arrêtes pas de me dire de me comporter normalement ! Je suis bonne comédienne, tu peux me faire confiance, tu sais.

– Ça, je le sais, marmonne-t-il, visiblement contrarié.

– Qu'est-ce que tu sous-entends par là ?, je réplique, soudain tendue.

– Laisse tomber, Jess. Quoi que je dise, de toute façon, tu sortiras !

Et il se lève.

Au moins, les choses sont claires comme ça.

– Je monte me préparer.

– À quelle heure as-tu rendez-vous avec Tom ?

– Dix-huit heures. Après le film, on ira manger un morceau.

– Je vais t'emmener au ciné.

– Mais c'est juste au bas de la...

– Je t'emmène, m'interrompt-il sur un ton sans appel. Et si tu veux, tu n'as qu'à m'appeler, je viendrai te chercher.

– D'accord, je soupire.

Inutile d'en faire une montagne, je me dis, résignée.

5.

C'est le calme plat autour de la maison quand je sors avec Stu, un peu plus tard, ce soir-là. La nervosité que je ressens à la perspective de mon rendez-vous vient se rajouter au stress qui m'agite déjà. J'espère que personne, parmi tous les gens que je connais, ne m'a reconnue sur les photos et n'a alerté les médias. En tout cas, si un journaliste est sur ma piste, il est super bien caché. Je décide de profiter à fond de ma soirée.

– Salut !, s'exclame Lou en ouvrant sa porte. (Stu a proposé d'aller la chercher.) À plus, papa !, lance-t-elle.

– Ne sois pas en retard !, résonne une voix bourrue, à l'intérieur.

Elle lève les yeux au ciel, puis referme la porte derrière elle. Les parents de Lou sont divorcés. Je sais, c'est nul de ma part, mais quand je l'ai appris, je n'ai pu m'empêcher d'éprouver un certain soulagement. Sa famille à elle non plus n'est pas parfaite.

– Tu es superbe, me dit-elle, lumineuse.
– Merci. Toi aussi…

On a échangé une série de textos, une heure plus tôt, et on s'est mis d'accord pour les fringues : jean, top sympa et talons hauts. Je porte des espadrilles bleu électrique et un tee-shirt noir à manches longues.

– Tu n'es pas nerveuse ?, me demande-t-elle. Moi, oui.

– Moi aussi, un peu, je réponds en riant. Mais tu n'as aucune raison de l'être. Chris t'aime beaucoup.

– Oui, et Tom t'aime encore plus, c'est sûr.

– Vous pourriez vous taire, derrière ?, marmonne Stu au volant.

On glousse, Lou et moi, mais on ne dit plus un mot le reste du trajet.

On arrive avec presque dix minutes de retard sur l'heure prévue, mais pas de Tom ni de Chris en vue. Puis Lou les aperçoit installés à un simulateur de Formule 1. Ils sont assis côte à côte, mains crispées sur leur volant, ultra concentrés.

– Whoo !, je m'exclame en surgissant entre eux par derrière.

Ils font un bond, puis rouspètent et évitent de peu l'accident, à l'écran.

Lou et moi éclatons de rire, tandis qu'ils terminent leur partie.

– Yes !, jubile alors Tom, poings levés. (Visiblement, Chris a perdu.) Et toi, tu vas voir, ajoute-t-il en agitant un doigt vengeur dans ma direction.

Il s'arrache à son siège et s'avance vers moi, avec une mimique menaçante. J'en ai le cœur qui dérape lorsqu'il se plante sous mon nez et plonge ses yeux couleur chocolat dans les miens. Je lui souris en prenant un air innocent.

– C'est ça, fais ton malin, marmonne Chris en secouant la tête, comme s'il était écœuré. D'abord, on verra si tu as ton permis…

– J'espère bien. Ça fait un bail que je m'entraîne à la ferme de mon oncle.

– C'est quand, ton anniversaire ?, je lui demande, alors qu'on se dirige vers l'entrée.

– Mercredi, répond-il en désignant la boutique de friandises. On a déjà acheté les billets. Vous voulez des pop-corns ?

– Bien sûr !, je réponds. J'y vais.

– Non, non, c'est bon, dit-il, et il sort son portefeuille de la poche arrière de son jean. Chris en fait autant.

– Vous avez pris les tickets, on achète les pop-corns, décrète Lou avec fermeté, et ils rangent leur monnaie de mauvaise grâce.

– Pour toi et moi ?, je propose à Tom, tandis qu'on va faire la queue.

– Bien sûr.

– Sucrés, salés ou les deux ?

– Les deux ?, demande-t-il en plissant le nez.

– Y a pas mieux, vraiment.

– OK. Je te fais confiance.

Ses paroles, pourtant anodines, ne calment pas les papillons qui s'agitent en moi. On ne parle pas vraiment en faisant la queue, mais derrière, j'entends Lou et Chris bavarder et du coup, ce blanc dans notre conversation me met légèrement mal à l'aise.

Du coin de l'œil, je vois Tom se passer la main dans les cheveux. Je suis fascinée par ses mèches châtain clair délavées par le soleil, et par ses bras bronzés couleur miel. Il porte un pantalon chino noir et un tee-shirt kaki, avec des imprimés graphiques.

Il est tellement beau.

Une fois les pop-corns et les boissons achetés, on se met un peu à l'écart pour attendre Chris et Lou. Je la vois qui rit, et il lui sourit. Ils s'entendent vraiment bien, tous les deux. Je cherche quelque chose à dire à Tom.

– Alors, ton oncle…

– Qu'as-tu…

On s'est mis à parler en même temps. Il rit, mal à l'aise, et attrape une poignée de pop-corns dans le seau, entre mes mains.

– Vas-y, toi d'abord.

– Alors comme ça, ton oncle a une ferme ?

– Moui, répond-il, la bouche pleine. Dans le Suffolk.

– Et tu sais vraiment conduire ?

– Oui, il m'a appris sur un tracteur quand j'avais treize ans. À côté, une bagnole, c'est du gâteau.

– C'est super ! Et quand passes-tu ton permis ?

– Dans trois semaines, mais ne le répète surtout pas, dit-il avec un sourire espiègle.

– Pourquoi ?

Je suis surprise par son manque d'assurance.

– Si les autres savaient, j'aurais la pression.

– Je ne le dirai à personne…

Je ne peux m'empêcher d'être flattée de ne pas être classée dans la catégorie « les autres ».

– Je suis obligé de te faire confiance, maintenant, répond-il en me souriant. Hmm, tu avais raison pour les pop-corns.

– Tu vois !, j'éclate de rire. Tu ne voudras plus que des sucrés salés, maintenant.

C'est à peine si on remarque Lou et Chris approcher.

– On y va ?, demande ce dernier.

Tom acquiesce d'un signe de tête et passe devant pour tendre les tickets à la fille en faction à l'entrée.

On se faufile dans une rangée de sièges – Chris le premier, puis Lou, ensuite moi et pour finir, côté allée, Tom. Les pubs défilent déjà sur l'écran et quand je m'assois, Lou me sourit dans la pénombre. Je me glisse sur mon siège et Tom en fait autant, à ma gauche. Je lui tends le seau de pop-corns, il en prend une pleine poignée et penche la tête vers moi.

– Qu'est-ce que tu as fait, hier soir ?, me demande-t-il, pendant que les bandes-annonces se succèdent à l'écran.

– Je suis allée au restau avec mon père.

Pas question de raconter des mensonges, à moins d'y être obligée. J'espère pouvoir lui dire la vérité, à terme.

– Avec monsieur Taylor ?

– Non, avec mon vrai père. Il est dans la région, en ce moment.

– Oh. Wow. Comment il est ?

– Génial, je réponds avec un haussement d'épaules. Je te raconterai, j'ajoute en désignant l'écran. Le film va commencer.

Il reste comme ça, sa tête presque contre la mienne, et je ressens tellement sa présence, là, tout près, que j'ai le plus grand mal à suivre le thriller qui se joue devant nos yeux. De temps en temps, son genou est parcouru de soubresauts. Je suis distraite par sa main, posée sur sa cuisse. Ses doigts effleurent les miens quand on finit les pop-corns. Je pose le seau à mes pieds, hyper tendue.

Alors que je m'enfonce dans mon siège, mon bras frotte contre le sien. Ce contact me donne la chair de poule. Par réflexe, je m'écarte, avant de me traiter de tous les noms, car ce que je veux, c'est *plus* de contact, pas moins. Je regarde sa main, pose la mienne à mon tour sur ma cuisse, en espérant qu'il la prenne. Je peux sentir son after-shave, ou son déo, je ne sais pas, et ce parfum m'empêche de me concentrer. Je le regarde à la dérobée, et juste à ce moment-là, il tourne la tête. La lumière sur l'écran fait briller ses yeux noirs. Puis nous reportons notre attention sur le film, mais les créatures ailées dans mon ventre volent dans tous les sens, peu disposées à se calmer.

Je bouge légèrement, si bien que mon avant-bras touche le sien. Mais je tiens bon, je ne m'écarte pas. Je suis tellement subjuguée par ce contact infime que j'ose à peine respirer. Son bras dégage une telle chaleur. De longues minutes d'une intensité atroce passent, puis il change de position. L'espace d'un quart de seconde, j'ai le cœur qui part en vrille, jusqu'à ce que son bras croise le mien et qu'il me prenne la main.

C'est le geste innocent par excellence, pourtant j'en suis toute bouleversée. Je lui souris, intimidée, puis je tente de me concentrer sur le film. Mais impossible. Tout ce à quoi je suis capable de penser, c'est à Tom.

Lorsque son pouce se met à caresser mon poignet, je réalise que si je me sens aussi troublée par sa main sur la mienne, qu'est-ce que ce sera s'il m'embrasse !?

Quand il m'embrassera…

Sans que je ne comprenne comment, le générique apparaît sur l'écran. Tom me serre légèrement la main et me lâche. J'esquisse un sourire, puis je me lève, et nous sortons tous de la salle.

Une fois dehors, on décide d'aller manger une pizza. Nous passons les deux heures suivantes à rigoler et à discuter du film, du bahut et aussi des vacances d'été ou encore des impressions de Lou, qui vient tout juste d'emménager.

– Je me sens beaucoup mieux depuis que j'ai fait votre connaissance, à Jessie et à vous, les garçons, dit-elle, ce qui me fait chaud au cœur.

Après le dîner, Chris et Lou décident d'aller prendre un taxi à la station de métro. Tom, lui, propose de me raccompagner. Je sais, Stu m'a dit de l'appeler, qu'il viendrait me chercher, mais il en fait trop – après tout, la maison est à seulement dix minutes à pied. Et surtout, j'ai envie de passer un peu de temps seule, avec Tom...

– Je vais exploser, souffle-t-il, une main sur son ventre tout plat.

– Moi aussi.

– Tu n'as presque rien mangé pourtant.

– Je n'avais plus faim, après tous ces pop-corns !

– Au moins, tu ne m'as pas forcé à d'autres associations alimentaires bizarroïdes !

– Tu as dit que tu *aimais bien* le sucré salé !, je réponds en lui envoyant un coup de coude.

– *Toi*, je t'aime bien, nuance.

Mon estomac se noue. Je le regarde en biais, et le vois qui me sourit. Puis il me prend la main, et nous nous mettons en marche.

– Tu te souviens ?, me demande-t-il en s'arrêtant sur le pont, au-dessus de la voie ferrée. Il regarde en bas dans l'obscurité, là où les rails courent.

– Oui, je réponds à voix basse.

C'était juste avant les vacances d'été. Il me raccompagnait à la maison, et je m'étais arrêtée là, exactement à cet endroit, avec lui, avant de lui parler de toutes ces questions qui me hantaient, sur mon vrai père.

– C'est toi qui m'as donné l'idée d'interroger Stu, ce soir-là... Si tu n'avais pas été là, peut-être que je n'aurais jamais connu mon père.

– Ravi d'avoir pu t'être utile, répond-il en souriant. Alors, comment est-il ?

– Super cool. Et sa femme est très sympa aussi. Au début, j'avais un peu peur de sa réaction avec moi, mais je crois qu'elle a fini par m'accepter.

– Tu sais pourquoi ta mère ne t'a jamais parlé de lui ?

– Peut-être qu'elle ne voulait pas me perdre, je réponds en détournant les yeux. Mais je ne saurai jamais. Je ne peux plus lui poser la question.

Ma voix se meurt, et il se tourne vers moi, glisse ses doigts dans la boucle de ma ceinture et m'attire contre lui.

En un éclair, je comprends. Il va m'embrasser.

Une voiture surgit au coin de la rue et l'espace d'un instant, ses phares nous aveuglent. Je ris, mais lui reste impassible après cette interruption. Tout ce dont je me souviens ensuite, c'est de sa bouche sur la mienne.

Il m'embrasse lentement, puis son baiser se fait plus pressant, sa langue s'insinue entre mes lèvres. Je lui rends son baiser, comme ivre, quand une autre voiture apparaît. Le conducteur nous klaxonne. Nous rions tous les deux, bouche contre bouche. Puis il m'embrasse à nouveau avec douceur.

– Je n'étais pas sûr de te plaire, dit-il.

– Quoi ?! Qu'est-ce qui t'a fait croire ça ?

– Eh bien, tu sais, le soir où je t'ai raccompagnée chez toi, la fois où on avait parlé de ton père… On avait prévu d'aller voir ce film, mais après, tu ne m'as quasiment plus adressé la parole.

– Uniquement parce que, le lendemain, j'ai interrogé Stu à propos de mon père, j'explique en posant les mains sur ses hanches. J'étais tellement sidérée après. J'avais passé presque toute ma vie à penser à lui et d'un coup, je savais qui il était.

– Et puis, il y a eu cette autre fois, aussi, ajoute-t-il avec un léger haussement d'épaules, en me regardant droit dans les yeux.

Je me creuse la cervelle et finis par me rappeler notre dernière conversation, avant les vacances d'été. On s'était promis d'aller enfin au ciné ensemble à mon retour de… Oh. Exact. Je lui avais dit que j'allais passer quelque temps à L.A., chez « un ami de ma mère ».

– Pardon, j'aurais dû te prévenir que j'allais chez mon vrai père. Mais tout ça était tellement bizarre. Je voulais t'en parler, vraiment…, je m'efforce de le rassurer, mais impossible de lui dire la vérité, pas encore. C'était compliqué parce qu'il a une famille de son côté, et personne n'était au courant de mon existence. On m'a fait faire un test de paternité.

– Ce n'est pas vrai ?, s'exclame-t-il, l'air choqué.

– Bah, juste une formalité, je réponds.

Je lui prends la main, et on se dirige vers la colline pour trouver un endroit tranquille. Je suis tout près de chez moi maintenant, mais je n'ai pas envie que ça s'arrête.

– C'est-à-dire que, tu vois…, commence-t-il, hésitant. J'ai pas mal pensé à toi pendant les vacances… (Il rit un peu, mais ça ne suffit pas à cacher son malaise.) Tu ne m'as même pas envoyé un texto, quand tu es rentrée.

Je suis un peu prise de court. Je vois sa confiance en lui se lézarder. J'aimerais le rassurer, mais que puis-je dire ? Oui, j'ai eu beaucoup à faire entre les funérailles de ma grand-mère et les visites à Johnny & Co. Mais je n'étais quand même pas occupée au point de ne pas trouver le temps de lui envoyer un texto.

La vérité, bien sûr, c'est que je n'avais que Jack en tête. Je ne savais plus où j'en étais, ni comment m'y prendre pour me rapprocher de Tom. Mais ça, difficile de le lui expliquer.

– J'ai été un peu bousculée, les deux dernières semaines de vacances, dis-je.

Il ne me regarde pas, reste les yeux fixés droit devant lui tandis que nous marchons. Alors, je lui parle des obsèques.

– Oh, je suis désolé…

Tout de suite, il compatit, et je culpabilise, car je ne fais rien d'autre que le manipuler en lui cachant l'autre versant de l'histoire.

– C'est bon. Je suis juste triste de ne pas l'avoir mieux connue, dis-je. En même temps, elle avait renié ma mère quand elle était tombée enceinte de moi.

– Putain, murmure-t-il.

– Et puis, mon père a dû rentrer en Angleterre avec sa famille, alors j'ai passé pas mal de temps avec eux.

– Je vois, dit-il en hochant la tête, alors que nous arrivons près de chez moi.

J'espère que ça suffira, comme explication. Je lui serre la main, l'oblige à s'arrêter. Il me dévisage. Il est si mignon. Je l'aime vraiment beaucoup – à la fois pour cette confiance qu'il a en moi et cette vulnérabilité qu'il me laisse entrevoir.

Je voudrais tout lui révéler à propos de Johnny, mais c'est trop tôt pour les confidences. Je ne sais pas vraiment où je vais avec Tom, il faut que je sois patiente. Juste au cas où ça tournerait mal entre nous. Il risquerait alors de me trahir en faisant voler ma couverture en éclats.

Un frisson d'angoisse me parcourt à l'idée que les médias révèlent toute l'histoire dans les jours qui viennent. Tom apprendrait la vérité par la presse, et pas de ma bouche. L'horreur. Mais bon, ce n'est pas le bon moment pour tout déballer.

– Merci pour la soirée, dis-je, et derrière lui, dans la maison, j'aperçois la lumière dans le salon. Stu est sans doute en train d'attendre mon coup de fil. *Oups.*

– On se voit demain ?

– Bien sûr, répond-il, et je vois qu'il est encore un peu sur ses gardes.

C'est clair, il sait, il sent que je lui cache quelque chose.

Jack.

Mais non, enfin, Jack, c'est terminé, je me dis, déterminée. *Il a laissé passer sa chance. Aujourd'hui, je suis avec Tom.*

Je me hisse sur la pointe des pieds, et presse mes lèvres contre les siennes. Il prend mon visage entre ses mains, et me rend mon baiser. À nouveau, j'ai la tête qui tourne. Puis il arrache sa bouche de la mienne, son visage tout près du mien. Je laisse échapper un léger soupir. Dieu qu'il embrasse bien.

– À demain, murmure-t-il. Il me donne un dernier baiser, furtif celui-là, avant de s'écarter, puis il s'en va.

Je recule de quelques pas, et regarde Tom Ryder s'éloigner à grandes enjambées, un petit sourire scotché à mes lèvres.

J'ouvre la porte, entre, dans un état second, et sursaute quand Stu apparaît à l'entrée du salon.

– Enfin ! Je t'avais dit de m'appeler !, me lance-t-il, fâché, au moment où je referme la porte derrière moi.

– Tom m'a raccompagnée, je réponds avec agacement, lui en voulant de me ramener aussi brutalement sur terre.

– On avait conclu un marché !

– C'est quand même pas si grave…

– Ne fais pas ta forte tête avec moi, Jessie. Je te laisse sortir ce soir et…

– Tu crois que tu aurais pu m'en empêcher, peut-être ?

– Ah, ça recommence, c'est ça ?, dit-il, en colère. Et moi qui croyais que tu avais mis un peu de plomb dans ta cervelle, à L.A.

– Franchement, Stu, tu en fais trop, tu ne crois pas ! J'étais au cinéma au bout de la rue ! Je suis censée me comporter comme une fille normale, non ?

– Plus maintenant, répond-il, l'air accablé, après une hésitation.

– Qu'est-ce qu'il y a ?, je demande, soudain tétanisée.

– L'info va paraître dans la presse nationale, demain, Jessie.

Tous les espoirs que j'avais placés en Meg pour empêcher ça, réduits à néant, en un éclair.

– Apparemment, ils auraient d'autres photos de toi, poursuit Stu. J'ignore si on te reconnaît dessus, mais à un moment donné, quelqu'un finira bien par réaliser et ira parler aux journalistes.

Je sens mon cœur qui se serre.

– Il faut que tu t'y prépares, dit-il. Johnny pense que nous devrions déménager dans une maison plus sécurisée.

– Je ne partirai pas d'ici !, je m'exclame, partagée entre peur et fureur.

– Moi non plus, je n'en ai pas envie, dit-il, et malgré l'aveuglement de la colère, je vois qu'il est au bord des larmes.

Mais peu m'importe, je m'élance, le bouscule au passage et me rue dans l'escalier. Au lieu de me rendre dans ma chambre, je me précipite directement dans la pièce à côté et claque la porte derrière moi.

Et là, je suis avec elle.

Maman.

C'est ici, dans la chambre d'amis, que nous conservons toutes ses affaires. Ni Stu ni moi n'avons trouvé le courage de nous en séparer, alors on s'est juste contenté de tout ranger ici.

Les larmes coulent sur mes joues, tandis que son odeur m'enveloppe. Des piles et des piles de vêtements soigneusement pliés qui s'entassent sur le lit. Sa robe de soirée gît sur l'oreiller, je la prends, la caresse, puis j'enfouis mon visage dans le satin, imaginant ses bras autour de moi. Elle me serre très fort, je ferme les yeux et sanglote en silence.

Je m'endors au milieu de ses affaires. C'est là qu'est ma place, avec elle et nulle part ailleurs.

6.

Le lendemain matin, je suis tellement préoccupée par ce que racontent les journaux sur moi que c'est à peine si je trouve le temps d'appréhender de revoir Tom, au bahut.

L'article du site web du quotidien local fait aujourd'hui la une de l'édition papier, et à la vue des gros titres me désignant comme une fille de la région, j'en ai froid dans le dos. Ce n'est plus qu'une question de temps, je le sais, quelqu'un va forcément me reconnaître.

Cependant, l'histoire ne figure pas à la une des journaux nationaux. L'info fait seulement l'objet d'un simple entrefilet ici ou là. En revanche, un tabloïd me consacre toute une page, avec des photos de moi en compagnie des Jefferson, au parc d'attractions, sur la plage de Santa Monica. Des prises de vue hyper nettes, sauf que là encore, je porte mes lunettes de soleil, donc difficile de reconnaître mon visage.

Je réalise qu'ils sont plus nombreux à savoir qui je suis à L.A. qu'à Maidenhead. C'est ici que j'ai grandi, mais j'étais à L.A. avec Agnès et ses amis quand la presse a sorti le scoop sur la fille cachée de Johnny. Il y avait là-bas une nana, Lissa, qui ne pouvait pas m'encadrer. Elle ou une autre pourrait très bien lâcher mon nom à la presse. J'aurais les paparazzis devant ma porte dans l'heure qui suit.

Je me demande si Agnès m'appellera quand, à son réveil, elle découvrira que les médias s'excitent à mon sujet. Avec un sentiment de culpabilité, je me demande aussi si Jack m'appellera.

A-t-il pensé seulement une fois à moi, depuis mon départ ? On s'était promis de rester en contact, mais il n'a même pas pris la peine de répondre à mon petit mail. Pas question de lui en envoyer un autre. Et encore moins maintenant que je suis avec Tom.

Un mélange bizarre d'émotions me submerge. Des papillons dans le ventre à la perspective de revoir Tom, ce matin, et un sentiment douloureux de vide à l'idée de ne plus revoir Jack. Je m'efforce d'ignorer ce dernier pour me concentrer sur le premier.

Après avoir passé un temps fou à lire la presse, Stu et moi arrivons au bahut un peu plus tard que d'habitude. Je regarde autour de moi les élèves rassemblés devant le portail. Est-ce qu'il y en a parmi eux qui ont lu les journaux ? C'est pour le quotidien local que j'angoisse le plus, celui qui révèle que je suis de la région.

On entend quelques « Bonjour, m'sieur ! » adressés à Stu, mais personne ne me regarde particulièrement quand nous entrons dans l'établissement.

Quelle impression bizarre. Je suis sur les nerfs, à l'affût de tout et de tous, mais pour les élèves, c'est un jour comme les autres.

– Essaie de penser à autre chose, maintenant, murmure Stu quand il prend l'escalier pour rejoindre son bureau.

J'acquiesce d'un bref signe de tête, me sentant terriblement vulnérable à l'instant où il disparaît.

Je passe devant le bloc des élèves de terminale, et regarde si Tom est arrivé, mais il n'y a personne. Je ressens le besoin de m'isoler. J'ai quelques minutes devant moi, et je décide de les passer enfermée dans les toilettes. Je m'y dirige quand on crie mon nom, me faisant sursauter. Je vois Lou qui traverse la cour à toute vitesse. Elle m'attrape par le bras et m'entraîne vers les WC. C'est tout juste si j'ose respirer.

– Allez, raconte !, dit-elle.

Je ne sais pas quoi dire. Saurait-elle pour Johnny ?

– Alors, il s'est passé quoi ?, insiste-t-elle avec curiosité.

Je soupire, soulagée. Elle parle de Tom ! Je hoche doucement la tête avec un petit sourire.

– Vous vous êtes embrassés ?

J'acquiesce une nouvelle fois, un peu plus détendue.

Elle laisse échapper un cri, tout excitée, et c'est une bulle de bonheur à retardement qui éclate dans mon cœur. C'est à peine si j'y ai repensé. *Hier soir, j'ai embrassé Tom Ryder* ! Une douce chaleur m'envahit tandis qu'à mon tour, je l'interroge pour Chris. Il l'a embrassée dans le taxi, et ils ont échangé leur numéro de téléphone. Ils doivent se revoir ce week-end.

C'est tellement chouette d'avoir de nouveau une amie au lycée maintenant que Natalie est partie. Je réalise qu'elle ne m'a même pas envoyé un texto, ce week-end, avant de chasser cette pensée de mon esprit. Quant à Libby…

Lorsque la sonnerie retentit, Lou et moi sortons des toilettes pour rejoindre notre salle de cours. J'aperçois mon ex-meilleure amie dans le hall, ses cheveux roux reconnaissables entre mille au milieu de la foule. Elle discute avec Amanda mais, quand elle me voit, elle se fige, les yeux ronds. Elle sait. Elle sait que mon secret ne tient plus qu'à un fil.

Amanda tourne la tête pour voir ce que Libby regarde, et à son tour me dévisage, l'air stupéfait. Puis elle reporte son attention sur Libby, qui fait en sorte de reprendre une expression plus naturelle. Je lui adresse un léger sourire quand je passe devant elle, bras dessus bras dessous avec Lou, mais c'est à peine si Libby me répond. Je comprends qu'elle s'inquiète pour moi. J'aimerais pouvoir me retrouver seule avec elle pour parler sans tabou de Johnny. Et faire comme si tout était normal.

Pendant la récré, je manque de hurler de peur quand Libby me glisse un mot. J'étais complètement ailleurs, à tenter d'apercevoir Tom.

« Tu passes chez moi, après les cours ? J'espère que tu vas bien. »

Je lui souris avec gratitude, les larmes aux yeux, car soudain, elle me manque affreusement.

Lorsque je me retourne, je vois Tom qui traverse le hall, le pas nonchalant, en compagnie de Chris. Il jette un coup d'œil à la foule, puis ses yeux croisent les miens, et un sourire se dessine sur ses lèvres. Mon cœur s'affole, et c'est tout juste si j'arrive à tenir debout.

Appuyé contre le mur, bras croisés, Tom me regarde approcher. Il me sourit de manière complice.

– Hello !, je lance, lui souriant à mon tour. Lou rejoint Chris, et il me semble que Libby et Amanda ne nous lâchent pas des yeux une seule seconde.

– Tu as cours de quoi ?, demande-t-il.

– Technologies de l'information et de la communication… (J'ai l'impression d'avoir toute une troupe de jongleurs fous qui s'active dans mon ventre.)

Il s'écarte du mur, et c'est le bonheur lorsque je réalise qu'il va m'accompagner en classe.

– Tu es bien rentré, hier ?, je demande, optant pour un sujet de conversation neutre, tandis que nous traversons la cour.

– Oui. Et toi, tu as passé une bonne soirée ?

J'entends nettement le doute dans sa voix, et je suis légèrement désarçonnée par sa question.

– Très bonne, je réponds tout en l'observant du coin de l'œil.

– Bon film, non ?, enchaîne-t-il, visiblement mal à l'aise, tandis que nous nous arrêtons au pied de l'escalier menant à ma salle. Ça fait beaucoup de « bon » d'un coup.

– Je ne l'ai pas vraiment regardé, je réponds avec un petit sourire.

– Vraiment ?, demande-t-il avec le même sourire espiègle.

– Vraiment !

Ses yeux descendent sur mes lèvres, et un frisson me parcourt. Puis il me dévisage de nouveau.

– On se voit, à la pause ?

– D'accord...

Et on se sépare. Il avait envie de m'embrasser, c'est sûr. Quand le fera-t-il ?

Le cours de TIC passe à toute vitesse grâce aux petits mots que Lou et moi échangeons sur Tom et Chris. Parfois, Libby me lance des regards inquiets, et je réalise que Lou et moi nous comportons un peu comme elle et Amanda, la semaine dernière. Je me dis qu'elle regrette peut-être le temps où nous étions très proches.

À la pause, Lou et moi allons dans la cour nous asseoir sur le muret en briques, près de la bibliothèque. Il fait plus frais aujourd'hui, mais nos blazers noirs captent le soleil et nous tiennent chaud.

J'ignore où sont passés Tom et Chris. Je résiste à la tentation d'aller vérifier dans la salle des élèves de terminale.

À ce moment-là, trois de nos camarades de classe passent et l'une d'elles, Nina, s'arrête net pour me dévisager avec insistance, un grand sourire aux lèvres.

– Oh mon Dieu, comme tu lui ressembles !, hurle-t-elle, et quand je vois le téléphone dans sa main, je me fige. Elle se met à danser sur place en criant : C'est Jessie ! Jessie est la fille cachée de Johnny Jefferson !

Je cesse net de respirer.

Puis elle éclate de rire, un vrai fou rire, passe son téléphone à ses copines qui toutes regardent avec avidité, avant de se tourner vers moi et de se tordre de rire à leur tour.

– Oh mon Dieu, c'est ton portrait craché !, s'exclame Michelle.

Je comprends alors que si pour elles je suis le « portrait craché » de la fille de Johnny, elles n'imaginent pas une seconde que je le suis vraiment.

– Dégagez, je marmonne avec irritation, ce qui a pour effet de les faire rire de plus belle.

– Qu'est-ce qui les fait se marrer comme ça ?, demande Tom qui apparaît à mes côtés.

– Rien, je soupire, alors que Lou attrape le téléphone dans la main de Michelle.

– Hé !, hurle celle-ci en essayant de le récupérer.

Lou l'en empêche et examine la photo sur l'écran.

– Wow, dit-elle avec ironie. C'est vrai, elles sont blondes toutes les deux. Bravo, tu es encore plus forte que Sherlock ! Elle rend l'appareil à Nina qui lève les yeux au ciel et s'en va avec ses copines.

– De quoi s'agit-il ?, demande Tom, complètement à l'ouest.

– Rien, je réponds, mais je ne peux pas empêcher Lou d'expliquer.

– Elles trouvent que Jessie ressemble à la fille cachée de Johnny Jefferson.

– Pas possible ? C'est dingue.

– Bon, et si on..., je commence, agacée.

– Apparemment, elle habiterait dans le coin, continue Lou.

– ... allait s'asseoir dans le parc, je termine ma phrase, mettant un terme à leur conversation.

Tom regarde sa montre et avant qu'il ne dise quoi que ce soit, la sonnerie retentit pour annoncer la fin de la pause.

– On se retrouve pour le déjeuner ?, je suggère.

– J'ai promis d'aller jouer au foot, répond Tom alors que nous retournons en cours. Tu pourrais venir me regarder... ?

– Non, pas question d'aller m'asseoir sur la touche comme l'une de tes vulgaires groupies... (Je ris à son expression.) On se voit plus tard ?

– Après le bahut ?

– Je vais chez Libby, je réponds, et à ce moment-là, je croise justement le regard de celle-ci, en train de nous observer. Je me demande si elle a été témoin de l'échange avec Nina et compagnie.

– OK, indique Tom, et je sens qu'il est déçu.

– On pourrait se voir après.

– Bien sûr, répond-il, et nos chemins se séparent.

7.

– Alors, comment ça va ?, me demande Libby, fébrile, après avoir refermé la porte de sa chambre.

Nous n'avons échangé que quelques mots depuis mon arrivée chez elle. Il a fallu faire la conversation avec Marilyn, sa mère, avant de pouvoir monter. Libby n'en peut plus, elle semble trop impatiente d'avoir les dernières infos sur ce qui a pu se passer.

– Ça va, ça va, je réponds, hésitante. Un peu inquiète que ma couverture éclate au grand jour. D'après Johnny, ce n'est plus qu'une question de temps.

Les joues de Libby s'embrasent à l'évocation de ma superstar de père.

– Mon Dieu, gémit-elle. Et que vas-tu faire ?

Je hausse les épaules, tente de la jouer décontractée, histoire de lui faire croire, et à moi aussi finalement, que je ne suis pas à bout de nerfs.

– Je ne sais pas. Johnny n'arrête pas de me menacer de me faire surveiller vingt-quatre heures sur vingt-quatre et sept jours sur sept par une armada de gardes du corps, mais… Je ne sais pas. Je suppose qu'on avisera le moment venu.

– Wow, dit-elle, visiblement sous le choc.

Je commence alors à lui raconter mon séjour chez les Jefferson, mais on vient tout juste d'entamer la partie visible de l'iceberg quand la sonnette retentit.

– Vous avez l'air de bien vous entendre, Louise et toi, remarque Libby, sa mère se chargeant sans doute d'aller voir qui a sonné.

– Elle est super, je réponds en souriant.

– Et tu lui as parlé de, tu sais, de ton père ?, demande-t-elle, un peu tendue.

– Non. Instantanément, son visage se détend. (Serait-elle jalouse ?) Pas encore, j'ajoute, et rebelote, elle se rétracte.

– Tu penses pouvoir lui faire confiance ?

– Je crois, oui.

Je réalise en même temps que c'est la vérité.

– Tu la connais à peine, remarque Libby, les lèvres pincées.

– Libby !, appelle alors sa mère, au pied de l'escalier. Amanda est là !

– Oh ! (Elle a l'air surpris et aussitôt, je me crispe.) Dis-lui de monter !, hurle-t-elle, me rendant à moitié sourde. Elle a dû se demander où j'étais passée, après les cours, poursuit-elle, tandis que les pas d'Amanda résonnent dans l'escalier.

Et voilà, fin de mon tête-à-tête avec Libby.

– Salut !, lance Amanda en ouvrant la porte. (Elle se décompose en voyant sa meilleure amie avec sa précédente meilleure amie, justement.) Oh, je ne savais pas que tu étais là, dit-elle, l'air pas vraiment ravi de me voir assise sur le lit de Libby.

– Jessie est venue me rendre visite après le bahut, explique Libby en souriant. Tu n'avais pas ton cours de piano, aujourd'hui ?

– Annulé, marmonne Amanda, visiblement énervée.

– Ce sont des trucs qui arrivent, pas vrai, Jessie ?, remarque Libby avec un sourire penaud.

– Oui, je murmure. (En temps normal, la chambre semble déjà toute petite. Maintenant, on y étouffe.) Je peux m'en aller, si vous voulez, je me surprends à dire.

– Tu n'es pas obligée, répond aussitôt Libby.

– Je ne suis pas obligée de rester non plus, enchaîne Amanda, maussade.

– Arrêtez vos conneries !, s'exclame Libby, prise entre deux feux. Allons dans le salon, on sera mieux.

Nous sortons toutes les trois de sa chambre en file indienne, et descendons dans un silence gêné. Je n'ai plus qu'une envie, me casser. Stu travaille tard, et je peux essayer de l'intercepter avant qu'il ne parte du bahut. Je pourrais aussi voir Nat…

– En fait, Libby, dis-je en sortant mon téléphone, ne sois pas fâchée, mais je dois voir Natalie depuis vendredi. Je pense passer chez elle.

– Oh, rétorque-t-elle, les yeux baissés.

– Merci pour cette discussion…

Je touche son bras et tente de mettre un peu de chaleur dans ma voix, tout en me dirigeant vers la porte. Libby me suit, mais Amanda, heureusement, reste en retrait.

– Je suis désolée, chuchote Libby quand j'ouvre la porte. (À nouveau, elle est rouge comme une tomate.)

– Ne t'en fais pas pour ça, je la rassure avec un sourire forcé. On se voit demain…

Lorsque Libby referme derrière moi, je me sens plus désemparée que jamais. J'ouvre mes contacts et appelle Natalie.

– Allo ?, répond-elle.

– Salut, belle inconnue !

– Salut… (Elle n'a pas l'air très enthousiaste.)

– Est-ce que ça va ?, je demande, surprise.

– Oui, ça va.

– Tu es chez toi ?

Que se passe-t-il ? Pourquoi semble-t-elle si lointaine ?

– Oui.

– Je peux venir ?, je demande, sur mes gardes.

– Si tu veux.

– Si tu n'en as pas envie, ce n'est pas une obligation, je ne peux m'empêcher de lancer.

– Non, c'est bon, répond-elle, sur un ton maussade. À tout de suite.

Je raccroche et fixe un moment mon téléphone, perplexe. Les choses n'ont pas l'air de vouloir s'arranger, au contraire.

J'envoie un texto à Stu pour lui expliquer le changement de programme, et il propose de venir me chercher à dix-sept heures. En principe, ça devrait me laisser le temps d'aller chez Natalie pour essayer de comprendre ce qui lui arrive.

– Qu'est-ce que tu as ?, je lui demande d'emblée quand elle m'ouvre la porte, la mine morose.

– Qu'est-ce qui te fait croire que j'ai quelque chose ?, rétorque-t-elle, de mauvaise humeur, en me faisant entrer.

– J'ai fait un truc qui ne fallait pas ?, j'enchaîne, tendue.

– À ton avis ?

– Eh bien, quoi ?, je marmonne, complètement déboussolée. J'ai raté quelque chose ? Tu sais que la presse est sur le point de me démasquer ?

– Tout ne tourne pas autour de toi, Jessie, réplique-t-elle en me remettant sèchement à ma place.

– Ben alors, dis-moi ce qui ne va pas.

– Viens, montons, répond-elle avec un soupir de découragement.

Il s'avère qu'elle est complètement dégoûtée par le comportement de Liam à la fête de vendredi soir. Tellement écœurée qu'elle n'a même pas trouvé le courage de m'appeler, dimanche, quand elle a lu toute l'histoire, sur le Net. D'après elle, Liam fantasme sur moi.

– Quand tu étais à la table de mixage, il n'arrêtait pas de te regarder, explique-t-elle.

– Mais bien sûr que non, voyons !

– Mais si, Jessie, soupire-t-elle avec lassitude. Je connais ce regard. Il avait le même, avec moi, au pub, il y a quinze jours. Et puis, il a suffi qu'il te voie, et terminé, j'ai aussitôt cessé d'exister.

– Ne sois pas ridicule…

– Il m'a demandé ton numéro de téléphone.

– Quoi ? (Je suis estomaquée, pauvre Natalie.) J'espère que tu ne le lui as pas donné.

Elle hausse les épaules.

– T'as pas fait ça ?

– Que voulais-tu que je fasse ?, répond-elle avec une toute petite voix.

Je me sens vraiment mal.

– Je suis tellement désolée, je chuchote, ne sachant trop quoi dire. Il ne m'a pas appelée. S'il le fait, je lui dirai que je ne suis pas intéressée.

– Je ne veux plus le voir, de toute façon.

– Moi non plus. Il ne te mérite pas, je renchéris avec ferveur, mais c'est à peine si elle esquisse un sourire.

– N'empêche, c'est compliqué d'arrêter de fantasmer sur quelqu'un, même quand la personne en question est toxique…

Je me mords la langue, réalisant qu'une fois de plus, je ramène ça à moi, mais bon, c'est vrai, je compatis.

– Tu parles de Jack, c'est ça ?, demande-t-elle avec de grands yeux tristes.

– Mmm, je réponds. Mais je fais tout pour l'oublier. Hier soir, j'avais rendez-vous avec Tom.

En un éclair, son visage s'illumine.

– C'est vrai ? Tu lui as roulé une pelle ?

Je glousse, et finalement, notre tête-à-tête passe trop vite.

Je suis en train de m'endormir ce soir-là, quand je reçois un texto d'Agnès. Elle a entendu dire que la presse britannique parlait de moi, et ça me touche qu'elle s'inquiète comme ça, alors que l'on se connaît à peine.

Une fois de plus, je me demande quelle idée a traversé la tête de Jack. C'était lui qui m'avait invitée à sortir avant mon départ et qui voulait rester en contact. Alors, pourquoi ce silence ?

C'est plus fort que moi. J'attrape mon ordinateur portable et tape le nom de son groupe, All Hype, dans le moteur de recherche. Une photo récente s'affiche, le montrant le bras autour du cou d'Eve, la chanteuse très sexy de la bande et accessoirement, sa petite amie un jour sur deux. Je referme aussitôt mon PC, et vais le remettre sur le bureau, écœurée.

Je retourne au lit, bien décidée à l'effacer de mon esprit pour de bon.

Une fois allongée, je fais en sorte de me concentrer sur Tom. Est-ce que je n'ai pas été un peu trop distante avec lui, aujourd'hui ? Je décide de me rattraper dès le lendemain quand, soudain, je me rappelle que mercredi, c'est son anniversaire. Ce serait bizarre si je lui offrais un truc, après tout nous n'avons échangé qu'un baiser. Ce n'est pas comme s'il était mon petit ami officiel. Euh… l'est-il ? Peut-être que lui le pense. Dans ce cas, il s'attendra à ce que je lui offre quelque chose, c'est sûr ! Aïe. Et qu'est-ce que je mettrai, sur le mot qui accompagnera le cadeau ? Non, c'est beaucoup trop tôt pour ce genre de choses !

Je me tourne et me retourne un moment dans mon lit, avant de m'endormir. Si je ne peux pas grand-chose contre le reste, ce dilemme-là, je dois pouvoir le résoudre.

8.

– Tu vas encore jouer au foot, à l'heure du déjeuner ?, je demande à Tom, lorsque je l'intercepte, le lendemain matin.

– Je ne crois pas. Tu veux qu'on se voie ?

– Bien sûr. Au parc ?

– Je te retrouve là-bas.

Et il s'en va, tout content. Je m'éloigne à mon tour quand je surprends Nina et Michelle qui me regardent en souriant bêtement. Je sens mes joues qui s'embrasent, et je baisse les yeux, me hâtant d'aller en cours. Je réalise avec effroi que je suis obligée de passer devant elles pour me rendre dans la salle de sciences humaines.

– Jessie craque pour Tom, chantonne Nina quand je les croise.

– Il te trouvera sûrement plus intéressante quand il saura que ton père est Johnny Jefferson, poursuit Michelle en ricanant.

La seule chose que je trouve à faire, c'est les regarder avec mépris. Si elles savaient comme elles sont proches de la vérité...

Au moment où je sors du cours de sciences humaines, Libby me demande de l'attendre.

– Je te retrouve tout à l'heure, dit-elle à Amanda avant de me rejoindre. Désolée pour hier, ajoute-t-elle à voix basse.

– T'inquiète.

– On n'a même pas eu le temps de parler de Tom, dit-elle avec malice.

Je hausse vaguement les épaules, ne sachant trop quoi dire.

– Il s'est passé un truc, entre vous ?, demande-t-elle, curieuse.

J'espérais ne pas devoir raconter à Libby, pour Tom et moi, parce que si je lui fais confiance pour ne rien dire à Amanda au sujet de Johnny, ça semble un peu trop lui demander de garder aussi le secret sur ma vie amoureuse.

– Plus ou moins. En fait, pas grand-chose, je réponds, pour la dissuader de poursuivre son interrogatoire.

Raté.

– C'est-à-dire ?

– On est allé au ciné, je réponds sur un ton le plus détendu possible.

– Vous vous êtes embrassés ?

– Libby, je marmonne en grimaçant.

Faut croire que c'est contagieux, car elle fait aussitôt la moue.

– Quoi ? Alors maintenant, on n'a même plus le droit de parler des garçons ? Je ne raconterai rien à Amanda, si c'est ce qui te fait peur.

– Non, ce n'est pas ça, je soupire, et je ne me sens vraiment pas bien maintenant, alors que nous sortons de la salle. C'est juste que c'est un peu tôt, j'ajoute, mal à l'aise. Je dois le retrouver pendant le déjeuner.

– Eh bien, c'est super, répond-elle en souriant. Je suis contente pour toi.

– Euh, merci. Je lui souris, moi aussi. Bon, à plus ?

– À plus.

C'était un peu gênant, comme conversation, je réalise, tandis que nous nous séparons.

Lou et moi sommes allongées sur le ventre, jambes en l'air, et de temps en temps, on regarde si les garçons arrivent. Ils ont dû passer à la cafèt' avant de nous rejoindre dans le parc. Je raconte à Lou cette conversation embarrassante avec Libby.

On est tellement occupé à se parler que nous ne voyons pas Tom et Chris arriver. Ce n'est que lorsqu'une paire de *Converse* grises apparaît dans mon champ de vision que je remarque Tom qui me sourit.

– Ça roule ?, demande-t-il en s'asseyant dans l'herbe près de moi.

Lorsque Chris se met à discuter avec Lou de la qualité des patates sautées de la cafèt' par rapport aux frites, Tom et moi échangeons un sourire. Il plonge ses yeux dans les miens l'espace de quelques secondes et soudain, je me sens tout intimidée. Je me redresse pour m'asseoir.

– Attends, tu as..., dit-il, et il tend la main pour enlever quelques brins d'herbe sèche sur mon uniforme.

– Oh…

– Ça s'est bien passé, chez Libby, hier ?

– Très bien, je réponds, gênée. Mais on n'a pas eu le temps de parler, Amanda est arrivée.

– Toi et Libby, vous étiez super amies, non ?

– Oui, mais beaucoup moins, maintenant. Dis, c'est bien ton anniversaire, demain ?, je demande, voulant l'amener à parler d'autre chose.

Ses beaux yeux marron s'éclairent, et il acquiesce d'un signe de tête.

– Exact.

– Tu fais quelque chose de spécial ?

– Je vais juste au restau avec ma mère et ma sœur.

– Ta sœur, elle s'appelle Becky, non ? Et elle a quelques années de plus que toi ? Elle était ici, au lycée.

– Trois ans. Je suis surpris que tu te souviennes d'elle.

J'en sais plus sur Tom que je n'oserais l'avouer. Mais inutile de passer pour une psychopathe, à l'aube de notre relation.

– Elle est à la fac, maintenant ?

– Oui, à Édimbourg. Mais elle n'est pas encore rentrée.

– Elle te manque ?

– L'année dernière, oui, avoue-t-il. (J'en suis sûre, elle lui a manqué grave, quand leur père est parti.) Mais je l'ai eue dans les pattes tout l'été, alors il me tarde qu'elle prenne le large, ajoute-t-il en souriant.

– Bon, alors tu n'as rien prévu pour ton anniversaire, demain ?

– Non. Il secoue la tête. Je n'ai pas vraiment envie de faire un truc… Tu as prévu quoi, ce week-end ?

– Rien de spécial.

– On pourrait se voir, samedi ?

– Bien sûr…
– Tu as arrêté de bosser dans cette boutique de fringues ?
– J'ai dû démissionner quand je suis partie aux États-Unis pour l'été. C'est Stu qui a appelé la patronne, heureusement.
– Tu vas chercher un autre job ?
– Peut-être. Mais pour le moment, j'apprécie d'avoir mes samedis de libres…
Je ne précise pas qu'en réalité, je n'ai plus besoin de travailler depuis que Johnny me donne de l'argent de poche.
– On pourrait passer la journée à Windsor ?
– Oui, génial.
– Qu'est-ce qui est génial ?, nous interrompt Chris. Il n'a pas arrêté de parler avec Lou depuis que Tom s'est assis à côté de moi. Pendant que ce dernier le met au courant du plan de samedi, mon attention se porte sur Nina, Michelle et leurs copines, en train de nous observer. Impossible de savoir si elles parlent de Tom et moi ou si elles balancent des méchancetés sur Johnny, mais je sens mon cœur qui dérape. Mon secret ne va pas le rester très longtemps.

9.

Chaque jour qui passe sans que mon identité soit révélée me rassure un peu plus. Mais jeudi, je suis prise de panique durant quelques secondes quand Johnny m'appelle, certaine qu'il a de mauvaises nouvelles à m'annoncer. En réalité, il veut juste me dire bonjour. Ils reprennent l'avion le lendemain matin pour rentrer aux États-Unis. À ce moment-là, je serai en cours de géo.

– Prends bien soin de toi, mon poussin. Pas de bêtises.

– Là, je ne peux rien te promettre, je plaisante, pour ignorer ce nœud autour de ma gorge.

Ça fait bizarre d'être autant attachée à lui, on se connaît depuis si peu de temps.

– Il faut que je te dise quelque chose, ajoute-t-il, après une courte hésitation.

– Quoi ?, je demande, en alerte.

– Mon père vient avec nous. Il va passer quelque temps à la maison.

– Oh ?

– Je sais que tu voulais le voir, désolé.

– Oui, bon…

Je ne sais pas quoi dire. J'étais contente qu'une partie de ma nouvelle famille soit au Royaume-Uni, avec moi.

– Il restera probablement quelques semaines, un mois ou plus… (Je perçois du regret dans sa voix. Il sait que cette nouvelle m'attriste.) Il a envie de passer sa convalescence au soleil. Le climat de L.A. devrait lui faire du bien.

– Oui, c'est sûr, je réponds, sans grand enthousiasme, mais je ne veux pas passer pour une égoïste.

– Je suis désolé, Jess, ajoute Johnny avec tendresse. Tu verras, les prochains mois vont vite passer.

– J'espère.

On se tait un moment. J'essaie d'oublier la boule coincée dans ma gorge, en vain. J'ai du mal à accepter l'idée que tous les Jefferson vont se retrouver de l'autre côté de l'Atlantique. Tous sauf moi.

– Alors, ce rendez-vous de l'autre soir ?, demande-t-il, pour changer de sujet.

– C'était bien.

– Vous vous êtes embrassés ?

– Johnny !

Il rit, puis laisse échapper un soupir.

– Tu sais, j'aimerais que tu m'appelles papa.

C'est comme s'il venait d'allumer mille soleils.

– C'est vrai ?, je demande, et c'est la fête dans mon cœur. (Je n'ai jamais appelé personne « papa ».)

– Oui, répond-il tranquillement.

– OK…, papa.

Je me force un peu à le dire et tout de suite après, je ris. Johnny rigole aussi.

– Je te téléphone dès que nous arrivons, promet-il.

– D'accord...

– Alors, à plus...

– Non, attends !, je l'interromps. Je ne serai pas là, à cette heure...

– Oh. Et où seras-tu ?

– Je sors avec Tom.

– Encore ?

J'imagine sa tête, cette ride de contrariété entre les yeux.

– Oui, papa... Il est super. Tu l'adorerais.

– À vrai dire, je ne suis pas très sûr de tes goûts en ce qui concerne les garçons, remarque-t-il avec humour.

– Tu ne le connais pas !

– Mais je connais Jack Mitchell. Et ça me suffit.

– Oui, bon, eh bien, Jack ne m'intéresse plus du tout, je marmonne, le cœur serré. Et Tom est tellement plus gentil. Demande à Stu, il confirmera.

– C'est bien ce que j'ai l'intention de faire.

– Je ne te raconte pas d'histoires. Pose-lui la question, tu verras.

– D'accord, je lui demanderai, répond-il en riant. La prochaine fois que je l'ai au bout du fil...

La conversation terminée, je reste assise un moment à regarder dans le vague, avant de me bouger.

Vendredi soir, je sors avec Natalie, résistant à l'envie de l'entraîner jusqu'au pub pour retrouver Tom. Il joue au billard avec des copains, m'a-t-il expliqué un peu plus tôt. Il a décidé de fêter son anniversaire avec des amis, en fin de compte.

Je ne lui ai pas fait de cadeau, mercredi, mais j'ai glissé un petit mot dans son sac, ce qui l'a fait sourire. J'ai longuement hésité devant la page blanche, ne sachant quoi écrire, avant de lui dire combien j'étais impatiente d'être à samedi. Un peu plat, mais je crois que ça lui a fait plaisir. Je l'espère, en tout cas.

On ne s'est pas embrassé de toute la semaine. À peine effleuré. Pourtant, je le sais, il a des sentiments pour moi, et il doit sentir que c'est réciproque. J'ai tellement hâte de passer toute une journée avec lui.

Samedi, quand j'arrive à la gare, Tom m'attend déjà.

– Hello !, lance-t-il alors que je m'avance vers lui, tout sourire.

– Hello, je réponds, émue.

Même si nous sommes seuls, on ne s'embrasse toujours pas. En revanche, dès que nous sommes assis dans le train, il me prend la main. Je me réjouis qu'il soit d'humeur tactile pour commencer cette journée.

– Tu es super jolie...

Je porte une robe bustier assez longue, couleur abricot, avec le blouson en cuir noir que Johnny m'a acheté, à L.A. Génial, ce blouson... Il effleure le cuir.

– Merci... (Je me garde bien de lui expliquer que c'est un modèle de créateur.) Tu n'es pas mal non plus.

Pantalon en velours gris souris et tee-shirt à manches longues bleu marine. Super sexy, comme d'habitude.

Arrivés à destination, on se fraie un chemin main dans la main hors de la vieille gare pour nous retrouver direct dans la rue, devant l'enceinte de pierres grisâtres du château de Windsor.

– Tu es déjà rentré ?, je demande à Tom.

– Oui, quand j'étais gosse. Tu veux visiter ?

– Bien sûr.

C'est plus cher que dans mes souvenirs. Tom et moi nous disputons un peu pour décider qui va payer. Finalement, il me laisse m'en charger en guise de cadeau d'anniversaire, mais il insiste en revanche pour m'offrir le repas.

La vérité, c'est que grâce à Johnny, j'ai désormais plus d'argent que je ne peux en dépenser. Ce qu'il me donne couvre tous mes frais, y compris les caprices, même si je fais attention à ne pas trop dépenser pour ne pas attirer l'attention. Stu pense que je devrais reprendre un job pour sauver les apparences, mais l'idée ne me séduit pas vraiment, surtout maintenant que je sors avec Tom.

On traîne deux bonnes heures, avant de descendre au bord du fleuve avec un pique-nique de chez M&S. Il fait frais, mais pas froid, et on s'assoit sur l'herbe bien grasse de la berge pour regarder les familles donner à manger à des hordes de canards surexcités et de cygnes bruyants. On parle de choses et d'autres tout en mangeant – de sa famille, du bahut –, puis il m'interroge sur Nina et Michelle, les chieuses de la semaine.

– Maintenant, elles me cherchent à cause de toi, je lui avoue, en posant mon sandwich à peine grignoté.

– Oh, c'est vrai ?

– Elles disent que je craque pour toi.

– Et elles ont raison ?, demande-t-il, avec un petit sourire.

– Je ne serais pas là, si ce n'était pas le cas, je réponds avec un air de défi.

Il rit et passe son bras autour de mon cou, puis m'attire contre lui. Je souris, et il presse doucement ses lèvres contre les miennes, une fois, deux fois, trois fois, avant que nos dents ne s'entrechoquent. Nous rions et nous nous écartons l'un de l'autre, mais ça y est, la glace est brisée, et nous passons le reste de la journée à échanger des baisers.

Plus tard dans l'après-midi, Tom m'invite chez lui. Ça m'a tout l'air d'être une présentation en règle de nos familles respectives – même s'il connaît bien Stu, à cause du lycée –, mais il semble tenir à ce que je rencontre sa mère.

Il habite dans une grande maison de quatre chambres, dans une rue longée d'arbres, avec allée privée et muret de briques rouges en guise de clôture. Rien à voir avec mon petit pavillon miteux, je réalise, tandis que Tom ouvre la porte.

Une femme plutôt grande, mince et blonde, apparaît dans l'entrée à la seconde où nous pénétrons dans la maison.

– Tu es rentré !, s'exclame-t-elle.

– Salut, m'man. Voici Jessie, annonce Tom, très cool, en me faisant signe d'avancer.

– Oh ! (Elle semble surprise de me voir, puis se ressaisit.) Bonjour, dit-elle sur un ton amical. Ravie de faire ta connaissance, Jessie. Je suis Caroline. Vous avez passé une bonne journée ?

– Super, merci, je réponds, polie, en me collant contre Tom. (En principe, je ne suis pas aussi timide.)

– Becky est là ?, demande-t-il.

– Non, elle est allée en ville, mais elle sera là pour le dîner. Jessie, vous restez avec nous ?

Tom m'interroge du regard.

– Vous êtes la bienvenue. Poulet mijoté. J'en ai fait pour un régiment.

– Je ne voudrais pas vous déranger, je réponds, un peu désemparée par la tournure des événements.

C'est la première fois que je suis invitée à manger chez un garçon. Comme ça en tout cas, seule. J'ai rencontré les parents de Jack à L.A. – individuellement, puisqu'ils sont séparés –, mais ce sont des gens hyper cools. Et puis, Jack est plus âgé. Il a dix-huit ans. Selon moi, ils lui ont un peu trop lâché la bride. *Mais pourquoi je pense à Jack ?* Je me sermonne en faisant un effort pour me concentrer.

– Super, dit Tom, comme s'il s'en fichait royalement. On sera en haut.

– Nous dînons dans une demi-heure, précise sa mère quand nous nous dirigeons vers l'escalier.

– Merci, je réponds en suivant Tom et comme nous montons, je réalise qu'il a dû faire ça des centaines de fois avant – avec d'autres filles.

Je ne me souviens pas de l'avoir vu sans petite copine. Avant Isla, c'était Beatrice, et avant Beatrice, Maria, et je ne me souviens pas du nom de celle d'avant, mais c'est sûr, il y en avait une.

Avec toutes ces idées en tête, je commence à me sentir mal à l'aise quand nous entrons dans sa chambre. Il pousse la porte derrière nous, sans vraiment la refermer. Sa chambre est immense, et je reconnais tout de suite l'odeur de son after-shave. Les murs sont tapissés des posters de ses joueurs de foot préférés, entre autres. Je reconnais également Taylor Swift, Lana Del Rey et Katy Perry, toutes hyper canons et largement dévêtues. Hmm. Je note aussi des affiches de groupes et d'artistes que j'aime, dont certains d'Arcade Fire et de Jack White, quasiment des œuvres d'art.

Tout en m'efforçant d'ignorer l'impressionnant décolleté à paillettes de Katy Perry, je vais m'asseoir sur le lit. Un lit deux places, ça ne m'a pas échappé. Je me demande si Isla y a dormi. J'en suis sûre, ils ont couché ensemble. Je déteste l'idée qu'elle soit venue ici.

– Ça va ?, me demande-t-il en voyant ma tête.

Il s'assoit en laissant un petit mètre entre nous, et pour me faire face, il se retourne, une jambe repliée sur le lit.

– Oui, bien, je réponds en glissant une mèche derrière mon oreille. (Puis j'enchaîne, c'est plus fort que moi.) Ce n'est pas souvent que je mets les pieds dans une chambre de garçon…

Il me regarde, les yeux ronds. Oh, la honte. Je laisse échapper un rire nerveux quand soudain un souvenir me revient. Jack et moi, sur son lit, en train de nous embrasser. Je sens mes joues qui s'embrasent. Et voilà, je me sens encore plus mal maintenant. Ça devenait un peu trop hot, avec Jack – trop rapide aussi. *Mais arrête de penser à lui, merde !* Et toi ?, je m'entends demander.

– Quoi, moi ? Si je suis entré dans des chambres de garçons ?

– Tu fais semblant de ne pas comprendre, je chuchote en souriant.

Il lève les yeux au ciel, avant de les ramener sur moi.

– Chais pas… Cinq fois ?

– Cinq ?!

– Hé, je n'ai pas dit qu'il s'était passé quelque chose les cinq fois… (Il rougit.) Et toi, dans combien de chambres de garçons tu es entrée exactement ?, enchaîne-t-il.

– Deux…

Et je sens mon visage en feu, parce que l'un de ces garçons était Jack.

Il fronce les sourcils.

– Qui c'était ?

– Dean Smith…

– Quoi, lui ?, s'exclame-t-il avec un air de dégoût.

– On avait quatorze ans ! (J'éclate de rire. Dean est l'un des garçons les plus débiles de ma classe, mais il fut un temps où je le trouvais mignon. Lui aussi joue au foot.) On est sorti ensemble deux mois, pas plus, je m'empresse d'ajouter. Et on a dû s'embrasser cinq ou six fois.

– Qui d'autre ?, insiste-t-il, à mon grand désarroi.

– Tu ne le connais pas, je réponds, en espérant qu'il laisse tomber.

– Allez, simple curiosité… Comment s'appelle-t-il ?

– Jack, je réponds, tendue.

– Il est au lycée ?

– Non. Je t'ai dit, tu ne le connais pas… *Laisse tomber, laisse tomber, laisse tomber…*

– C'était quand ? Quel âge a-t-il ?

Je choisis de répondre à la deuxième question.

– Dix-huit…

– Il est en prépa, avec Natalie ?

Et merde.

– Non, il vit aux États-Unis.

Il écarquille les yeux, visage défait.

– C'était cet été ?

À contrecœur, j'acquiesce d'un signe de tête.

– Oh…

Génial. Maintenant, il est vraiment fâché contre moi.

– Et toi, tu n'as pas eu quelqu'un, à Ibiza ?

– Non, répond-il, et il n'a pas l'air content. J'aurais pu, mais je n'ai pas voulu.

– Pourquoi ?

Il me regarde avec insistance.

– Désolée, je chuchote, comprenant que s'il a résisté, c'est à cause de ses sentiments pour moi.

– C'est qui ?

– Juste un garçon.

– Super, dit-il avec une réelle amertume.

Wow, je ne l'aurais pas cru du genre jaloux.

– Que veux-tu savoir ?, je demande avec douceur, déconcertée par sa réaction. (Ça me touche qu'il tienne à moi ; ce que j'aime nettement moins, c'est la culpabilité que je ressens.)

– Tu es toujours en contact avec lui ?

– Non ! *En tout cas, il n'a pas répondu à mon mail*, je pense. (Je m'abstiens de préciser que je suis restée en contact avec la sœur de Jack.) On s'est juste embrassé, j'explique, pas convaincue que cela aide Tom à se sentir mieux.

Il se laisse tomber sur le lit et contemple le plafond.

– Tu veux que je m'en aille ?, je chuchote, gênée par le silence qui s'éternise.

– Quoi ? (Il se redresse sur un coude et me dévisage avec ses grands yeux chocolat.) Non !

Il repousse ses cheveux en arrière et se rassoit, puis il prend mes mains entre les siennes et m'attire contre lui. Je laisse échapper un petit soupir de soulagement quand sa bouche se presse contre la mienne. Il est incroyablement doué pour embrasser. En même temps, ça indique pas mal de pratique...

La jalousie prend le dessus. Je le repousse et contemple mes mains avant de reporter mon attention sur lui.

– Pourquoi avez-vous rompu, Isla et toi ?

– Elle m'a trompé, explique-t-il, lugubre.

– Oh ? Tu rigoles ! Elle est folle ou quoi ?

– Pas du tout, poursuit-il avec un haussement d'épaules. C'était à une fête. Elle a roulé une pelle à un autre mec. Elle l'a regretté, mais c'était trop tard.

– Tu ne pouvais pas lui pardonner ?

– Non, répond-il avec fermeté.

Deux coups énergiques résonnent à la porte, et une grande fille super jolie avec de longs cheveux châtains ondulés apparaît. Becky.

– Salut !, lance-t-elle gaîment, en me regardant avec malice. Pardon, je vous dérange ?

– Non !, je m'écrie en m'écartant d'un bond de Tom.

– Oui !, s'exclame Tom au même moment.

Oh, le malaise.

– Dans ce cas, tu aurais dû mettre le verrou, rétorque-t-elle avec un sourire.

– Y a pas de verrou, tu le sais bien, répond-il avec ironie.

– Exact. Alors, tu aurais dû fermer la porte. Ah, mais c'est vrai, maman te l'interdit, ajoute-t-elle avec un clin d'œil.

Oh mon Dieu, comme c'est humiliant.

– Excuse-moi, quand est-ce que tu rentres à l'université ?, demande Tom, sourire en coin, et je comprends que Becky ne faisait que plaisanter.

Elle éclate de rire, s'avance dans la pièce et attrape la chaise du bureau.

– Je te manquerai quand je ne serai plus là... (Elle pose ses yeux bleus sur moi, et les plisse légèrement tout en essayant de me remettre.) Tu es...

– Jessie.

– Je te reconnais. Vous êtes dans le même bahut, tous les deux, c'est ça ?

– Je suis en première, dis-je.

– Aah. Elle sourit à Tom qui lève les yeux au ciel, mais elle ne fait aucun commentaire désobligeant sur le fait que je sois plus jeune.

Becky reste un moment discuter avec nous et bientôt, je me sens plus détendue en sa compagnie. Juste un peu plus. Elle semble avoir une sacrée personnalité, et elle a quatre ans de plus que moi. Ce qui m'intimide, forcément.

– Bon, dit-elle en se levant, maman me charge de vous annoncer que le dîner est presque prêt. C'est l'heure de descendre.

– On arrive, répond Tom avec un sourire.

Il l'adore, ça se voit.

Le dîner se passe super bien. Caroline me raconte une foule d'anecdotes sur Tom et Becky, enfants. Elle ne m'interroge pas sur ma situation familiale, et je pense que Tom a dû la mettre au courant, pour ma mère, ce dont je lui suis reconnaissante.

Arrive le moment de se dire bonsoir.

– Tu fais quoi, demain ?, demande Tom devant la porte, alors que Stu attend dans la voiture. Je vais jouer au foot à Grenfell Park. Si tu veux, tu peux passer...

Je le regarde avec ironie.

– Non, pas pour me regarder jouer acclamé par mes innombrables groupies. On pourrait aller faire un tour, après.

– Tu n'en as pas assez de moi ?, je réponds avec un sourire.

Il me prend la main, et son pouce caresse doucement mon poignet.

– Ça ne risque pas, dit-il avec gravité, son visage à quelques centimètres du mien. Mais il ne va pas jusqu'à m'embrasser, à cause de Stu.

– D'accord, je réponds finalement. Quelle heure ?

– Vers quatorze heures…

– Entendu, je te retrouve là-bas.

Il sourit et me vole un baiser que je n'ai pas le temps d'esquiver.

– Tu as passé une bonne journée ?, demande Stu, narquois, quand je monte en voiture.

– Mmmm, je réponds en collant le nez à la vitre, troublée. (Je vibre encore à la sensation des lèvres de Tom sur les miennes.) Excellente, merci.

10.

À la fin de la semaine suivante, tout le monde au bahut est au courant pour Tom et moi. Comme je le vois tous les jours, j'ai l'impression qu'on est ensemble depuis plus longtemps que nous ne le sommes en réalité. On se téléphone même le soir, avant de nous endormir.

On est samedi, et je dois dîner chez lui. J'ai décidé de tout lui avouer sur mon père, ce soir. Johnny m'a donné le feu vert, à partir du moment où j'ai confiance en la personne. Et j'ai confiance en Tom. Totalement.

Johnny a tenu parole et a interrogé Stu à propos de mon petit ami, ce qui m'a fait tout drôle. C'est complètement surréaliste de savoir que ma superstar de père s'inquiète pour moi. Je doute que Johnny – pas plus que Stu d'ailleurs – soit ravi d'apprendre que la mère de Tom est de sortie, ce soir, j'ai donc préféré garder l'information pour moi. M'imaginer me retrouver seule avec Tom, dans sa chambre, sans se soucier à tout moment de voir quelqu'un entrer, me rend un peu nerveuse. En fait, c'est toute la maison qui sera à nous, puisque Becky sera absente elle aussi.

– Salut, me dit Tom tendrement quand il m'ouvre la porte.

Il regarde derrière moi, en direction de Stu, et je l'imite, juste avant de voir mon beau-père redémarrer et s'éloigner. Heureusement que l'idée ne lui est pas venue d'entrer pour saluer Caroline.

– Ta mère est déjà partie ?

– À l'instant, répond-il, avant de me faire entrer et de refermer la porte après moi. Elle était en retard.

– Elle sait que je dois venir ce soir ?

– Elle m'a même aidé à préparer le dîner, explique-t-il, embarrassé, dos contre le mur, bras croisés.

– Tu as cuisiné quelque chose pour moi ? (Je souris et retire ma veste que j'accroche au porte-manteau.) Je croyais qu'on devait se faire livrer le repas ?

– J'ai changé d'avis...

Il me prend dans ses bras, et je me blottis contre lui. Il m'embrasse délicatement.

Je suis soulagée de savoir que sa mère est au courant de ma visite. L'idée de venir sous son toit derrière son dos ne me plaisait pas. Mais si pour une raison ou une autre, elle rentrait plus tôt que prévu... Non, j'espère que non.

– Qu'est-ce que tu as cuisiné ?

Je me retire de ses bras et renifle des odeurs particulièrement alléchantes qui flottent jusqu'à nous.

– Surprise...

Il m'entraîne dans le salon. À la télé, c'est l'heure de « X Factor ». On s'installe sur le canapé, et Tom passe son bras autour de mes épaules en m'attirant contre lui, presque sur ses genoux. Je ris et me niche contre lui, tout en regardant la télé.

– Ohé, proteste-t-il gentiment en m'obligeant à lui faire face.

On s'embrasse doucement pendant que l'animateur télé blablate à propos de quelqu'un. Tom fouille derrière les coussins, lui coupe le sifflet d'un coup de zapette, et passe sur la chaîne Info et la rétrospective des actus de la semaine.

– Je vais mettre de la musique, dit-il soudain, et je m'écarte pour le laisser se lever.

Il se dirige vers la chaîne hifi et sort son iPhone de sa poche. J'adore son corps, qui hésite encore entre adolescence et maturité, ses biceps qui saillent sous les manches de son tee-shirt. Il est tellement grand que je me sens encore plus petite avec mon mètre soixante. Une mèche lui retombe sur le front, et je meurs d'envie de l'écarter de son visage. Après avoir choisi la musique, il revient vers moi et je réalise que rien ne m'en empêche.

J'enfouis mes mains dans ses cheveux, tandis que résonnent les premières notes de « Sweet Disposition » des Temper Trap.

– J'adore cette chanson, je chuchote.

– Moi aussi.

Nous avons à peu près les mêmes goûts musicaux, ce dont je me réjouis, même si je crois avoir plus de respect pour ceux de Jack. Et voilà que ça recommence. J'aimerais tant arrêter de les comparer, mais j'ai beau essayer, Jack n'est jamais bien loin dans ma tête. Et ça me perturbe. Quand je le reverrai à Noël, peut-être que je comprendrai que quel que soit ce qui s'est passé entre nous, c'est bel et bien terminé.

Je l'espère.

Il ne faut pas longtemps avant que les lèvres de Tom n'effleurent à nouveau les miennes. Me revient alors à l'esprit le fait que nous sommes seuls, complètement seuls. Ses mains descendent sur ma taille et je frémis malgré moi à ce contact. Mon souffle s'accélère, mais je ne peux pas m'arrêter de l'embrasser. Une fois de plus, il tente de m'attirer sur ses genoux. Je gigote un peu et me retrouve à le chevaucher. Lorsqu'il me serre contre lui, un frisson me parcourt de haut en bas. Il soupire contre ma bouche, son souffle se mêle au mien, puis il s'écarte légèrement et ses mains remontent sur moi pour se perdre dans mes cheveux. Il me sourit avec un petit air espiègle.

– Tu es si belle, murmure-t-il avec une intensité telle que je fonds. À ce stade, je suis loin de toute comparaison avec Jack.

J'approche mon visage du sien pour un autre baiser, plaque mes seins contre son torse. Il laisse échapper un nouveau soupir, puis ses mains se referment autour de ma taille, et il me repousse doucement. Il esquisse alors un sourire penaud tout en baissant les yeux et, oh, mon Dieu… Je m'écarte tout de suite.

– Désolé, marmonne-t-il, gêné, tout en rajustant son jean.

Je me mordille la lèvre, les joues en feu, en l'observant, farouche.

– Ne me regarde pas comme ça, c'est pire, dit-il avec humour. Sa remarque détend l'atmosphère. Je ris et remets un peu d'ordre dans mes cheveux.

Il s'affale sur le canapé, tête calée sur le dossier et me regarde, ses yeux noirs comme des lance-flammes.

– Je ne voudrais surtout pas laisser le dîner brûler, murmure-t-il.

Je regarde l'espace cuisine derrière lui. Un filet de fumée s'échappe du four.

– Je crois que c'est trop tard.

– Putain !

Il bondit et se précipite pour ouvrir le four. Je le suis, et un nuage de fumée nous enveloppe. Il semble désespéré. Je lui tends un gant, et il sort le plat. Difficile d'identifier ce qu'il y avait dedans, tout est cramé.

– On doit pouvoir récupérer quelques miettes, je remarque, désolée pour lui. (Il jure et pose le plat sur la plaque chauffante.) Regarde, tout n'est pas à jeter.

Il scrute les morceaux de poulet noircis avec perplexité pendant que je cherche des couverts pour voir si je peux réparer les dommages.

On retrouve notre bonne humeur après cet épisode car, malgré la surchauffe, tout n'est pas à jeter. On prend place autour de la table de la cuisine sur laquelle se consume une bougie. Il me sert un verre de vin. Je me sens adulte, même si je n'apprécie pas tellement cet alcool.

Lorsqu'il me surprend en train de l'observer, il se fige.

– C'est bon ?, demande-t-il en désignant mon assiette.

– Super. C'est vraiment toi qui l'as fait ?

– En fait, ma mère m'a pas mal aidé, mais c'est moi qui ai épluché les carottes.

– C'est tout ?

– Et les patates, aussi. Oui, j'ai épluché les patates.

– Wow, impressionnant, je le taquine.

– J'ai également émietté un bouillon cube.

– Mieux que Gordon Ramsay.

Il rit.

– C'est gentil de la part de ta mère d'avoir cuisiné.
– Elle t'aime bien.

Peut-être préférait-elle Isla… ? Je n'ai pas le temps de lui poser la question, heureusement il reprend la parole.

– J'espère pouvoir rencontrer ton père, un jour. Il n'a pas l'occasion de venir en Angleterre, prochainement ?

– Je ne sais pas. Pas dans l'immédiat, je réponds en baissant les yeux.

C'est le moment ou jamais.

– Quoi ?, demande-t-il, intrigué devant mon expression.

– Il faut que je te dise quelque chose, je chuchote, et il se fige. À propos de mon père, j'ajoute.

– Merde !, s'exclame-t-il en s'affalant sur sa chaise. J'ai cru que tu allais me sortir un truc affreux.

– Oh ?

– Oui, que tu avais embrassé un autre mec, ou un truc du genre.

– Mais non !, je m'exclame, horrifiée, avant de sourire.

– Alors ? Qu'est-ce qu'il y a, avec ton père ?, demande-t-il, nettement plus détendu. Mais c'est moi, à présent, qui me sens nerveuse.

Je suis déjà passée par là, et à chaque fois, ça n'a pas vraiment été concluant. Ni Libby ni Natalie ne m'ont crue quand je leur ai parlé de Johnny.

– En fait, dis-je, une idée de génie me traversant l'esprit, il vaudrait mieux que je te montre.

– Que tu me montres quoi ?

– Qui c'est, je réponds, et je me lève pour aller récupérer mon téléphone resté dans mon sac, près de l'entrée.

– Qui c'est ?, répète-t-il derrière moi, tel un petit perroquet.

Je tape ces mots devenus familiers dans le moteur de recherche. Les articles sur cette fille de la région, lunettes de soleil sur le nez, dans ce restau au bord de l'eau, à Henley, s'affichent.

Tendue, je montre les photos à Tom.

– C'est moi…

Il me prend le téléphone des mains et scrute l'écran, puis écarquille les yeux et reste sans voix.

– Pardon de ne pas te l'avoir dit plus tôt, je chuchote, mais il reste muet. Je n'avais pas le droit d'en parler… Libby et Natalie sont au courant, mais elles ont promis de garder le secret. Je ne l'ai pas encore dit à Lou, j'ajoute dans le silence assourdissant. Pourrais-tu dire quelque chose, à la fin ?

– Je… Il… Mais… ?, bafouille-t-il. Comment c'est possible ?

– Ma mère sortait avec Johnny, avant ma naissance, je réponds, en sentant mes joues s'embraser. Puis elle est tombée enceinte, et il est devenu la superstar de rock que tout le monde connaît, j'explique, un brin sarcastique. Elle me l'a caché parce qu'elle avait peur que je parte vivre avec lui.

– Tu es la fille de… de Johnny Jefferson ?, murmure Tom.

– Oui.

– Tu n'es pas en train de te foutre de ma gueule, là ?

– C'est la vérité, je le jure sur la tombe de ma mère, je réponds, solennelle.

– Putain !

Mais mon soulagement est de courte durée, soudain balayé par l'angoisse. La façon dont il me regarde… Ce n'est plus pareil. Comme s'il ne me connaissait plus.

– Désolée de ne pas te l'avoir dit avant, mais c'était tellement bizarre. Quel été complètement fou !

– Viens t'asseoir, m'ordonne-t-il en désignant le canapé.

– Et le dîner ?

– Tout à l'heure, je le réchaufferai… Il me prend la main, et on s'assoit l'un à côté de l'autre.

Je lui raconte tout. Comment j'ai appris la vérité, ma rencontre avec l'avocat de Johnny, mon départ à L.A. pour mon premier séjour chez les Jefferson. Je lui parle de mes demi-frères, de Brian. Il m'écoute avec attention, pose quelques questions pertinentes. Bientôt, je me sens plus légère, comme si je portais auparavant un poids d'une tonne sur les épaules, sans même en avoir conscience. Je suis si heureuse qu'il sache tout.

– Johnny aimerait te rencontrer. (Il grimace.)

– Pourquoi ? Tu lui as parlé de moi ?, s'exclame-t-il, ébahi.

– Bien sûr.

– Johnny Jefferson me connaît ?, dit-il, comme s'il n'arrivait pas à le croire. Je n'en reviens pas… Tu es la fille de Johnny Jefferson, répète-t-il, incapable de détacher ses yeux des miens.

– Oui, c'est la vérité.

Il secoue la tête, sous le choc.

– Tu lui ressembles vraiment, tu sais.

Je hausse vaguement les épaules.

– Mais, oh mince ! C'est à propos de ça que Nina et ses copines te faisaient chier ?

– Oui.

Il éclate alors d'un rire un peu hystérique, et c'est plus fort que moi, je ris aussi.

– Merde alors. Et monsieur Taylor, comment a-t-il réagi ?

On continue de discuter un moment quand on entend le bruit d'une clé dans la porte d'entrée. Déçue, je réalise que Caroline est déjà de retour.

– Hello !, lance-t-elle gaîment dans l'entrée, en nous regardant l'un et l'autre. Elle doit penser qu'on est assis là depuis des heures à se peloter.

– C'était bien ?, demande Tom.

– Super !, répond-elle en nous rejoignant dans le salon.

– Tu rentres tôt, remarque-t-il sur un ton quasi accusateur, comme s'il ne la croyait pas quand elle prétend avoir passé une bonne soirée.

– Il est vingt-trois heures trente, réplique-t-elle.

– C'est vrai ?, nous exclamons-nous en chœur, Tom et moi.

– Mais… Vous n'avez pas mangé ?, s'étonne-t-elle en voyant les assiettes à moitié pleines sur la table.

– J'ai fait cramer le dîner, répond Tom, penaud, en se levant. Désolé, maman…

– Oh, mon pauvre chéri, soupire-t-elle. Vous devez avoir faim. Je pourrais vous préparer quelque chose…

– Non, non, ça va, merci. À mon tour, je me lève, un peu gênée d'avoir tout laissé en plan dans la cuisine. Je ne m'étais pas rendu compte qu'il était si tard.

– Le temps file à toute vitesse quand on s'amuse, observe-t-elle avec un sourire, tout en débarrassant.

J'attrape en vitesse deux trois trucs que j'emporte à la cuisine.

– Je m'en occupe, dit Tom en me prenant les verres des mains. Maman, laisse ça, ajoute-t-il, et je reste plantée là bêtement, tandis qu'ils se chamaillent pour savoir qui va nettoyer. Est-ce que je peux raccompagner Jessie chez elle ?, demande-t-il au bout d'un moment.

– Quoi ? En voiture ?, s'exclame-t-elle, en panique.

– Oui, avec toi sur le siège passager. Je n'ai bu en tout et pour tout qu'un demi-verre de vin, et c'était il y a des heures maintenant.

– Oh, je vois ! Oui, bien sûr. Vous êtes prête, Jessie ?

Je hoche la tête, impatiente de voir Tom conduire. S'il a son permis, on pourra aller où bon nous semble, lui et moi.

Je prends place sur la banquette arrière, au centre, et le regarde dans la pénombre changer de vitesse comme un pro. Il frissonne. C'est qu'il fait froid, dehors, mais il n'a pas voulu écouter sa mère quand elle lui a suggéré de mettre son blouson. Le trajet se fait en douceur, et Caroline ne trouve rien à redire sur sa façon de conduire. Lorsqu'il se gare devant chez moi, je ressens une immense fierté, mais soudain, la honte me submerge lorsque Caroline contemple par la vitre le petit pavillon miteux qui me sert de maison.

C'est la maison de ma mère, je pense, sur la défensive. Si Caroline ne la trouve pas à son goût, tant pis.

Tom descend de voiture, vient m'ouvrir la portière et me tend la main en vrai gentleman. Et il ne me lâche pas quand nous nous dirigeons vers la porte.

– Désolé que ma mère soit rentrée si tôt. Nous avons encore tant de choses à nous dire. Est-ce que je… je peux t'appeler, quand je serai rentré ?, demande-t-il, hésitant.

Je lui souris, et acquiesce d'un hochement de tête. Il m'embrasse furtivement, alors que sa mère nous observe, puis il s'en va. Je rentre vite attendre son appel.

11.

À la fin de la semaine, je me sens de plus en plus proche de Tom. Il a annulé sa partie de foot de dimanche. Du coup, nous passons la journée ensemble. Le soir venu, on discute au téléphone pendant près d'une heure.

Stu trouve tout ça un peu excessif, sans pour autant s'en inquiéter. Il aime bien Tom, il sait que ce n'est pas le genre de garçon qui court après les filles. D'ailleurs, Tom serait encore avec Isla, si elle ne l'avait pas trompé. Cette pensée me met mal à l'aise.

On est devenu beaucoup plus tactile cette semaine, au bahut, et j'ai bien vu les sourires narquois, ici et là.

Quand Libby m'intercepte dans le couloir devant la bibli, je réalise clairement combien la rumeur bat son plein, à notre sujet.

– Qu'est-ce qu'il y a ?, je m'exclame quand elle m'entraîne à l'écart des autres.

– Je voudrais juste… (Elle semble mal à l'aise.)

– Mais vas-y, crache le morceau !

– J'ai entendu dire… Tom et toi, est-ce que vous avez… ?

– Quoi ?

– Tu sais bien quoi, dit-elle, et je me sens blêmir. Est-ce que tu as… ?

– Mais non !

Je n'arrive pas à croire qu'elle puisse se poser la question. Tom et moi, nous ne sortons ensemble que depuis quelques semaines !

– C'est juste que j'ai entendu dire…

– Quoi exactement ? Je veux savoir maintenant. Qu'est-ce que tu as entendu à la fin ?

– Que vous l'aviez fait, tous les deux.

– Merde ! Mais non, voyons ! On est juste plus intime qu'avant ! Au fait, je lui… Je lui ai tout raconté !, j'ajoute avec fermeté, et elle écarquille les yeux, stupéfaite.

– Sur ton père ?

– Oui !

– Tu lui fais confiance ?

– Oui !, je réponds avec plus de fermeté encore.

– Bon, eh bien, je… Je pensais juste que tu aimerais être au courant, dit-elle à voix basse.

– Merci de me l'avoir dit, je me force à répondre, furieuse, même si elle n'y est pour rien.

Elle hoche brièvement la tête, et chacune de nous s'en va de son côté.

Tom, Lou, Chris et moi allons à une fête, ce soir, chez Natalie. Elle m'a appelée dans la semaine pour m'inviter. Ses parents sont absents, ce week-end, et dès que l'opportunité se présente, elle et Mike, son frère aîné, se dépêchent d'en profiter. Leurs parents étant du genre cool, je ne les imagine pas s'en formaliser. Peut-être qu'ils s'en foutent carrément, même si Natalie ne parle jamais de son père ou de sa mère, ni en positif ni en négatif. En fait, on ne discute jamais elle et moi de trucs perso, c'est d'ailleurs en partie la raison pour laquelle je l'apprécie. Elle ne pense qu'à s'amuser.

À l'origine, Tom et moi devions aller au ciné, mais ça, Natalie s'en fout.

– Je ne t'ai pas vue depuis un siècle au moins, a-t-elle rouspété. Tu es obligée de venir !

– Est-ce que Tom… ?

– Mais oui, voyons, il peut venir lui aussi, a-t-elle répliqué avec une certaine lassitude. Vous êtes devenus inséparables, tous les deux, ou quoi ?

Comme je ne répondais pas, elle a dit qu'elle rigolait puis, avant de raccrocher, elle a conclu par un :

– Bien sûr qu'il peut venir. Plus on est de fous, plus on rit !

Dans ce cas, on risque de s'amuser comme jamais. J'ai rarement vu autant de monde chez elle, et très vite, je note qu'Isla est là, elle aussi. Quand je la vois entrer dans la cuisine, mon premier réflexe est de serrer la main de Tom. Il regarde derrière, la voit à son tour. Je lui lâche la main.

– Hé, gémit-il, et il tente de me la reprendre, avec un regard interrogateur.

Je hausse les épaules, secoue la tête, puis j'attrape mon verre de cidre et le vide à moitié. Natalie, Em et Lou sont sortis fumer, mais moi, depuis L.A., je n'ai pas touché à une seule cigarette. Le fait que Tom ne fume pas me facilite les choses. Il déteste ça.

Plus tard, dans le salon, Natalie a mis « SingStar » sur la *PlayStation*. D'habitude elle n'a pas de mal à me convaincre de participer, mais ce soir, je refuse net. La raison ? Je n'ai pas suffisamment picolé. Je ne trouve le courage de chanter en public que lorsque je suis bourrée.

Non, c'est faux... J'ai chanté avec Johnny sans avoir bu une goutte d'alcool. Je n'arrive toujours pas à le croire. Il était dans son studio privé en train de jouer sur sa guitare l'un de ses nouveaux morceaux, pour avoir l'avis de son ami Christian. Je suis entrée pour écouter, et soudain, Johnny m'a demandé de venir chanter avec lui.

– *Viens ici, m'a-t-il appelée depuis la cabine, derrière la vitre.*

– *Allez !, a insisté Christian.*

– *Pas question... J'ai secoué la tête, déterminée. Je ne chante jamais en public, vous vous rappelez ?*

Puis Christian a dit que je le regretterais si je ne le faisais pas, et j'ai alors réalisé qu'il avait raison.

Wow, j'ai adoré me retrouver dans ce studio, avec Johnny. On a chanté une version a cappella de l'un de ses plus grands tubes. Au début, j'ai juste enchaîné quelques vocalises, puis je me suis vraiment lancée, et j'ai chanté en duo avec Johnny. La réaction de Christian a été spectaculaire. Il était scotché, tellement enthousiaste.

Je donnerais n'importe quoi pour ressentir ça à nouveau. Mais « SingStar » est incapable de me procurer ce genre de sensations.

N'empêche, c'est super rigolo de regarder Natalie et Lou s'y essayer.

Au bout d'un moment, Tom se lève pour aller nous chercher à boire, et c'est là que je découvre, mal à l'aise, que son ex est en train de m'observer. Elle est avec deux copines, qui se tournent pour me regarder à leur tour, puis elles chuchotent.

Je les fixe, menton fièrement relevé.

– Jessie ! Allez, viens !, m'implore Natalie, qui vient de massacrer avec Lou un morceau de Guns N' Roses. Je secoue la tête en souriant.

– Vas-y, insiste Chris, alors que Lou en sueur, toute rouge et pourtant hyper sexy, nous rejoint. Il glisse un bras autour de son cou.

– Non, je répète, quand je surprends une copine d'Isla me regarder, puis lui dire quelque chose, qui fait naître sur le visage de celle-ci un sourire mauvais.

Je me lève pour aller aux toilettes, en espérant retrouver Tom à mon retour, mais Isla et ses amies sont regroupées au bas de l'escalier. Je suis donc obligée de passer devant elles.

– Salope…, siffle Isla.

D'abord, c'est le blanc dans ma tête, puis je vois rouge.

– Tu as couché avec lui avant d'aller te vautrer avec un autre, et c'est moi, la salope ?

Elle vire au cramoisi, et ses copines me fusillent du regard. Quand j'arrive près d'elles, il y en a une qui me pousse. Je trébuche, mais ne tombe pas.

– Salope, réitère Isla dans mon dos.

Je sens mes joues s'embraser. Tom m'a raconté qu'elle avait embrassé un autre mec – pas couché avec lui –, mais je n'ai pas pu résister, il fallait que je lui fasse mal. Et puis, c'est elle qui a commencé. Mais j'imagine que je suis allée un peu trop loin. Je jette un coup d'œil dans le salon et croise à ce moment précis le regard de Tom. Je me précipite dans la cuisine, et sors dans le jardin. Peu après, il me rejoint.

– Jessie ? Qu'y a-t-il ? Il semble affolé.

Je ravale un sanglot. Je repère un banc un peu plus loin, heureusement il n'y a personne. Je m'assois, essuie rageusement mes larmes et tente de me calmer, tandis que Tom prend place à côté de moi et me dévisage avec inquiétude.

– C'est à cause de ta mère ?

– Non… (Je plonge mes yeux dans les siens, puis regarde autour de nous, perplexe.) On est déjà venu s'asseoir ici, non ?, je demande, déconcertée l'espace de quelques secondes.

Il hoche doucement la tête, un sourire complice aux lèvres. Avant qu'il ne se passe quoi que ce soit entre nous – à une époque où on avait dû échanger en tout et pour tout trois mots –, il était venu me consoler sur ce même banc. Je venais d'entendre la chanson que nous avions choisie pour les obsèques de maman, et j'étais bouleversée. Ce même soir, il m'avait parlé de son père, parti du domicile familial pour suivre sa maîtresse.

– Qu'est-ce que tu as ?

– Isla m'a traitée de salope.

Il paraît horrifié, puis peu à peu, son visage exprime le dégoût. Il a l'air furieux contre elle.

– Mais je lui ai dit pire.

Honteuse, je lui répète mes propos.

– En fait, indique-t-il, elle n'a peut-être pas baisé avec lui, je n'en sais rien. De toute façon, je m'en fous maintenant. Je n'arrive pas à croire qu'elle t'a balancé ça, c'est vrai, on n'a rien fait du tout !

Je ne sais pas pourquoi, mais il fait une telle tête – genre penaud – à ce moment-là que j'éclate de rire. Un rire un brin hystérique, me semble-t-il.

– Viens, me dit-il, et il me prend dans ses bras.

Instantanément, la glace que je sentais à l'intérieur fond, mais quelque chose me tracasse, alors je décide de régler ça une fois pour toutes. Je le repousse et le dévisage.

– Tu étais son premier ?

Il paraît gêné, puis acquiesce d'un hochement de tête.

– Oh…, je ne peux m'empêcher de marmonner, en m'écartant un peu plus. Avec combien de filles tu as couché ?

En un instant, son visage se fige.

– Il n'y a eu qu'Isla.

Mais pourquoi, pourquoi je lui demande ça ? Je suis vierge, moi aussi. Me comparera-t-il à Isla, si jamais on en arrive là ?

– Arrête, me dit-il en voyant mon air. C'est avec toi que je suis. Toi, répète-t-il. Ne gâche pas tout. Elle m'a brisé le cœur.

– Je n'ai pas envie d'entendre ça.

– Je ne le dis pas pour te faire du mal. Je le dis parce que ce que je ressens pour toi… c'est plus fort. Je n'ai pas envie de gâcher ce qu'il y a entre nous, et je ne vais pas te forcer à faire un truc, si tu n'en as pas envie.

J'esquisse un sourire. Il prend mon visage entre ses mains et m'embrasse.

– S'il te plaît, n'écoute pas les gens, me supplie-t-il. Ils trouveront bientôt quelqu'un d'autre sur qui raconter des histoires.

Il avait raison. Et ça a commencé dès le lendemain. Du coup, ma liaison avec Tom est passée aux oubliettes.

12.

Lorsque Stu me réveille, je comprends tout de suite que quelque chose va mal. Le visage de maman me traverse l'esprit. Mais personne n'est mort cette fois. Il s'agit de moi.

De moi à la une du journal local, en fait.

Moi.

Moi.

Moi.

Ça y est, je suis foutue.

Je lis l'article en ligne puisque Stu n'est pas encore sorti acheter le journal. C'est Wendel qui a appelé pour nous prévenir.

« Il y a deux mois, la jeune Jessie Pickerill, quinze ans, simple habitante de Maidenhead, était une jeune fille comme les autres. Jusqu'au jour où son beau-père lui a révélé un secret qui allait totalement bouleverser son existence. Le père biologique de l'adolescente, la superstar Johnny Jefferson… »

Tout en lisant, je sens mon sang chargé d'adrénaline qui pulse dans mes veines.

« Sa mère, décédée un peu plus tôt dans l'année, avait toujours caché la vérité à Jessie. "Ce fut un vrai choc", nous a avoué notre source… »

Notre source ? Quelle source ? Je me tourne vers Stu.

– Qui leur a dit ?

Il secoue la tête.

– Je ne sais pas.

– Johnny le sait, lui, peut-être ? Ou Wendel ? Pourquoi Johnny n'a-t-il pas appelé ?

– C'est le milieu de la nuit, à L.A., répond Stu. Wendel ne l'a même pas encore mis au courant.

Un sentiment d'abandon me submerge. Je voudrais tant qu'il le fasse. Qu'il appelle son putain de client, le réveille, et que Johnny se dépêche de rassurer sa putain de fille.

– Quelle heure est-il ?, je demande.

– Six heures.

Pas étonnant que j'aie un tel mal de crâne et que mes yeux peinent à s'ouvrir. Sans parler de l'angoisse qui me tord les boyaux. Je ne suis pas au mieux de ma forme.

Soudain, le téléphone sonne, nous faisant sursauter Stu et moi.

– C'est parti, soupire-t-il, résigné.

– C'est peut-être Johnny, je suggère, mais il pose une main sur mon bras pour que je reste assise pendant qu'il répond. J'attends, tout juste si j'ose respirer, puis il dit : « Pas de commentaires. » Quand il raccroche, j'ai le cœur dans les chaussettes. À ce moment-là, je remarque que les rideaux sont toujours tirés.

– Ils sont… Il y a quelqu'un, dehors ?, je demande, horrifiée.

– J'en ai bien peur.

– Oh, merde… (J'ai la gorge nouée. Ça y est. Ce qui devait arriver… Je ne vais plus pouvoir rester ici…) Oh merde, je répète, avant de me lever et de me précipiter dans l'escalier pour me rendre dans la chambre d'amis. Maman !, je m'écrie, et je me mets à trembler de tout mon corps.

Je m'assois sur le lit au milieu de ses affaires, entourée par son odeur. Quand je commence à pleurer, Stu s'éclipse. Et voilà. Je vais devoir partir d'ici, quitter cette maison. Laisser maman.

Une demi-heure plus tard, Johnny est à l'autre bout du fil. C'est Stu qui a pris la décision : « Au diable Wendel ! Tu as besoin de ton père. » Et il a appelé Johnny, l'arrachant à son sommeil.

Au bout d'un moment, Stu me tend le téléphone, et je quitte ma position fœtale pour m'asseoir sur le lit. Johnny est en colère.

– Meg et Annie sont déjà dans le bureau, me dit-il.

– Tu crois qu'elles vont arriver à savoir qui est cette source ?

– Franchement, ça m'étonnerait, répond-il sur un ton sec. Mais toi, tu as une idée ?

– Non. Je veux dire, personne ou presque n'est au courant… (Une fois de plus, je suis prise de nausées.) Je ne l'ai dit qu'à Natalie, Libby et Tom.

– Natalie et Libby n'avaient rien dit jusqu'ici, remarque-t-il, et je déteste ce qu'il sous-entend.

– Ce n'est pas Tom !, je m'exclame. (Il n'a pas le droit de me faire douter.) Ça peut être n'importe qui ! (Il faut qu'il me croie. J'envisage toutes les possibilités.) Il y a des filles au bahut qui se sont moquées de moi parce que je ressemblais aux photos dans le journal. Elles ont peut-être deviné que c'était vraiment moi ?

– Je ne pense pas, réplique Johnny. Mais l'un de tes amis l'a peut-être dit à l'un de ses amis ? Tu dois savoir à qui tu peux faire confiance, ajoute-t-il, et c'est l'expérience qui parle.

– Non, mes amis ne m'ont pas trahie !

Mais au fond de moi, je ne suis plus sûre de rien. J'ai toujours craint que Libby le dise à Amanda. Et Natalie et moi, depuis quelque temps, nous ne sommes plus aussi proches. Quant à Em, elle est fan à mort de Johnny Jefferson. Si elle avait su, je doute qu'elle aurait été capable de garder le secret. La nouvelle se serait répandue comme une traînée de poudre pour finir dans les journaux.

– Tu es vraiment sûre de Tom ?, redemande Johnny, et à cet instant, je le déteste.

– Ce n'est pas lui !, je réponds, hors de moi.

Il n'aurait jamais rien dit à personne ! Il tient trop à moi ! Une boule se bloque dans ma gorge. Ce ne peut pas être lui. Lui qui, ces dernières semaines, m'a rendue mille fois plus heureuse que je ne l'ai été depuis des mois. S'il avait quelque chose à voir avec ça – ne serait-ce qu'un tout petit peu –, j'en aurais le cœur brisé. Et s'il l'avait dit à Chris ? Non, il n'a pas fait ça. Mais à sa mère peut-être ? Ou à Becky ?

Oh, non, pitié, non.

– Je dois y aller, j'explique soudain à Johnny.

– Tu sais que tu ne dois pas sortir de la maison, réplique-t-il. Je vais t'envoyer des gardes du corps. Stu et toi, vous irez vous installer chez moi, dans l'immédiat.

Je me mets à sangloter.

Stu réapparaît dans la chambre et prend le téléphone. C'est à peine si j'entends la conversation, tant j'ai la tête qui tourne. Je vais devoir partir de chez moi, et je ne sais même pas combien de temps ça va durer, avant de pouvoir revenir.

Dès que Stu raccroche, il me regarde avec tendresse.

– Va préparer ton sac, dit-il. Deux, si tu veux. Mais ne prends que l'essentiel.

L'essentiel, ce sont les souvenirs dans ma tête. J'embarque aussi mes albums photo, ainsi que la robe de soirée de maman qui sent si bon. Tout le reste peut attendre.

Stu débranche le téléphone avant qu'il ne sonne à nouveau, puis je retourne dans ma chambre pour appeler Tom depuis mon mobile.

– N'utilise pas ton portable !, me crie Stu sur le palier.

– Quoi ? Pourquoi ?

– Tu es peut-être sur écoute. Tu ne vas quand même pas fournir à la presse d'autres raisons d'entrer en transe !

– Mais il faut que j'appelle Tom !

– Ce n'est pas une bonne idée, Jess.

– Ce n'est pas lui, je réplique, en colère, juste au cas où Johnny lui aurait suggéré cette idée.

– Je ne dis pas ça, répond-il avec fermeté. Johnny nous envoie quelqu'un dans moins d'une heure, tu pourras appeler Tom une fois que nous serons chez lui. Là-bas, la ligne est sécurisée.

– C'est hors de question que je ne l'appelle pas ! Il va s'inquiéter quand il va se réveiller et découvrir tout ce bordel !

– Envoie-lui un texto. Mais c'est tout. Je te préviens, Jess, ajoute-t-il quand il me voit m'éloigner avec un haussement d'épaules. Ne fais rien qui pourrait rendre les choses plus difficiles pour toi… ou pour lui.

Je hoche brièvement la tête, et il me lâche enfin. Je m'empresse de rédiger mon texto pour Tom :

« La presse sait pour moi. C'est dans tous les journaux. Je dois partir m'installer au manoir, chez Johnny. Je t'appellerai une fois là-bas. »

Je reste vague volontairement, juste au cas où les médias auraient un moyen d'intercepter mes textos.

La voiture arrive une heure plus tard. Je suis dans l'entrée, avec mes affaires, lunettes de soleil sur le front, prête à les mettre si besoin. Même si ça ne sert plus à rien. La photo de moi en une est énorme. Mon visage est en gros plan, impossible donc de savoir ce que j'ai sur le dos. Impossible de savoir aussi quand et où a été prise cette photo. Je suis en train de sourire, presque face à l'objectif. D'après Wendel, ce sont forcément des paparazzis, je n'ai pas pu les voir. Cela a pu être n'importe où, dans la rue, au parc, et moi, j'ignorais qu'ils étaient là, tapis, à me traquer. J'en ai encore plus la nausée.

– Tout va bien ?, demande Stu qui, clairement, n'attend pas de réponse. Je ne lui en donne donc pas. Un type baraqué en costume noir, équipé d'une oreillette, entre et attrape mes sacs. Un autre homme se trouve juste derrière.

– Mademoiselle Jefferson ?

– Pickerill, je corrige. Je mets mes lunettes, et sens les yeux de Stu sur moi.

– Par ici, je vous prie...

Le garde du corps m'entraîne dehors et me conduit directement à la voiture. Les appareils photo crépitent, les gens crient. Trois secondes plus tard, je suis assise dans le véhicule, Stu à mes côtés.

– Merde alors !

C'est la première fois que je l'entends jurer. Stu n'a jamais vu un truc pareil ; moi, si, pendant mon séjour à L.A., avec Johnny. Le harcèlement permanent de la presse, sans parler de ses fans, c'est affolant !

Les deux types en noir s'installent à l'avant, et la voiture s'ébranle. D'après eux, les vitres sont teintées, mais c'est à peine s'ils peuvent se frayer un chemin, avec la meute de paparazzis devant nous qui mitraillent.

– Ils n'ont jamais vu la fille d'une star, ou quoi ?, je m'exclame.

– Pas avec une histoire comme la vôtre, répond Bruce, le deuxième garde du corps.

Je regarde par la vitre notre vieille maison fatiguée s'éloigner, avec son jardin envahi de mauvaises herbes et le rideau du salon qui pendouille légèrement de travers, sur la tringle.

Oui, sans doute, je pense, amère, avant de reporter mon attention sur la route, devant moi, et sur la vie qui m'attend, tout au bout.

13.

Ça fait drôle de se retrouver dans la maison de Johnny, privée de la chaleur et du joyeux chaos de sa famille. *Ma* famille.

Lorsque Bruce ferme enfin la porte, nous accordant un peu de répit, Stu et moi nous retrouvons dans l'entrée, sans trop savoir quoi faire.

On sait que la femme de ménage doit passer pour nettoyer la maison. Pourtant, tout me semble déjà aseptisé.

– Une tasse de thé ?, suggère Stu.

J'acquiesce d'un signe de tête, en le suivant dans la cuisine. Bruce emporte nos affaires à l'étage, mais je suis encore sous le choc pour monter. Je me demande dans quelle chambre Stu va s'installer.

Il ouvre le réfrigérateur, et bien sûr, il n'y a pas de lait.

– T'en fais pas, je lui dis. Helen va arriver, elle s'occupera de tout.

En l'absence de Johnny, la femme de ménage, une femme de Henley, ne travaille qu'à temps partiel ici. J'espère qu'elle ne m'en voudra pas d'être obligée de venir bosser à cause de moi. Tout ça... c'est trop.

– Est-ce que je peux appeler Tom ?, je demande à Stu. Bruce nous l'a assuré, la ligne du bureau est sécurisée.

– Bien sûr. Je vais regarder la télé un moment.

Je suis nerveuse en composant le numéro de Tom. Il décroche dès la première sonnerie.

– Tu vas bien ?, demande-t-il, avec une telle inquiétude que j'en ai les larmes aux yeux.

– C'est un peu flippant, je réponds, bouleversée.

– Mais que s'est-il passé ? Je te croyais en sécurité. Je ne pensais pas...

Il se tait.

– Quelqu'un a dû parler.

– Mais qui d'autre est au courant ?

– Libby et Natalie, c'est tout. Tu n'as...

– Non !, s'exclame-t-il, choqué.

Il fallait que je lui pose la question. Malgré la confiance absolue que j'ai en lui, depuis que j'ai parlé à Johnny, le doute s'est insinué en moi, toxique.

– Pas même à ta sœur ?

– Jessie, ce n'est pas moi, assure-t-il avec fermeté. Merde, c'est pas vrai, tu as cru que c'était moi ?, dit-il, et sa voix se brise.

– Non, non ! Mais je devais te le demander !

– Je ne l'ai même pas dit à ma mère ! J'ai cru qu'elle allait s'évanouir quand elle a découvert la vérité, tout à l'heure !

Un immense soulagement m'envahit. Je le crois.

– Tu n'as pas une idée de qui ça peut être ?

– Non, je soupire. Tu es la troisième et dernière personne à qui je l'ai dit.

– Johnny ne croit pas que c'est moi, hein ?

– Euh...

– Oh merde !

– Il ne sait trop quoi penser, en fait.

– Bravo. Moi qui voulais l'impressionner, ajoute-t-il, morose.

Je ne peux m'empêcher de sourire.

– Je pense qu'il y a plus grave, en ce moment, je remarque avec douceur.

– Pardon, s'empresse-t-il de répondre.

Je ris un peu, mais j'en perds vite l'envie.

– Je n'arrive pas à croire ce qui arrive. Je ne sais même pas quand je vais pouvoir te revoir.

– Quoi ? Comment ça ? Tu n'iras plus au bahut ?

– Pas cette semaine, apparemment. Je ne sais pas quand je pourrai revenir. Les choses doivent se calmer, j'imagine.

Cette semaine-là, je suis comme un lion en cage. Je reste enfermée parce que même si Johnny dit qu'il est interdit de publier des photos de gens sur leur propriété privée, je ne supporte pas l'idée d'être espionnée par la presse. Stu a dû retourner bosser, et les gardes du corps m'évitent... Je me sens hyper seule.

Chaque jour, je discute avec Tom, avant et après les cours. Par ailleurs, je suis agréablement surprise parce que Libby m'appelle tous les soirs. Manifestement, on ne parle que de moi. Je regrette que Lou ait découvert la vérité en même temps que les autres, mais elle m'assure qu'elle comprend.

L'histoire est relayée par la presse nationale, et les quotidiens régionaux sortent au minimum un article par jour sur le sujet, en citant diverses sources. Je reconnais certains noms, dont ceux de Nina et de Michelle, mais le proviseur finit par envoyer un courrier à chaque élève, avec interdiction de parler aux médias.

Vers la fin de la semaine, je panique quand je vois un article sur Tom. Aucune déclaration de sa part, bien sûr, mais je déteste l'idée de l'avoir entraîné dans cette histoire. J'espère que sa mère n'est pas trop fâchée.

– Pas du tout, tente-t-il de me rassurer quand on se parle le vendredi soir. Franchement, Jessie, je m'en fiche. Tu verras, ils finiront par se lasser, et ils nous laisseront tranquilles.

– Ça veut dire quoi ? Ils ne sont pas en train de te harceler, dis ?

– Y a bien un type qui fait le guet devant la maison, mais rien de grave.

– Quoi ? Je ne savais pas qu'il était pisté.

– C'est bon, je te dis… (Il rigole.) C'est juste un pauvre type à qui on a dit de rester planté là. Et si tu veux savoir, je crois que maman trouve tout ça super excitant.

Je soupire, et il rit doucement.

– Tu fais quoi, demain ?

– Rien, je soupire, déprimée.

– Ça te dirait, un peu de compagnie ?

– Tu plaisantes ?, je m'exclame, fébrile. Ta mère te laisserait venir ?

– Elle dit que ça ne peut pas être pire, maintenant que la presse est au courant pour moi.

Elle lui avait pourtant demandé de garder ses distances en début de semaine.

– Oh oui, ça me ferait tellement plaisir ! Je sens que je vais devenir folle, ici.

Le lendemain arrive enfin, et mon cœur fait des bonds lorsque j'aperçois la voiture de Caroline arriver au portail. Je me précipite et manque de m'étaler dans l'escalier. Je cours ouvrir la porte avant même que Tom n'ait le temps de sonner.

– Hé !, s'exclame-t-il dans un éclat de rire quand je lui saute au cou.

– Hello !

Stu apparaît dans le couloir et nous rejoint.

Je m'arrache à Tom pour dire bonjour à Caroline. Stu lui propose un thé, qu'elle accepte. Elle regarde autour d'elle en nous suivant, et je comprends que la maison de Johnny doit avoir quelque chose de complètement surréaliste pour elle. Pour Tom aussi, sans aucun doute.

– Je vais faire visiter à Tom !, je lance à Stu et Caroline qui se dirigent vers la cuisine.

Je suis trop impatiente de me retrouver seule avec lui.

On se rue sur la première porte dans le couloir, celle du salon, et on referme derrière nous. Il ne perd pas une seconde et m'embrasse.

Je laisse échapper un gémissement contre ses lèvres, puis j'enfouis mon visage dans le creux de son cou. Il m'enlace, et nous restons comme ça un moment. Je me sens en sécurité avec lui.

Quand des voix retentissent dans le couloir, on s'écarte vite l'un de l'autre. La porte s'ouvre, et Stu invite Caroline à entrer, tous deux tenant une tasse de thé à la main.

– Oups, laisse échapper Stu en nous regardant.

– Voici le salon, je m'exclame avec un sourire espiègle, puis je prends la main de Tom et l'entraîne. Caroline sourit en nous suivant des yeux.

– Je n'arrive pas à croire que nous sommes chez Johnny Jefferson, dit Tom après avoir visité la maison – en échangeant des baisers toutes les dix secondes.

Ça devient vite un jeu. On entre dans une pièce, on s'embrasse, puis on ressort. J'ai gardé ma chambre pour la fin. La chambre orange, encore une fois. Je l'adore. Pourtant, je sais que je ne m'y sentirai jamais comme dans la mienne, même avec deux valises pleines de mes affaires dans le dressing.

– Ça fait bizarre, hein ?, je réponds. Moi aussi, j'ai l'impression d'être dans une autre dimension.

– J'imagine… (Il me sourit.) Vous en savez un peu plus sur la personne qui a vendu la mèche ?

– Non. Si ça se trouve, on n'en saura jamais rien.

– Tom !

La voix de Caroline résonne au pied de l'escalier.

Je le suis sur le palier.

– Je m'en vais !, lance-t-elle. Je reviendrai te chercher dans la soirée, d'accord ?

– OK, répond Tom.

– Bye !, je lui crie.

– Et sois sage !, enchaîne-t-elle avec un regard sévère, puis Stu apparaît derrière elle, et je vois Tom qui rougit.

– Maman !, marmonne-t-il sur un ton à la fois fâché et embarrassé, mais elle lui sourit puis se tourne vers Stu.

Tom me jette un regard gêné, et nous descendons. Apparemment, ma chambre est zone interdite.

On passe une super journée ensemble. J'en oublie presque ce qui se passe en dehors de la propriété des Jefferson. Je déniche des photos de la maman de Johnny, et ça me donne envie de montrer à Tom celles que j'ai emportées de ma mère. Stu nous laisse relativement tranquilles. Je suis consciente du temps qui file et bientôt, la mère de Tom viendra le rechercher. Je crois que Stu devine mon angoisse, sans doute est-ce pour cela qu'il se contente de froncer les sourcils quand nous ne touchons pas au dessert, à la fin du dîner, pour pouvoir remonter dans ma chambre. Je pense qu'il comprend mon besoin d'intimité. Je risque de ne plus en avoir tant que ça, dorénavant.

Une fois dans ma chambre, Tom prend mes mains, mais c'est moi qui l'attire sur le lit. On s'embrasse, baiser tendre et langoureux, langues mêlées et avides. Il s'allonge sur moi, et je suis prise de vertige au poids de son corps, lourd et tendre sur le mien. Puis il se redresse sur les coudes, mais je n'ai pas envie qu'il arrête de m'embrasser. Je glisse mes mains sous son tee-shirt, et lorsque mes doigts effleurent le contour de ses abdos, je le sens frémir. Quand il m'embrasse à nouveau, c'est avec une passion que je n'ai jamais ressentie. Je réponds à son baiser avec la même ferveur, et il retombe sur moi de tout son poids, nos corps parfaitement en contact. Une étincelle de désir s'allume en moi, mais avant que je ne puisse réagir, il roule sur le dos et m'entraîne avec lui. Me tenant à bout de bras, il plonge ses yeux dans les miens. Ses yeux, que je n'ai jamais vus aussi noirs.

– Ma mère sera là d'une minute à l'autre, murmure-t-il.

– J'aimerais que tu restes, je chuchote avant de rougir, quand je réalise le double sens de ces paroles : nous n'en sommes pas encore *là*.

Il scrute mon visage. Mal à l'aise, je m'arrache à lui, et m'allonge à ses côtés. Il soupire, écarte une mèche sur mon front. Puis nous nous regardons un long moment, silencieux, et soudain, un coup de sonnette retentit.

– Hmmm, dit-il avec tristesse.

– Hmmm, je répète, sinistre.

– Quand penses-tu pouvoir revenir au bahut ?

– Lundi, peut-être.

– Vraiment ?

Son visage s'illumine.

– Johnny doit m'appeler ce soir. Il a un plan, apparemment.

En effet, une heure plus tard, Johnny appelle.

– Je t'envoie Sam, annonce-t-il. Il sera auprès de toi demain matin.

– Sam ?, je répète, surprise. Tu veux dire Samuel ? C'est son garde du corps, là-bas, aux États-Unis.

– J'ai une totale confiance en lui.

– Mais Bruce s'en sort plutôt bien, je remarque, embêtée de devoir obliger ce pauvre Samuel à quitter les États-Unis.

– Ça ne me suffit pas, décrète Johnny. Je ne connais pas Bruce. Non, si tu dois retourner au lycée, je veux que ce soit avec Sam.

– Pitié, ne me dis pas qu'il va m'accompagner dans chaque salle de classe.

– Au début, il le faudra bien…

– Johnny !, je m'exclame, consternée.

– Tu t'habitueras.

– Oh non, quelle honte !

– C'est juste une solution à court terme, Jess.

– Ça veut dire quoi, ça ?

Trois secondes passent avant qu'il ne réponde.

– Nous parlerons de ça une fois que les choses se seront calmées.

– Attention, je ne veux pas changer de bahut !

– Jess...

– Hors de question !

– Dans ce cas, Sam va devoir retourner à l'école avec toi à Maidenhead.

– Johnny, non !

– Tu ne m'appelles plus papa ?, demande-t-il alors, et à la douceur de sa voix, mon cœur se serre.

– Il y a tant de choses auxquelles il faut que je m'habitue, je finis par répondre.

14.

Comme convenu, Samuel arrive dimanche, et lundi, je retourne au bahut. Tom est venu en avance pour me retrouver. Il est nettement plus tôt que d'habitude, à peine sept heures du matin, mais Samuel tenait absolument à éviter l'heure de pointe.

Stu nous emmène avec lui dans la salle des profs, truc qu'il ne fait jamais. Je me sens de plus en plus nerveuse à mesure que le temps passe. Je regarde les élèves qui vont et viennent derrière la vitre, totalement indifférents à ma présence. Aussitôt, je me prends à espérer. Les gens vont peut-être me laisser tranquille, en fin de compte ?

Raté, bien sûr.

Même les profs m'observent. C'est trop déroutant, surtout quand M. Hillman, le proviseur, met un point d'honneur à venir me saluer. Stu m'a expliqué que, quelque part, il se sentait responsable du fait que certains élèves avaient parlé à la presse.

Un moment plus tard, Tom me prend par la main et m'accompagne en cours. Sauf que pour aller là-bas, on est obligé de traverser la foule.

C'est trop bizarre. J'ai l'impression de vivre une scène de *Matrix*, où tout bouge au ralenti. Les gens se retournent bouche bée sur mon passage, les conversations se taisent – puis les chuchotements commencent, les remarques fusent, les doigts se tendent. Tom serre ma main dans la sienne, et nous poursuivons notre chemin.

– Vous n'avez rien de mieux à foutre ?, aboie-t-il soudain à un groupe d'élèves de seconde particulièrement bruyants. (Je ne le connaissais pas sous cet angle, prêt à la bagarre.) C'est juste une nana comme les autres, foutez-lui la paix !

Quelques mètres plus loin, il approche son visage du mien, et me murmure à l'oreille :

– Tu n'es absolument pas une nana comme les autres, c'est sûr. Tu es *ma* nana.

Les papillons dans mon cœur me transportent tout le reste du chemin. Je suis soulagée en apercevant Libby et Lou, déjà dans la classe.

– Jessie !, hurle Lou en se levant.

Libby l'imite, mais Mme Rakeman arrive.

– Asseyez-vous !, ordonne-t-elle, mettant fin au brouhaha.

Je vais m'asseoir à côté de Lou, notant au passage une lueur de ressentiment dans les yeux de Libby qui la regarde avec insistance, avant de se tourner vers Amanda. Cette dernière me dévisage avec un drôle de sourire.

À peine notre premier cours terminé, toute la classe se rue sur moi.

– Je le crois pas !, hurle Nina. C'était toi !

– On savait que tu lui ressemblais !, enchaîne Michelle. On l'avait bien vu !

– Laissez donc mademoiselle Pickerill tranquille !, aboie Mme Rakeman depuis son bureau.

Lou et Libby m'entraînent hors de la salle, et j'aperçois Amanda en retrait. Elle doit probablement être jalouse que Libby me prête autant d'attention.

Durant la récré, on va à la bibli. Lou s'esquive pour informer Chris et Tom de l'endroit où l'on est. La nouvelle se répand comme une traînée de poudre. Bientôt, la bibli se remplit comme jamais. On va se réfugier dans un coin, derrière des étagères. Toujours pas d'Amanda. Je me réjouis vraiment que Libby soit là, et Lou aussi, bien sûr. Mais par-dessus tout, c'est la présence de Tom qui me réconforte.

Je m'assois contre lui, plus près que je ne l'ai jamais été au bahut – je suis carrément entre ses jambes, ses bras entourant ma taille. J'ai juste envie d'une chose, qu'il me protège. Je regarde mes amis – Chris, Lou et Libby – et j'éprouve un sentiment de paix, en dépit de tout le reste.

Soudain, je pense à Natalie. C'est bizarre quand même, j'ai à peine eu de ses nouvelles depuis que la vérité a éclaté. Est-ce que… ?

Non. Je ne peux pas le croire. Natalie ne m'a pas balancée à la presse, pas elle. Je sais, Stu ne l'aime pas, n'a aucune confiance en elle, pas plus que Libby d'ailleurs, mais elle ne me ferait pas un truc pareil. Dans ce cas, pourquoi un tel silence de sa part ? C'est vrai qu'on a un peu pris nos distances dernièrement, elle et moi, mais pas à ce point !

Le soir même, je l'appelle, et tombe directement sur sa messagerie. Mon malaise ne fait qu'augmenter.

Le lendemain matin, je suis au foyer des élèves de terminale en compagnie de Tom, avec l'accord du prof principal. Libby vient m'y retrouver, et je suis touchée de voir qu'elle a fait l'effort de venir super tôt, rien que pour moi. J'embrasse Tom, et m'en vais avec elle discuter un moment, à la bibli.

On traverse la cour presque déserte – il est à peine huit heures trente –, mais les rares élèves présents braquent aussitôt leurs yeux sur moi.

Je ne crois pas que je m'habituerai un jour à être regardée comme ça. Et c'est juste dans mon lycée. Qu'est-ce que ce sera en public ? Avec Johnny et Meg…

Heureusement, Samuel ne me suit pas dans l'enceinte du bahut, mais je sais qu'il attend dehors, devant le portail, et de temps à autre, je le vois en train de faire le tour du campus. Je n'ai pas oublié ce que Johnny m'a dit. Lorsque la vérité éclatera, quelqu'un pourra être tenté de me kidnapper. Je pense qu'il exagère.

Mon histoire fait l'objet d'articles dans les journaux nationaux depuis quelques jours seulement. Une fois que tout le monde sera habitué au lycée, Samuel n'aura plus d'utilité, je pense. C'est quand même dingue que je ne puisse pas rentrer chez moi.

J'imagine que dans une semaine ou deux, Johnny comprendra qu'il a surréagi, et il me laissera reprendre le cours de ma vie, sans garde du corps pour épier mes moindres faits et gestes. Je dois juste apprendre à me faire toute petite.

Je suis tellement absorbée par tout ça que je mets du temps à réaliser qu'Amanda et Libby ne s'adressent quasiment plus la parole. Entre les cours de maths et d'anglais, je m'isole avec Libby dans un coin, et lui pose la question.

– Qu'est-ce qu'il se passe, avec Amanda ? Vous êtes fâchées ?

– Non. C'est juste qu'on ne se voit plus trop, ces derniers temps.

– Pourquoi ? Je vous croyais les meilleures amies du monde.

– Pas vraiment, ricane-t-elle.

– Oh ?

– Elle me soûle un peu, avoue-t-elle finalement, et je ravale un sourire.

Elle rigole puis, bras dessus bras dessous, on va en cours d'anglais.

15.

Ce soir-là, dans le bureau de Johnny, je tente à nouveau de joindre Natalie, mais une fois de plus, je tombe sur sa boîte vocale, ce qui me laisse songeuse. Son silence commence à devenir inquiétant.

Jeudi, je décide d'essayer de l'intercepter dans son école. Au moment de rentrer au manoir, je demande à Samuel de faire un détour.

– Je ne peux pas vous laisser entrer là toute seule, mademoiselle.

– Appelez-moi Jessie, Samuel ! Combien de fois devrai-je vous le dire ?

– OK, Jessie, mais je ne peux pas vous laisser seule quand même.

– On peut juste attendre un moment. Peut-être qu'elle va sortir ?

– Entendu, répond-il de sa voix caverneuse.

Stu travaille tard, ce soir. Apparemment, lui ne risque pas d'être kidnappé. Il y en a qui sont vernis.

– Vous n'auriez pas entendu une bonne blague, dernièrement ?, je demande à Samuel, après dix minutes d'un silence lugubre.

– Non, pas dernièrement.

J'ai l'impression qu'il a oublié son sens de l'humour à L.A.

Je laisse échapper un soupir en fixant le portail de la prépa.

– Je me suis marié deux fois, dit alors Samuel. Deux échecs... (Je le regarde, intriguée. Je l'ignorais, et j'éprouve de la peine pour lui.) La première m'a quitté, la seconde est restée, ajoute-t-il.

Après quelques secondes de flottement, je m'esclaffe.

– Ah, enfin, je suis content de vous entendre rire, jeune fille !

– Jessie !

– Dans ce cas, vous devez m'appeler Sam.

– Je croyais qu'il n'y avait que Johnny qui vous appelait Sam ?

– C'est vrai... Et vous me faites beaucoup penser à lui...

Je lui souris, puis regarde à nouveau par la vitre et je la vois. Natalie.

– C'est elle !, je m'exclame, prête à sortir de voiture. (Je pousse, je tire, rien, la poignée est bloquée, la portière refuse de s'ouvrir.) Sam !

– Une seconde, j'arrive, marmonne-t-il, et il descend de voiture.

Eh bien quoi ? Je ne peux même plus ouvrir ma portière toute seule si j'en ai envie, maintenant ?

Sam me libère enfin et je m'élance sur le trottoir.

– Natalie !!!

Elle tourne la tête, me regarde, puis ses yeux se portent sur Sam, et là, elle se fige, sous le choc.

Em, une autre de nos amies, plus proche de Natalie que de moi, passe le portail à son tour et me repère.

– Oh merde !

Impossible de l'entendre à cette distance, mais je lis sur ses lèvres. Elle se précipite vers moi dans ses bottines à talons aiguilles, et c'est à ce moment-là que je note le regard d'autres élèves. J'imagine que j'aurais du mal à passer inaperçue, même si je n'étais pas la fille de Johnny. Je suis plantée devant une Mercedes noir métallisé, auprès d'un garde du corps qui doit faire dix fois ma taille. Perplexe, je regarde Em et Natalie approcher.

La gorge nouée, je m'interroge. Se pourrait-il que ce soit elle qui m'ait dénoncée à la presse ? Ce regard qu'elle a eu quand elle m'a vue... Je ne sais pas quoi faire. Dois-je lui poser la question ? Ici et maintenant ?

– Oh merde !, répète Em en accourant. J'ai appris la nouvelle !

Elle me prend dans ses bras et regarde avec fébrilité Samuel, quelques pas plus loin.

– Qui c'est ?, chuchote-t-elle.

Elle est encore plus orange que d'habitude. C'est clair, elle est sur le point de faire une overdose d'autobronzant.

– Je te présente Sam, euh, garde du corps, je bafouille.

Em arbore un large sourire.

– Putain, c'est pas vrai !, s'exclame-t-elle. J'y crois pas !

– On ne pourrait pas aller dans un endroit plus tranquille ?, marmonne Natalie en regardant autour d'elle.

– Excellente idée, répond Sam qui nous rabat vers la voiture. Où dois-je conduire ces dames ?, demande-t-il, une fois que nous sommes calées sur la banquette arrière.

– Et pourquoi pas chez nous ?, je suggère. Sam vit chez Johnny, lui aussi.

– On a rendez-vous avec Aaron et Dougie au pub, rappelle Natalie à Em, toujours en lévitation.

– Tant pis pour eux, répond-elle, hilare. Ils attendront.

– Je leur envoie un texto, marmonne Natalie, morose.

– Et merde !, hurle Em en se frappant le front. (C'est un gros mot récurrent, chez elle, mais je la regarde, surprise.) Quand tu dis « chez nous », c'est de la propriété de Johnny Jefferson que tu parles ?

– Euh, oui, je réponds, mal à l'aise.

Et là elle se met à pousser un cri perçant.

– Putain, Em ! Tu nous casses les oreilles !, explose Natalie, et je surprends le regard amusé de Sam, dans le rétro.

Em est l'une des plus grandes fans de Johnny Jefferson. Une fois à la maison, elle me supplie de lui faire visiter les lieux. Je m'exécute volontiers, tandis que Natalie lui reproche d'être trop curieuse.

– On n'a pas trop le temps, râle Nat, décidément de mauvais poil. Est-ce que ton type, là… tu sais, ton *garde du corps*, pourrait nous déposer au pub ? Sinon, on va être en retard.

– Bien sûr, je réponds, peinée, tellement elle est désagréable. À peine si on a échangé trois mots, elle et moi. Em, en revanche, totalement surexcitée, n'a pas arrêté de parler.

J'ai l'impression que découvrir la maison de Johnny ne fait ni chaud ni froid à Natalie. *Libby serait super contente, elle*, je réalise avec tendresse. Je l'inviterai peut-être, pour le week-end. Et Tom aussi, et Lou et Chris. On regardera un film dans la salle de ciné privée… Tom pourrait peut-être faire le chauffeur s'il obtient son permis ! Il passe l'examen demain…

Une idée me traverse subitement l'esprit, et mon sang se glace. Peut-être que Natalie fait semblant de se désintéresser de ma superstar de père, pour que je ne la suspecte pas de m'avoir trahie.

Un jour, j'ai lu un truc dans le magazine *Heat* à propos d'une célébrité qui racontait de fausses histoires sur elle-même à des amis, de façon à tester leur loyauté. Quand l'une de ces histoires paraissait dans la presse, la star savait ainsi exactement qui avait parlé. J'observe Natalie, perplexe. Si je lui pose directement la question, j'en suis sûre, elle mentira, et affirmera n'avoir rien dit à personne. Je dois pourtant savoir qui m'a planté un poignard dans le dos.

Je me creuse la tête, cherchant quelque chose à lui raconter, une fausse péripétie, une pseudo-anecdote. En vain. Je décide donc de laisser tomber pour l'instant.

Le lendemain, à ma grande joie, Tom décroche son permis, et le samedi, il prend le volant et emmène avec lui Lou, Chris et Libby. On passe une super journée au manoir à discuter, regarder des films, mais ils sont obligés de rentrer tôt, Libby ayant des trucs prévus avec sa famille.

Plus tard, j'essaie d'appeler Tom, et je découvre qu'une fois rentrés, lui, Chris et Lou sont allés chez un certain Will pour faire un billard. Au boucan que j'entends à l'autre bout du fil, ça ressemble surtout à une mégafête. Je lui dis de bien s'amuser, un peu contrariée quand même, et quand je raccroche, la colère me prend d'être coincée ici toute seule, à Henley.

Je sais, je pourrais réveiller Sam et lui demander de m'emmener chez Will, mais rien que le fait de l'imaginer faire les cent pas devant la maison ou, mon Dieu, carrément à l'intérieur, m'afflige. De toute façon, Stu ne me laisserait pas sortir à cette heure de la nuit.

Mon téléphone sonne, m'avertissant de l'arrivée d'un message. Vite, je regarde, en espérant un texto de Tom, mais c'est Lou qui m'écrit. Mon cœur cesse de battre.

« Aïe, Isla est ici. T'inquiète, je suis là ! »

Génial. Maintenant, il ne manquerait plus que je devienne parano, en plus de tout le reste.

C'est plus fort que moi, je rappelle Tom. Il ne répond pas. Je compose le numéro de Lou.

– J'ai essayé d'avoir Tom. Je suis obligée de répéter, car elle n'entend pas à cause de la musique.

– Je crois qu'il est dehors !, hurle-t-elle.

– Tu peux aller le chercher ?

– Bien sûr !

Elle explique à l'autre bout du fil à quelqu'un qu'elle va chercher Tom et là, j'entends Chris répondre :

– Il est dans le jardin avec Isla.

Aussitôt, un profond sentiment de malaise m'envahit.

S'écoulent vingt secondes, les plus longues de ma vie, avant que Lou ne revienne en ligne. Je ne sais même pas si j'arriverai à articuler un seul mot tant je redoute ce qu'elle va dire.

– Je ne l'ai pas vu, dehors. Il est peut-être quelque part à l'intérieur.

– Il me semble avoir entendu Chris dire qu'il était dans le jardin avec Isla ?, je réponds sans tourner autour du pot.

– Oui, j'ai vérifié, il n'y est pas. Mais bon, j'en suis sûre, ils doivent simplement discuter, s'empresse-t-elle d'ajouter.

– Et elle, tu la vois ?

– Euh, non, elle n'est pas là apparemment.

Je me rappelle avoir vu Tom et Isla ensemble, dans une autre fête, avant les vacances d'été, en train de parler de façon très confidentielle, front contre front. À cette époque-là, je n'avais déjà pas apprécié l'intimité de ce tête-à-tête, et aujourd'hui, merde, encore moins.

– Peux-tu lui demander de me rappeler dès que tu le verras ?, je demande, avec une angoisse tellement évidente que je me déteste.

– Bien sûr, répond-elle, et à cet écho de compassion dans sa voix, je me sens encore plus mal.

Je raccroche, pose mon téléphone, et enfouis mon visage entre mes mains. Tom n'a jamais rien fait qui puisse me faire douter de lui, mais c'est dur de rivaliser avec son premier amour. Et ma vie est tellement démente en ce moment. Peut-être que tout ça, c'est trop pour lui.

Mon téléphone sonne. Je l'attrape, fébrile, mais cette fois, si mon cœur dérape, c'est pour une raison entièrement différente. Un texto de Jack.

« Salut ! Paraît que tu fais encore la une des médias ! J'ai pensé à toi, l'autre jour, au concert des Wombats. Quand reviens-tu à L.A. ? Kiss, Jack. »

En dépit de mes sentiments pour Tom, mon émotion à la lecture de ce texto est telle que j'en oublie tout le reste. Jack !

Jack ne m'a pas oubliée !

En un éclair, je ne pense plus qu'à lui, je ne vois plus que lui. Ses yeux gris bleu, ses cheveux en bataille. Je me souviens de son baiser, ardent et passionné, et c'est plus fort que moi, j'en frissonne. Puis je tente d'effacer cette image de mon esprit. Je ne devrais pas penser à lui de cette façon.

Pourquoi suis-je autant troublée ? Pourquoi m'envoie-t-il un texto maintenant ? Pourquoi n'a-t-il pas répondu à mon mail ? Ne ferais-je pas mieux de l'ignorer ?

La vie de Jack, comme la mienne, n'a rien de normal. Son père aussi était une rock star. Il l'est toujours d'ailleurs. Manifestement, ce n'est pas le genre de choses qui passe comme ça, même si vous ne faites plus de musique.

J'arrête de me poser des questions, et j'écris :

« Quelle chance tu as, pour les Wombats. Serai là pour Noël. Les choses sont plutôt dingues ici. L.A. me manque… »

C'est presque « tu me manques », mais pas tout à fait. Et pas de « kiss » en conclusion. À ma grande surprise, il répond tout de suite.

« Merde, c'est dans une éternité, Noël ! Appelle-moi un de ces jours, OK ? Ici, Lottie cherche encore à nous faire participer à son show, et Eve menace de quitter All Hype. »

Je ressens une petite décharge d'adrénaline. Il veut que je l'appelle ? Je relis son message. Lottie aimerait avoir All Hype dans son show, mais la chanteuse – la fille super belle qui m'avait fait comprendre que Jack était à elle – parle apparemment de quitter le groupe. Je me demande ce que ça signifie. Jack et elle en auraient-ils fini pour de bon ?

« Wow, tiens-moi au courant. »

Je m'abstiens surtout d'évoquer le moindre coup de fil. Mais c'est incroyable, ce désespoir qui m'envahit quand il ne répond pas. J'éteins mon téléphone, et fais de mon mieux pour ne plus penser à lui.

16.

Je ne rallume mon téléphone que tard, le lendemain matin, et il se met directement à sonner : j'ai deux textos et deux messages vocaux. Tous de Lou qui me demande de la rappeler sur-le-champ.

La gorge nouée, je compose son numéro, et ferme très fort les yeux, tant j'appréhende ce qu'elle va m'annoncer. Pitié, faites que Tom et Isla ne soient pas… Pitié, pitié, pitié…

– J'ai essayé de te joindre toute la nuit !

– Qu'est-ce qu'il y a ?

– Je crois savoir qui a parlé de toi à la presse.

Pas Tom. Non, pas Tom. Je ferme les yeux.

– C'est Amanda.

Je rouvre aussitôt les yeux, sous le choc.

– Amanda ?

– Son ex était à la fête, hier soir. Complètement bourré. Il a commencé à raconter des trucs à un de ses potes. J'étais juste derrière lui, mais il ne s'en est pas rendu compte. Il se vantait et tout! Chris a réussi à savoir qui il est. Apparemment, il est en terminale.

J'en ai la tête qui tourne.

– Amanda? Mais comment a-t-elle pu...? Libby, je dis, d'une voix tremblante en sentant mon cœur se lézarder.

– Sans doute, soupire Lou.

– Raison pour laquelle toutes deux sont fâchées... Mais minute... Ça veut dire que Libby sait depuis le début que la fuite vient d'Amanda!

– Ça me paraît évident, dit Lou avec douceur.

– Et moi qui croyais que c'était Natalie!

– Non, c'est bien Amanda qui a contacté la presse locale. Et apparemment, ils lui auraient versé un bon paquet de cash pour son histoire.

J'en ai la nausée.

– Il faut que j'appelle Libby.

– Pas trop secouée?, s'inquiète Lou.

– Un peu, mais il faut que je sois forte. C'est comme ça...

– Je suis tellement désolée, chuchote Libby quand je l'appelle pour une explication.

Elle ne cherche pas à nier.

– Quand lui as-tu dit?

– Il y a quelques semaines. Oh, Jessie, je m'en veux, si tu savais... (Elle semble au bord des larmes.) Je lui ai fait jurer de garder le secret. Je croyais pouvoir lui faire confiance.

– Et moi, c'est à toi que je croyais pouvoir faire confiance, je réplique, en colère.

– Je t'en prie, pardonne-moi, m'implore-t-elle. Amanda me déçoit tellement…

– Amanda te déçoit ?, je m'exclame avec amertume. Libby, je t'avais suppliée de ne rien dire à personne. Et tu m'avais donné ta parole ! Je n'arrive pas à croire que tu aies fait ça !

– Je suis désolée… Elle se met à pleurer, mais je n'ai ni la force ni l'envie de la consoler.

– Il faut que je te laisse…

Et je raccroche.

Cette vie-là – cette cage dans laquelle je vis aujourd'hui –, tout ça, par la faute de ma meilleure amie de toujours qui n'a pas su garder un secret. Moi qui soupçonnais Natalie, ma nouvelle amie, la seule que Stu n'aime pas, en laquelle il n'a aucune confiance parce que, selon lui, elle a une mauvaise influence sur moi. Elle a peut-être une mauvaise influence, mais au moins, elle ne m'a jamais déçue comme vient de le faire Libby.

Pauvre Natalie. Dire que j'étais prête à inventer une histoire bidon pour la prendre en défaut ! Alors qu'elle n'a jamais rien fait de mal. J'ignore ce qui ne va pas chez elle depuis quelque temps, mais je le saurai, je lui dois bien ça ! Je lui envoie un texto pour lui demander si elle est chez elle, avant d'appeler Tom pour le mettre au courant. Il me propose d'annuler sa partie de foot et de me conduire chez Nat, mais l'idée n'emballe pas Sam.

– Mais putain !, j'explose quand il refuse que Tom m'emmène. C'est ridicule, enfin ! La presse n'est plus à mes trousses ! Il n'y a plus personne planté devant le portail et…

– Faux, m'interrompt-il. Ce matin, il y avait un paparazzi qui tournait autour de la propriété.

Je laisse échapper un soupir.

– Vous n'en avez pas marre, Sam ?, je marmonne, exaspérée. Je veux dire, vous n'avez rien de mieux à faire que me servir de chaperon ?

– Je ne fais que mon travail, mademoiselle.

– Jessie ! Mon nom est Jessie ! Et je suis un être humain, pas un travail !

Il plonge ses yeux marron dans les miens un moment. Exaspérée, je finis par renoncer à le convaincre, et rappelle Tom. En raccrochant, je réalise que je ne lui ai même pas demandé d'explications sur sa conversation avec Isla, hier soir.

– Wow, qu'est-ce qu'il t'arrive ?, m'interroge Natalie quand elle ouvre la porte, face à mon air lugubre.

– C'est Libby. Elle a tout raconté à Amanda qui est allée le répéter aux médias.

– Merde !, s'exclame-t-elle en m'entraînant vers le salon.

– J'ai cru un moment que c'était toi…

– Quoi ?

Elle semble scandalisée.

– Je suis désolée. C'est juste que je te trouvais distante, ces derniers temps.

– Distante, moi ?, rétorque-t-elle, en colère. C'est toi qui passes tout ton temps avec ton nouveau petit ami !

– Tom ne m'a jamais empêchée de te voir ! D'ailleurs, on était à ta fête, non ?

– La belle affaire, dit-elle, sarcastique.

– Attends, ne me dis pas que tu faisais la gueule parce que je passe du temps avec lui ?

– Moi, tout ce que je veux, c'est retrouver l'ancienne Jessie, d'accord ? Tu me manques, voilà !

J'en reste clouée sur place, puis je me reprends.

– Mais c'est moi, je suis là. J'ai toujours été là, je réponds, désemparée.

– Tu n'es pas Jessie Pickerill. Tu ne l'es plus. Tu es Jessie Jefferson.

– Ne dis pas ça... Je secoue la tête. Je n'ai pas changé ! Je suis toujours la même.

– C'est faux, Jessie. En fait, tu es Jessie Jefferson depuis un bon moment déjà. Depuis ton retour de L.A. Avant que la vérité n'éclate à ton sujet.

– Je ne comprends pas...

– Ce soir-là, chez Liam...

– Oh non, tu ne vas pas recommencer avec ça. Je me fous de Liam ! Je ne l'ai jamais dragué, enfin !

– Je ne dis pas ça. Mais lui, il avait une façon de te regarder...

– Mais ce n'est pas de ma faute, enfin !, je lance, sur la défensive.

– La façon dont tout le monde te regardait !, enchaîne Natalie. Ton attitude, aux platines. Si sûre de toi... Si à l'aise. Oui, là, j'ai vu la fille de Johnny Jefferson. En un éclair, tu es devenue une étrangère pour moi.

– Quoi ? Une étrangère ?

Je n'en reviens pas qu'elle pense ça. Elle, la nana toujours si sûre d'elle, tellement bien dans sa peau.

– Tu n'as plus vraiment besoin de moi, depuis ton retour, ajoute-t-elle.

– Mais bien sûr que si, j'ai besoin de toi !, je réponds, bouleversée.

Elle s'avance vers moi, et me prend dans ses bras.

– Tant mieux. Parce que je serai toujours là pour toi, moi, tu sais…

– Moi aussi, je chuchote, la gorge serrée.

On s'assoit pour discuter, en se racontant tout ce qui nous passe par la tête, et c'est tellement bon de se retrouver là, dans son salon, et pas dans cette immense propriété qui ressemble plus à une prison qu'à une maison, depuis deux semaines.

Soudain, je pense à notre petit pavillon de banlieue, à toutes ces odeurs familières. Je dis au revoir à Natalie et une fois dehors, je demande à Sam de m'emmener y faire un tour. Il obtempère sans faire d'histoires, mais j'en ai plus qu'assez de devoir demander la permission. Morose, le nez contre la vitre, je regarde défiler les maisons et les rues. Bientôt, on approche, et en passant devant ma maison, accrochée à la portière, c'est plus fort que moi, mes nerfs lâchent et je me mets à sangloter.

Des larmes plein les yeux, j'attends que Sam se gare pour sortir. Mais quand je veux m'élancer, il se dresse face à moi, tel un mur, et je manque de m'étaler. Il cherche à me retenir avec ses grandes mains, mais je le bouscule et cours vers la porte avec ma clé.

– Jessie, soupire-t-il.

Je l'ignore. Mais… pourquoi je n'arrive pas à ouvrir la porte ?

– Jessie, répète-t-il, avec plus de fermeté cette fois.

Je me retourne, et je vois le trousseau de clés, dans sa main.

– Nous avons changé les serrures.

Mais putain, évidemment. Maman avait distribué plein de doubles aux amis et aux voisins. Johnny ne peut pas se permettre de leur faire confiance.

Sam ouvre la porte, s'écarte pour me laisser entrer. Je la lui claque au nez, et tant pis si je me comporte comme une enfant colérique.

Les odeurs familières me submergent, me retournent. Je remonte lentement le couloir jusqu'à la cuisine et regarde autour de moi, imaginant maman devant le grille-pain, en train de beurrer mes toasts. De nouveau au bord des larmes, je monte l'escalier, et à chaque pas, c'est comme si mon corps pesait une tonne. Dans ma chambre, mon petit lit a l'air si douillet, si rassurant. Je suis fatiguée, quelques heures d'un sommeil profond me feraient le plus grand bien, mais je ne peux quand même pas laisser Sam poireauter sur le pas de la porte.

Je voudrais que Tom soit là.

À ce moment-là, je regarde par la fenêtre. Puis une idée me vient. Une idée typiquement Jessie Pickerill.

Une nouvelle serrure a été placée à ma fenêtre, mais comme je l'espérais, j'arrive à l'ouvrir. Je respire l'air frais de l'automne puis, sans me poser plus de questions, j'enjambe le châssis.

17.

– Mais quelle tête tu fais ! Arrête de t'inquiéter comme ça !

– C'est que... Oh, je ne sais pas, Jessie, mais si tu te retrouves avec un garde du corps, c'est bien pour une raison.

Par la vitre, je regarde, maussade, le paysage qui défile.

– Oui, et c'est ridicule, je marmonne.

Je devais convaincre Tom de me ramener. Il était en plein match de foot au parc, juste au bas de la rue, et en me voyant, son visage s'est illuminé. Il a aussitôt planté ses camarades de jeu pour courir vers moi et me prendre dans ses bras. Il était en sueur, brûlant, impossible pourtant de le lâcher. Il m'a fallu une bonne minute avant de me rappeler sa conversation avec Isla, la nuit dernière, et de l'interroger à ce sujet. Sur un ton accusateur, je n'ai pas pu m'en empêcher.

– J'ai seulement échangé quelques mots avec elle, a-t-il expliqué, sur la défensive.

– Elle m'a encore traitée de pute ?

– Non, répond-il avec fermeté. En fait, elle s'est même excusée à propos de ça.

– Vraiment ? (Je n'en reviens pas.) Comment ça ?

– Elle a demandé de tes nouvelles. Elle était au courant pour ton père évidemment.

– Évidemment, j'ai ricané, sarcastique.

– Elle a été super sympa, Jessie. Elle semblait vraiment heureuse pour nous.

Je n'en ai pas cru un mot, mais je n'ai pas relevé.

Il ne dit rien et, quand je me tourne vers lui, je vois bien à son expression qu'il est tendu. Je promène mon regard sur ses bras longs et maigres, ses mains bronzées agrippées au volant. Cela me donne envie de défaire ma ceinture de sécurité pour me rapprocher de lui, de manière à pouvoir l'embrasser dans le cou. Mais je le sais, le moment est mal choisi. Il est devenu ultra protecteur dernièrement.

Il jette un œil dans le rétro, fronce les sourcils.

– Qu'y a-t-il ?, je demande, toujours dans l'idée de lui voler un baiser.

– Je ne sais pas, murmure-t-il. Ce van blanc, juste derrière, nous suit depuis un moment…

Je pivote sur mon siège et regarde par la vitre arrière : impossible pourtant de voir qui conduit ce maudit van.

– Tu es complètement parano, je soupire avec un haussement d'épaules, quand brusquement, il donne un coup de volant, quitte la route principale et s'engage sur une voie plus étroite.

– Wow!, je m'exclame, déséquilibrée sur mon siège. (Derrière nous, sur la grande route, le van continue tout droit.) Tu vois ! Inutile de t'inquiéter. Et zut à la fin ! Gare-toi !

Il ne prend même pas la peine de mettre le clignotant. Il s'arrête dans un crissement de freins, juste à l'entrée d'une allée privée. Je lui lance mon regard le plus noir, ouvre la portière, et descends de voiture.

– Hé ! Où crois-tu aller, comme ça ?

– J'ai besoin d'air !, je réplique en lui claquant la portière au nez.

Quelques secondes plus tard, il me rejoint. Je lui fais face, hors de moi.

– Viens. On ferait peut-être mieux d'aller chez ton père, suggère-t-il avec douceur.

Je le dévisage, incrédule. Qu'il me dise ça, je n'arrive pas à le croire.

– Non ! J'en ai assez de vivre comme si j'étais en prison ! Je veux juste passer un moment en tête-à-tête avec mon petit ami. Est-ce trop demander ?

– Hé, dit-il, et il glisse son bras autour de ma taille avec tendresse pour m'attirer contre lui.

À ma grande surprise, je dois retenir mes larmes. Tout ça, c'est trop. Je veux retrouver mon anonymat. J'en ai marre d'être harcelée par la presse, marre qu'un garde du corps me colle vingt-quatre heures sur vingt-quatre. Je suis fatiguée ! J'ai envie qu'on me laisse tranquille. Voilà pourquoi j'ai fait le mur aujourd'hui. Je suis enfin libre ! Et maintenant, il veut me ramener ? Pas question.

– Embrasse-moi, je lui ordonne, en approchant mon visage du sien.

Ses lèvres effleurent les miennes, puis il s'écarte, trop vite.

– On est garé sur l'allée de quelqu'un, me dit-il, l'air tracassé.

J'éclate de rire, rire vaguement hystérique d'une personne qui a été enfermée un peu trop longtemps.

Je recule de quelques pas, mais il ne me laisse pas aller bien loin. Il m'attrape par la main, m'attire contre lui et, cette fois, il m'embrasse vraiment. Le soleil cogne, exceptionnellement chaud pour un mois d'octobre. Il glisse ses mains autour de ma taille, me plaque contre la voiture et m'emprisonne de son corps. Nous nous embrassons, comme si ce baiser était le dernier, et c'est tellement, tellement bon. Je laisse échapper un soupir quand il arrache sa bouche de la mienne pour regarder derrière moi, par-dessus le toit de la voiture. Il se fige.

– Le van, dit-il à voix basse, tendu.

J'entends le moteur, comme un roulement de tonnerre, qui se rapproche. Puis c'est un coup de freins, et le véhicule s'arrête, en même temps que mon cœur. Car je comprends tout de suite que nous sommes en danger.

– COURS !, je m'exclame en le repoussant. COURS !

Mais il agrippe ma main pour m'entraîner avec lui, quand la voiture de Sam surgit. Ce dernier fonce et percute le van par l'arrière, l'envoyant valser. Puis il descend de la Mercedes comme un fou et se place face au véhicule... Oh merde, il a un flingue !

– Sortez de là !, hurle-t-il.

Cependant, le conducteur fait vrombir son moteur et avance d'un mètre. Sam ne bouge pas d'un pouce, mais ne tire pas. Soudain, le conducteur du van fonce dans sa direction.

Je hurle, et il me regarde pendant une fraction de seconde, juste avant de plonger sur le côté.

– SAM !, je crie à nouveau quand je le vois rouler au sol.

Le van s'éloigne déjà sur la colline, alors qu'au loin, on entend retentir les sirènes des flics.

– Monte dans la voiture de Tom !, m'ordonne alors Sam, avant de parler dans le talkie-walkie accroché à sa ceinture. Il porte la main sur sa jambe gauche, et je devine qu'il souffre.

Abandonnant Tom, je cours vers lui.

– Restez là-bas !, aboie-t-il, mais je l'ignore.

– Vous êtes blessé ?

Je suis déjà à ses côtés.

– Le van m'a heurté. Maintenant, retournez dans la voiture de Tom, *tout de suite*, ou je vais m'énerver…

Tout le monde m'en veut. Stu, Sam et Johnny. Surtout Johnny.

– Mais tu as perdu la tête !, hurle-t-il, ce soir-là, au téléphone.

Je suis enfin sortie de l'hôpital. On nous a gardés un moment, Tom et moi, à cause du traumatisme psychologique, mais Sam, lui, a dû y rester, victime d'une fracture à la jambe qui le mettra sur la touche quelque temps.

– Sam aurait pu être tué ! Tu aurais pu être tuée !

– Je sais…

Je n'oublierai jamais la tête de Caroline quand elle est arrivée à l'hôpital. Elle était terrifiée et moi, j'étais mal. Tout ça était de ma faute.

En m'entendant sangloter, Johnny se radoucit.

– Il va falloir qu'on parle, Jess. Ça ne peut pas continuer comme ça.

Tout change tellement vite, et je ne peux rien contre cette déferlante. Pour la première fois, je regrette d'être la fille de Johnny Jefferson. Puis, honteuse, je m'empresse de chasser cette idée de ma tête.

Inutile de le préciser, mais j'ai interdiction de retourner au lycée. Le récit de la « Tentative d'enlèvement de Jessie Jefferson » s'affiche aujourd'hui à la une de trois quotidiens nationaux. Tom a dû se réfugier chez son oncle, sa maison étant en état de siège.

Quand il a constaté ma disparition, Sam a immédiatement appelé la police. Ils ont appréhendé les aspirants kidnappeurs sur la route. Ces types sont maintenant en garde à vue. Ils suivaient Tom depuis le matin, espérant une occasion, et je la leur ai offerte sur un plateau.

Bruce a refait son apparition pour s'occuper temporairement de ma sécurité, mais Sam reviendra à la maison dès sa sortie de l'hôpital. Je l'aperçois depuis le palier dans l'entrée, avec des béquilles, en pleine discussion avec Stu. Ça fait bizarre de le voir sans son costard de garde du corps, avec un simple tee-shirt gris et un jean.

– Sam !, je m'exclame en dévalant l'escalier.

– Attention ! Vous allez tomber !

Je me jette à son cou.

– Oooppff, grommelle-t-il.

– Je suis tellement désolée, je gémis, au bord des larmes.

– C'est bon, Jessie, ça aurait pu être pire.

– Jamais je ne me le pardonnerai.

– Ne soyez pas trop dure avec vous. J'aurais dû me douter de ce que vous mijotiez.

– Non, je suis la seule responsable dans cette histoire. Mais comment nous avez-vous retrouvés ?

Je sais maintenant que les kidnappeurs surveillaient Tom, mais je n'en finis pas de me demander comment Sam a pu retrouver notre trace.

– J'avais placé un traceur GPS sur la voiture de Tom.

– Quoi ?, je manque de m'étouffer.

Sam me regarde, narquois.

– Votre petit ami vient de décrocher son permis de conduire, et il ne vous viendrait pas à l'idée d'aller faire un tour avec lui ? Je ne suis pas né d'hier…

Je lui saute au cou et le serre très fort. Je lui suis tellement reconnaissante, au point de ne pas trouver les mots pour le lui dire.

J'espère qu'il le sait.

Johnny est le premier à m'annoncer la nouvelle. Il veut que j'aille le retrouver à L.A.

– Pas pour toujours, juste le temps que les choses se calment. Je sais que tu n'as pas envie de laisser Tom, mais tu dois penser à lui et à tes amis, et attendre que la fièvre retombe.

J'en ai tellement marre de tous ces problèmes que j'accepte sans rechigner, même si ça me fend le cœur de quitter Tom, Stu et tous mes amis.

Tom, Lou, Natalie et Chris viennent me voir, la veille de mon départ. Pas une fois, je ne mentionne Libby. Elle m'a appelée à plusieurs reprises, mais je ne peux pas lui pardonner. Pas encore. Car c'est elle qui est en grande partie responsable de ce chaos. N'empêche, c'est plus fort que moi, elle me manque, et au final, je regrette de ne pas l'avoir invitée.

Sam va venir avec moi à L.A., mais Bruce restera pour veiller sur Stu, juste au cas où. Cependant, il devrait bientôt pouvoir rentrer à la maison.

Alors que ma petite fête d'adieu touche à sa fin, j'entraîne Tom dans ma chambre. On n'a pas beaucoup de temps devant nous, je n'ai pas envie de le gâcher à discuter. Je ne sais pas quand je pourrai l'embrasser à nouveau.

– Tu vas trop me manquer, je chuchote contre ses lèvres, tandis que nous sommes allongés côte à côte, sur mon lit. Il laisse échapper un soupir en me serrant contre lui, et j'en déduis que c'est réciproque. J'enfouis mes mains dans ses cheveux et l'embrasse avec passion.

Je n'ai pas envie de le quitter. Je ne veux pas le perdre, et je m'accroche à lui de toutes mes forces, comme pour m'accrocher à mon ancienne vie.

Soudain il gémit curieusement, profondément, avant de s'écarter de moi. Il a les joues rouges, les pupilles dilatées. Sa respiration est sur le même rythme que la mienne, frénétique. Il se lève et arpente la pièce un moment, le pas lourd. Puis il me fait face, avec un sourire plein de regret, et me tend la main. Je la prends et me lève à mon tour.

Ensuite ce sont les adieux, pleins de tendresse. L'heure est maintenant venue pour moi de retrouver mon père dans la Cité des Anges, capitale mondiale des stars et des paillettes.

Oui, l'heure est venue pour moi d'être Jessie Jefferson, même si je me sens tout sauf prête.

18.

Assis côte à côte en première classe, c'est à peine si Sam et moi échangeons trois mots, lors du vol qui nous ramène à L.A. Davey, le chauffeur de Johnny, nous y attend avec la limousine, le sourire aux lèvres. Toujours de bonne humeur, il serre la main de Sam avant de se tourner vers moi.

– Mademoiselle Pickerill…

– Jessie !, le reprenons-nous aussitôt en chœur, Sam et moi.

Davey nous regarde, une lueur d'amusement dans les yeux.

– Bien, je vois que vous avez mis à profit ce séjour au Royaume-Uni pour apprendre à mieux vous connaître.

– Mmm-hmm, entre autres, grommelle Sam, narquois, et je jette un regard piteux à ses béquilles.

Sam prend place à l'avant avec Davey, j'ai donc l'arrière de la limousine pour moi toute seule. C'est ridiculement trop spacieux, le siège a plutôt des airs de canapé panoramique. Je me penche pour ouvrir le réfrigérateur, et souris en voyant les petites briques de lait. Je me sens fébrile et très impatiente de retrouver mes demi-frères.

En revanche, j'appréhende de revoir Johnny et Meg. Johnny doit sûrement être encore fâché contre moi, ce qui veut dire que Meg aussi. Elle adore Sam qui, par ma faute, a failli perdre la vie.

Enfin, nous franchissons les lourds portails de Bel Air, et en dépit de mon appréhension, j'abaisse ma vitre et passe la tête dehors. C'est un après-midi ensoleillé, il fait chaud, et il n'y a pas l'ombre d'un nuage dans le ciel. J'inspire un grand coup, le parfum du gazon fraîchement tondu me titille les narines.

Nous commençons à gravir la route des collines. Je souris à la vue de la maison de Charlotte Tremway, nichée derrière un haut mur de briques. En réalité, on dirait un palais.

J'ai un peu la boule au ventre lorsque nous pénétrons dans la propriété de mon père. Dans sa guérite, Lewis, un autre agent de sécurité de Johnny, salue ses collègues d'un signe de la main, avec un large sourire à l'attention de Sam.

La voiture remonte l'allée sinueuse, puis se dressent devant nous les arbres qui déploient leur ombre sur la maison. Les feuilles ont jauni et commencent à tomber. J'aperçois la fenêtre de ma chambre, à travers les branchages. *Ma* chambre. La porte d'entrée s'ouvre, et Meg apparaît, suivie de près par Johnny – et grand-père ! Je suis trop heureuse de le voir avant son retour en Angleterre, prévu dans quelques jours.

Davey vient m'ouvrir la portière, et Barney est déjà là.

– JESSIE !, hurle-t-il en faisant des bonds, tout excité. (Je ne l'ai même pas vu sortir.) Viens voir mon hélicoptère !

– Hello !, me lance Meg en se précipitant, avant de me prendre dans ses bras. Dieu merci, tu vas bien !, ajoute-t-elle avec un soupir.

Tiens, elle n'est pas en colère contre moi ?

Je m'arrache à ses bras et la dévisage, déconcertée, mais elle s'écarte pour laisser la voie libre à grand-père.

– Heureux de te voir, ma grande !

Il me serre brièvement contre lui, puis c'est au tour de Johnny de me prendre dans ses bras et de me serrer, très fort, tout en me caressant les cheveux. C'est de loin le plus long câlin qu'il m'a jamais fait. Je suis tellement surprise. Je mets un terme à cette étreinte, et il me dévisage avec une inquiétude qui renforce l'éclat de ses yeux verts, puis il secoue la tête.

– Tu n'es pas en colère contre moi ?

– Si, répond-il avec fermeté.

Aïe.

– Furieux même.

Oups.

– Mais je suis heureux que tu ailles bien, enchaîne-t-il, à mon grand soulagement. S'il t'était arrivé quelque chose… (Il secoue à nouveau la tête.)

Oui, j'imagine, il se serait senti responsable. Mais j'ai l'impression qu'il y a autre chose…

Cette pensée vient juste de me traverser l'esprit, quand il me reprend dans ses bras. Je suis bouleversée. C'est mon père. Mon vrai père. Et il tient à moi. Je le sens à la force de son étreinte, comme s'il ne pouvait pas se résigner à me lâcher. Bon, maintenant, je commence à manquer d'air.

Il recule.

– Ne recommence plus jamais !, me dit-il avec colère, et là, il ne sourit plus du tout.

– Plus jamais, je réponds en secouant la tête avec vigueur.

– Je suis sérieux. La sécurité est là pour te protéger. Quand je dis que tu as besoin d'un garde du corps, c'est que tu as besoin d'un garde du corps.

– J'ai compris.

– Bien.

Il sourit, me reprend dans ses bras, et je pense qu'il doit souffrir d'une forme particulière de troubles de la personnalité, à passer comme ça de la joie à la colère en une poignée de secondes.

– Je suis vraiment désolée, je réponds avec sincérité.

Il secoue la tête et m'entraîne vers la maison.

– Bah, tout ça est de ma faute.

– Jessie ! Tu viens !, s'impatiente alors Barney.

– Comment ? (Je me tourne vers Johnny, intriguée par ce qu'il vient juste de dire.) Non, ce n'est pas ta faute, c'est…

– Nous en reparlerons plus tard, m'interrompt-il avant de regarder son fils en train de sauter sur place devant nous. Il y a plus important…

Je lui souris, et suis Barney dans le salon.

La première fois que j'ai vu la maison de Johnny et Meg, bâtie sur les hauteurs, dans les collines, j'en suis restée sans voix. D'immenses baies vitrées donnent sur une terrasse inondée de soleil et sur la piscine à débordement, avec vue plongeante sur L.A., dans la vallée.

La nuit, les étoiles se confondent avec les lumières de la ville. Quant à l'intérieur, eh bien, c'est tout simplement stupéfiant.

Ici, tout a été conçu dans un style résolument moderne, sobre, presque ascétique, avec de grandes pièces ouvertes et un mobilier design, en contraste total avec leur propriété cossue d'Angleterre. Le salon occupe presque tout l'arrière de la maison, sous une hauteur de plafond digne d'une cathédrale, avec la cuisine juste à côté. Un escalier en béton ciré se dresse au milieu de la pièce jusqu'au palier, sécurisé par un petit muret, avec les chambres et le studio de Johnny. Sous les chambres, derrière le salon, se trouvent le bureau, ainsi que les salles de muscu et de cinéma.

Après avoir été brièvement aveuglée par le soleil de l'après-midi qui traverse les baies vitrées, j'aperçois Phœnix, installé devant l'énorme télé à écran plat, branchée sur le canal CBeebies.

– Phee !

Je le prends dans mes bras pour couvrir ses joues toutes dodues de baisers.

– Phee ?, répète Meg en souriant. Comme c'est mignon…

Phee et Bee, mes petits frères.

Apparemment, Meg a embauché un professeur particulier. Je travaillerai à la maison, pas question de prendre du retard sur le programme. Mais cette semaine, je vais d'abord faire en sorte de trouver mes marques et me remettre du décalage horaire. Je n'ai pas du tout dormi dans l'avion – trop d'adrénaline –, alors maintenant que j'ai retrouvé le plancher des vaches, mon seul but est de garder les yeux ouverts le plus longtemps possible. Je n'ai pas envie de me réveiller fraîche et dispose à trois heures du matin dans une maison endormie.

Au bout d'un moment, je m'isole pour appeler Stu... et Tom.

– Je n'arrive pas à croire que tu sois partie... Je commence juste à réaliser.

– Je vois ce que tu veux dire... Tout est allé si vite.

– Demain, je retourne au bahut. Ça ne sera pas pareil, sans toi...

– Déjà ?

– J'ai besoin de me changer les idées, dit-il, morose.

– Tu m'appelleras, après les cours ?

– Bien sûr. Sur ton portable ?

– Non, je vais te donner le numéro de la maison... (Il patiente pendant que je cherche dans ma liste de contacts.) Tu as bien noté ?

– Oui. (Il rit, et je l'imagine en train de secouer la tête.) Quand je pense que tu es chez Johnny Jefferson, c'est trop !

– Mmm, je réponds avec un sourire, sans lui dire combien je m'y sens déjà bien.

Ça ne prend pas longtemps avant qu'Agnès ne m'appelle pour convenir d'un rendez-vous. Quelques jours plus tard, c'est Davey qui m'emmène, avec Lewis pour assurer nos arrières. Sam n'a pas encore repris son poste – pas suffisamment en forme pour tenir son rôle de garde du corps –, et Johnny ne veut prendre aucun risque.

Agnès et moi devons nous retrouver au *Skybar*, à l'hôtel *Mondrian*, à Hollywood, l'un de nos points de chute. Quand j'arrive, sous le soleil automnal, elle est déjà là, le nez sur son iPad. Elle est plus grande que moi de cinq bons centimètres, cheveux noirs coupés au carré, façon déstructurée. Un trait d'eye-liner épais habille ses yeux, comme d'habitude, mais aujourd'hui, pas de rouge à lèvres. Elle veut devenir créatrice de mode et a un goût parfois clinquant en matière de fringues. Elle porte une petite robe jaune canari qui laisse entrevoir ses jambes bronzées.

Hyper concentrée, elle ne me voit pas arriver.

– Bonjour, je dis avec mon accent anglais, si décalé ici, la faisant sursauter.

– Jessie !, s'exclame-t-elle en bondissant sur ses pieds.

– Hello !

– Tu es de retour, je n'y crois pas !

– Moi non plus, je réponds, un peu triste.

– J'ai appris ce qui est arrivé, chuchote-t-elle, un peu pâle soudain, puis elle me propose de m'asseoir à côté d'elle sur la banquette qui court le long de la baie vitrée. Comment vas-tu ?

– Bien, je réponds en haussant épaules, bizarrement attentive à Lewis, planté à l'autre bout du bar, près de la porte. (Je surprends deux ou trois regards curieux de la part de la clientèle, au comptoir. Mais les gens ici, à Hollywood, ont l'habitude de croiser des stars ; aussi avec un peu de chance, on devrait me laisser tranquille.) Tout ça me paraît tellement surréaliste, en fait. Et ça, depuis des mois.

Elle me dévisage.

– Pourquoi tu ne m'as pas dit que tu avais un petit ami ?

– Pardon… En réalité, je n'en sais rien. (À moins que je ne le sache que trop.)

– J'ai tout lu sur ce qui s'est passé, insiste-t-elle.
– Oui, c'était flippant.
Elle appelle la serveuse à la table voisine.
– S'il vous plaît ! (La fille approche, et Agnès se tourne vers moi.) Tu veux quoi ?
Je commande un café au lait, avant de sombrer dans le silence. J'aurais dû parler de Tom à Agnès. Après tout, on s'envoyait régulièrement des textos, elle et moi. Mais la vérité, c'est que je ne voulais pas que Jack sache. Bien sûr, le fait que je sorte avec Tom signifie que je ne suis pas disponible… Je suppose que je voulais voir si Jack me contacterait de lui-même.
Ce qu'il a fait.
Oh, et puis zut. Agnès attend que je lui raconte. Alors, avec un sourire forcé d'abord, plus naturel ensuite, je lui dis tout sur Tom Ryder, le garçon le plus sexy du lycée.
– Tu es amoureuse de lui ?, m'interroge-t-elle, une petite ride entre les sourcils.
– Je ne sais pas, je réponds, songeuse. (Je jette un coup d'œil du côté de Lewis, mais il fait semblant de ne pas s'intéresser à nous.) Je crois, mais on ne s'est pas encore dit « je t'aime ».
Elle avale une gorgée de café.
– Jack m'a dit qu'il t'avait envoyé un texto.
Rien qu'en entendant son prénom, mon cœur s'accélère.
– Oui, je tente de répondre sur un ton détaché. C'était super gentil de sa part.
– Donc, si je comprends bien, il ne te fait plus vibrer ?
Je ne suis pas surprise par sa franchise – Agnès est quelqu'un d'entier, de direct. N'empêche, je me crispe.
– C'est bien toi qui m'as dit qu'il était source de problèmes, non ?

– Ça ne répond pas à ma question.

– Je suis avec Tom, maintenant.

– Et ça ne répond toujours pas à ma question, note-t-elle avec une lueur espiègle dans les yeux.

– Quelle importance ?, je m'exclame, et je me sens rougir sous l'insistance de son regard.

– Mais c'est important, répond-elle, sourire en coin, quand – sauvée par le gong – la serveuse réapparaît avec mon café au lait.

– C'est trop bizarre de se retrouver là, dis-je en regardant autour de moi.

– Oh non, rétorque Agnès, ne crois pas que tu vas changer de sujet aussi facilement. Jack a failli m'accompagner, aujourd'hui.

J'avale mon café de travers.

– C'est vrai ?, je réussis à demander, après une quinte de toux.

– Tu lui as manqué.

– Je sais, tu me l'as dit, la dernière fois. « Il était trop mal, quand tu es partie. » Si je me souviens bien, ce sont tes paroles, non ?

– Plus ou moins.

– Oui, eh bien, il n'a même pas pris la peine de répondre à mon mail. Enfin bon, ça n'a aucune importance ! De toute façon, il n'a pas le profil du petit ami idéal. Et puis, il vit de l'autre côté de l'Atlantique.

– Plus maintenant, remarque Agnès avec un sourire malicieux et j'ai la nette impression qu'elle s'amuse bien.

– Oui, mais j'ai un petit ami officiel, alors ça n'a plus aucune importance…

– Même si c'est ce petit ami qui est aujourd'hui de l'autre côté de l'Atlantique ?

– Il n'y restera pas longtemps. Je dois bientôt rentrer.
– Qu'est-ce que tu imagines, Jessie ? Quel intérêt de rentrer en Angleterre ? Ta vie ne sera plus la même. Tu devras aller dans un lycée privé. Tu ne pourras plus vivre chez toi. Tout va changer.
– Tu crois que je n'en suis pas consciente ?
– Pourquoi tu ne resterais pas à L.A. pour y vivre en permanence ? Tu viendrais au lycée avec moi !, s'exclame-t-elle, sa joie perdant un peu de son éclat face à mon expression. Ou pas, ajoute-t-elle. (Elle boit une autre gorgée de café, puis se fige.) Oh, zut, il faut que je te dise ! Lottie organise une soirée Halloween, le week-end prochain. Tu dois absolument venir ! On ira faire les boutiques pour trouver un déguisement. D'accord ?, insiste-t-elle, comme je ne réagis pas.
– Bien sûr, je réponds en souriant. Pourquoi pas ?
– Super ! Tu fais quoi, demain ?

19.

Le week-end est déjà arrivé et, comme Johnny refuse de me laisser aller où que ce soit sans Davey ou Lewis, voire les deux, on passe chercher Agnès.

Un peu plus tôt, Meg m'a prise entre quatre yeux pour me demander d'être indulgente avec Johnny, encore sous le choc de la tentative de kidnapping. J'espère qu'il va se calmer. J'en ai plus qu'assez qu'on me colle sans cesse.

– Wow, tu es super !, s'exclame Agnès en grimpant dans la limousine.

– Toi aussi !

On se fait la bise, et avec mes lèvres rouge sang, je veille à ne pas lui en mettre partout.

On connaît nos déguisements respectifs – après tout, on était ensemble quand on les a achetés –, mais là, avec la coiffure et le maquillage appropriés, on fait carrément peur. Et on est plutôt sexy. En tout cas, je l'espère, car c'est le but. Elle est habillée en sorcière, bustier à sequins noir et minijupe ample, maquillage noir, extensions bleu nuit pour les cheveux et chapeau à paillettes. Moi, je suis la fiancée de Dracula, avec une robe de mariage en dentelle complètement destroy, les cheveux hirsutes et les yeux maquillés mat, en contraste avec mon rouge à lèvres.

– Est-ce que… Jack vient ?, je finis par demander en bafouillant un peu, en dépit de mes efforts pour avoir l'air cool et détaché. *Merde*. On peut passer le prendre…

– Non, il nous retrouve là-bas.

Mon cœur se dégonfle, avant de s'envoler à grands battements d'ailes à la seconde partie de sa phrase. Pourtant, qu'il vienne ou pas, ça ne devrait me faire ni chaud ni froid.

Nous habitons tous dans les collines, donc on arrive très vite chez Lottie. Davey emprunte l'entrée de derrière, et je suis surprise car la propriété est plongée dans le noir, toutes les lumières sont éteintes. L'endroit semble désert, mais Lottie vit dans la maison d'hôtes, une sorte de pavillon de chasse ou de chalet, au milieu du parc, et bientôt, derrière les vitres de la limousine, j'entends la musique qui pulse. La maison principale doit compter une vingtaine de chambres, ce qui n'empêche pas Lottie de s'y sentir à l'étroit, essentiellement à cause de son inimitié profonde avec la dernière épouse en date de son père.

Johnny a estimé la sécurité de la propriété Tremway suffisante, aussi Lewis n'a pas besoin de me chaperonner ce soir. Davey promet de venir me récupérer dès que je l'appellerai, tout en me rappelant que j'ai la permission de minuit. Je me remets à peine du décalage horaire, donc ça ne me dérange pas trop.

Agnès me prend le bras et quand les phares de Davey s'éloignent, nous nous retrouvons dans l'obscurité.

D'après elle, une fête d'Halloween chez Lottie est un moment inoubliable. Apparemment, elle ne m'a pas raconté des histoires.

Des centaines de bougies et une multitude de lampions rouges accrochés aux branches des arbres éclairent la maison d'hôtes. Des dizaines de citrouilles lanternes à tête de monstre bordent l'allée et fleurissent aux alentours. J'imagine le temps que ça a pris pour les sculpter – le personnel de la maison a dû y passer la semaine. Je parie que la fête a été organisée par une équipe de professionnels. De fausses toiles d'araignées pendouillent aux arbres. Ça fiche la chair de poule. C'est super cool.

Il y a déjà une bonne quarantaine d'invités, mais je ne reconnais personne. Comme tout le monde est déguisé, cela ne facilite pas les choses. Une fille s'approche de nous, le visage dissimulé dans la pénombre sous une capuche rouge à paillettes.

– Hé !, s'exclame Agnès en souriant au Petit Chaperon rouge. Deux secondes plus tard, je réalise que sous la capuche se cache l'ado star, notre hôtesse, Charlotte Tremway.

Toutes deux s'embrassent et échangent quelques compliments, puis Lottie s'écrie, toute joyeuse :

– Jessie ! Agnès m'a dit que tu étais de retour !

– Oui, je réponds avec un petit haussement d'épaules, mais sa sympathie me touche.

– Venez boire un verre, les filles !

Un bar a été dressé sur la terrasse du chalet, et un barman – look gothique, sexy – derrière le comptoir prépare les cocktails. Des saladiers en cristal pleins de punch couleur rouge pétillent en surface, éclairés de l'intérieur par des glaçons en plastique fluo, en forme de globes oculaires.

– Le punch est divin, dit Lottie en se faufilant entre nous.

– Divin comment ?, demande Agnès avec un sourire complice.

– Super divin, mais ça sera encore plus divin tout à l'heure, répond Lottie, espiègle. Même si je dois faire gaffe. Colleen n'hésiterait pas à appeler les flics, si ça tournait mal.

Colleen est sa belle-mère.

De l'autre côté du chalet, c'est la table de mixage, et la musique hurle dans les enceintes. J'avale une gorgée de mon punch – miam-miam –, et regarde autour de moi. Certains costumes sont incroyables. Une fille est déguisée en personnage de BD, avec les cheveux orange pétard et une multitude de points noirs sur le visage, comme si elle était pixellisée. Il y a aussi les éternels vampires, superhéros et momies, mais visiblement, tout le monde a fait des efforts. *Bien sûr, ils ont le fric pour se le permettre.*

Je reconnais certaines personnes, mais il y en a une que je n'ai pas du tout envie de voir. Lissa. Cette fille a toujours été une vraie salope avec moi. Malheureusement, elle fait partie des invités, déguisée en strip-teaseuse genre Britney Spears, bottes en cuir vernis noir, top au décolleté hyper plongeant, seins à la limite du débordement. Les yeux de Lissa s'arrêtent sur moi, et je soutiens son regard, malgré l'envie que je ressens de prendre mes jambes à mon cou. Deux secondes plus tard, elle approche.

– Alors c'était vrai, dit-elle avec ce qui ressemble plus à une grimace qu'à un sourire. Tu es de retour.

– Sois gentille, la prévient Lottie.

– Mais j'en ai bien l'intention, réplique Lissa, impassible. J'ai appris ce qui était arrivé.

– Tu as eu de la chance, chuchote Lottie en me regardant.

Je retiens mon souffle à ce souvenir. Les deux types dans le van… Leur visage hostile, déterminé… Et Sam qui roule au sol…

– Tu n'es pas obligée d'en parler, s'interpose Agnès.

Je ne préfère pas. Quand nous sommes allées acheter nos costumes, un journaliste nous a abordées, Agnès et moi. J'ai d'abord cru que le type me prenait pour quelqu'un d'autre, jusqu'à ce qu'il se mette à me questionner.

– Hé, Jessie ! Quels sont vos sentiments après cette tentative d'enlèvement ? Qu'est-ce que ça vous fait d'être ici, avec votre célèbre père ?

Heureusement, Lewis l'a vite fait dégager. J'espère que toute cette histoire de kidnapping va se calmer et qu'ils me laisseront en paix…

– Jessie Jefferson ? J'entends une voix masculine qui m'appelle et quand je me retourne, je reconnais Fred, de *Scooby-Doo*, qui vient vers moi, grand échalas tout blond et bodybuildé.

– Peter ?, je m'exclame, surprise, saisissant cette occasion pour m'éloigner de Lissa. J'ai fait sa connaissance l'été dernier. Il est acteur et joue dans la série de Lottie, *Little Miss Mulholland*, le rôle du frère perdu de vue.

– Salut !, lance-t-il en me serrant dans ses bras. J'ai appris que tu étais là ! Puis son sourire se fane. Merde, j'ai su ce qui t'était arrivé…

Je ravale un soupir. J'ai l'impression qu'on ne va me parler que de ça, ce soir.

Lorsque Jack arrive, une demi-heure plus tard, je le reconnais immédiatement, malgré son déguisement, et mon cœur dérape. Lui et ses copains, Brandon et Miles, portent la panoplie complète du vampire, on les dirait tout droit sortis de *Génération perdue*. Cheveux hirsutes, visage blême, yeux charbonneux et fausse coulée de sang au coin des lèvres. Ils sont tous les trois vêtus de noir, jean skinny et top moulant. Brandon, aussi grand et mince que Jack, ses cheveux blonds en général coupe banane, porte une veste en cuir. Miles, plus petit et légèrement trapu, pointes des cheveux orange, porte, pour sa part, un tee-shirt à manches longues, col déboutonné.

Et puis, il y a Jack. Il est passé chez le coiffeur. Cheveux souples et ondulés, coupe très courte derrière, mais plus longue sur le dessus. Quelques mèches lui retombent sur le front.

Brandon se dirige directement avec sa mallette de DJ vers le type aux platines. Alors que Jack repousse une mèche sur son front, mon regard tombe sur les lanières de cuir autour de son poignet et le tatouage style onomatopée en éclaté, sur son bras. Je le surprends en train de regarder de haut en bas la fille déguisée en héroïne de BD. Je savais qu'il apprécierait son costume. Tant qu'il ne flashe pas sur elle, c'est bon. Mais au fait, qu'est-ce que ça peut me faire ? L'idée ne devrait même pas me traverser l'esprit.

Soudain, il plonge ses yeux dans les miens, et le monde entier suspend son vol. Une éternité se passe avant que je ne revienne à moi, un groupe de nanas nous frôle et me ramène à la réalité. Mais Jack s'avance vers moi, et je sens mon cœur qui s'emballe, mon estomac qui se noue. Je tiens mon verre si fort que j'en ai mal aux doigts et au même moment, j'entends vaguement Agnès raconter une histoire à Lottie – histoire à laquelle je ferais bien mieux de prêter attention, au lieu de me liquéfier devant ce garçon.

– Salut, dit-il, et je remarque dans ses yeux gris bleu une noirceur inhabituelle.

Je n'ai pas le temps de répondre. Lottie se jette à son cou pour lui dire bonjour, et le lâche lorsque Miles et Brandon viennent nous retrouver. Brandon lui enlève sa capuche pour l'embrasser sur la joue. Elle lui sourit, effleure la trace d'hémoglobine bidon, au coin de ses lèvres.

– Tu vas me tacher, avec ton sang, le houspille-t-elle.

Les premières notes de « People are Strange » – l'un des titres de la BO de *Génération perdue* – résonnent dans la pièce. Miles regarde derrière lui et sourit au DJ à son poste, avant de se diriger vers le bar avec Agnès.

– C'est Morgan ?, je demande à Jack en désignant le garçon aux platines.

– Oui, répond-il en reportant son attention sur moi.

– Tu as prévu de jouer, ce soir ?

Wow, la banalité de cette conversation dans un moment aussi extraordinaire ! La dernière fois que je l'ai vu, il avait improvisé une chanson pour me dire qu'il avait envie de m'embrasser.

Tom, Tom, Tom, je me répète dans ma tête.

Il acquiesce, examine mon déguisement.

– Cool, ta tenue.

– Merci. Toi aussi… Je m'efforce d'ignorer le frisson qui me parcourt quand il fait ce compliment.

Lottie et Brandon se sont éloignés. Ils discutent et flirtent, front contre front.

Je me demande si Agnès a dit à Jack que j'avais un petit ami.

– Oh, super, nous lance Lissa avec un sourire pervers. La fiancée de Dracula et Dracula en personne ?

Et elle s'esclaffe avec un air méchant.

– Ravi de te voir moi aussi, Lissa, réplique Jack, glacial.

– Vous êtes allés faire votre shopping ensemble ?, enchaîne-t-elle. Ou s'agit-il d'une intervention divine ?

Une intervention divine peut-être, mais surtout une intervention d'Agnès, je pense. Savait-elle que son frère viendrait en vampire quand elle m'a pressée d'acheter cette robe ?

Je regarde derrière moi en me demandant où elle a bien pu passer avec nos verres.

– Tu sais qu'elle a un petit ami, bien sûr, poursuit Lissa. Mais bon, je suppose que c'est un détail pour un garçon de ton genre.

Et voilà, on y est…

– Me revoici, nous interrompt Agnès. Désolée, Lissa, je ne t'en ai pas rapporté.

Elle se faufile entre nous pour nous passer les verres, la bousculant exprès au passage, l'excluant ainsi du groupe.

– Santé !, lance joyeusement Agnès en levant son verre.

Une minute plus tard, je réalise que Lissa a disparu.

– Elle a encore fait sa pute ?, nous interpelle Lottie, qui se détourne finalement de Brandon, intriguée par ce qui se passe.

– Pas plus que d'habitude, répond Agnès avec désinvolture. Je ne sais pas pourquoi tu continues à inviter cette salope…

– Mais si, tu sais, répond Lottie avec un regard appuyé, puis elle se tourne vers Brandon.

D'un air interrogateur, je regarde Agnès qui m'explique :

– Elles se connaissent depuis toujours. C'est presque comme si elles étaient de la même famille. Ce qui n'est pas une excuse pour se comporter comme une garce.

– Elle n'est pas si mauvaise, je me sens obligée de répondre.

– C'est elle qui t'a balancée aux médias, je te rappelle, proteste Agnès.

Je ne risque pas de l'oublier. C'était lors de ma dernière visite. La presse venait juste de découvrir que Johnny avait une fille de quinze ans. Personne ne savait encore qui j'étais, mais Lissa a appelé les paparazzis pour leur dire que j'étais chez Lottie. Quand je suis rentrée, ils m'ont prise en filature pour tenter de me photographier. J'étais avec Agnès et Jack, et je me souviens encore de cette sensation… Les bras de Jack autour de moi, qui me cache, me protège, pendant que sa sœur au volant me ramène à la maison… Oui, je me rappelle, un peu trop bien, malheureusement.

– Me balancer à la presse semble le truc à la mode, en ce moment, je réponds, sans pouvoir effacer cette amertume, dans ma voix.

– Justement, je voulais te demander, dit Agnès, préoccupée. Qui a parlé, là-bas ?

Alors je lui explique pour Libby et Amanda. Elle me regarde avec compassion, puis Miles lui demande quelque chose, et elle se détourne. Un peu désemparée, j'engloutis la moitié de mon punch.

– C'est bon ?, me demande Jack.

– Délicieux. Mais pas très fort…

– C'est pour mieux te soûler, mon enfant…

– Je ne crois pas que le Grand Méchant Loup dise un truc pareil !, je m'exclame en riant. Mais tu parles à la mauvaise personne, j'ajoute en regardant Lottie, dans son déguisement de Petit Chaperon rouge.

– Je trouve qu'elle a l'air super contente de parler à qui elle parle, répond-il, tandis que Lottie éclate de rire en écoutant Brandon.

Jack glisse un pouce dans la poche de son jean. Il porte un ceinturon à clous, accessoire superflu selon moi, son jean lui tombant parfaitement sur les hanches. À cet instant, je remarque un dessin à l'encre noire sur son poignet. Je lui attrape le bras pour regarder.

– Tu as un nouveau tatouage ?

– Oui…

Il écarte les lanières de cuir pour me montrer. Le motif forme un bracelet autour de son poignet.

– C'est cool !, j'élève la voix pour me faire entendre, à cause de la musique.

Il me regarde, l'air narquois.

– Alors comme ça, tu as un petit ami ?

Je lui lâche aussitôt la main, plus vite qu'une patate chaude.

– Tu t'es bien gardée de m'en parler dans tes textos, ajoute-t-il avec désinvolture. C'est Agnès qui me l'a dit.

– Il s'appelle Tom, je réponds avec un haussement d'épaules.

– Et c'est sérieux entre vous ?

Je hausse les épaules encore une fois, parfaitement consciente d'être trop évasive.

– Oui, je finis par répondre, en donnant à ma voix un semblant d'autorité. On est ensemble depuis plusieurs semaines.

Il secoue la tête.

– Ce n'est pas sérieux, dit-il alors sur un ton franchement dédaigneux.

– Ça dépend ce que tu entends par « sérieux », je réplique avec colère. Mais je doute que tu aies eu un jour ce genre de relation.

À ma grande surprise, il ne relève pas. Au lieu de ça, il sourit et se passe la main dans les cheveux, les yeux rivés sur la foule d'invités.

J'avale une autre gorgée de punch et l'observe à la dérobée. L'éclat rougeoyant des lampions se reflète dans ses yeux.

– Comment ça se passe, avec le groupe ? (Je change délibérément de sujet.) Eve parle toujours de partir ?

– Elle est partie, ça y est, répond-il en ramenant son regard sur moi.

– Non !? Quand ça ?

– Hier.

– Merde ! Que vas-tu faire ?

Il esquisse un sourire, franchement amusé par ma réaction.

– Prendre quelqu'un d'autre, dit-il.

– Comment ?

– Faire passer des auditions.

– Wow. Et où vous en êtes avec *Little Miss Mulholland* ?

– Oui, au fait, où on en est avec *Little Miss Mulholland* ?, répète-t-il, assez fort pour que Lottie entende. (Elle tourne aussitôt la tête.) Jessie me demande quand tu nous accueilleras dans ta série, la taquine-t-il.

– Oui, bien sûr, ça serait cool, répond-elle. Mais maintenant qu'Eve est partie…

– Tant pis pour Eve. On trouvera quelqu'un d'autre, s'interpose Brandon en attrapant Lottie par l'épaule. Tu sais chanter, toi ?

– Oh non !, répond-elle en riant. Mais bien essayé.

– Eh, ça y est, mec, tout est en place !, lance Miles en bousculant Jack gentiment. Tous deux se tournent vers Morgan, encore aux platines.

– D'accord, répond Jack. Il me regarde comme s'il voulait me dire quelque chose, mais semble se raviser. À plus, se contente-t-il de marmonner avant de s'éloigner.

Je le suis des yeux. Voulait-il me demander de l'accompagner aux platines ? La dernière fois que je l'ai fait, c'est le soir où nous avons échangé notre premier baiser.

Mon cœur saigne un peu à l'idée que ce soit terminé entre lui et moi – quoi qu'il y ait eu entre nous.

Lorsque je me retourne, je surprends le regard d'Agnès sur moi.

– Oh oui, c'est clair, tu tiens vraiment à lui, dit-elle, non sans une certaine satisfaction.

– Non, c'est faux, je rétorque, avec une absence flagrante de conviction.

– Ça l'a beaucoup contrarié que tu ne lui aies pas parlé de Tom.

– Sans blague ! Il ne semblait pas vraiment contrarié, là.

– Pourtant, il l'est.

– Bon, si tu arrêtais avec ça ?, je réplique, partagée entre amusement et irritation. Regarde-le, il s'en fout complètement.

Jack s'est arrêté en chemin pour parler à la fille déguisée en héroïne de BD. En fait, j'ai beau vouloir donner le change, je sens une boule de feu dans mon ventre. Il est en train de lui chuchoter quelque chose à l'oreille, une main sur son bras.

– C'est tout Jack, ça, remarque Agnès mollement. Il a toujours été très tactile.

– Tactile ?, je répète avec ironie, avant de réaliser que je ferais mieux de m'arranger pour qu'Agnès ne me soupçonne pas d'être encore intéressée par son frère.

20.

Le lundi matin, je dois me faire violence pour descendre prendre le petit-déjeuner. Je serais bien restée au lit, mais c'est mon premier jour avec mon professeur particulier, et j'aimerais faire bonne impression.

– Toujours pas remise du décalage horaire ?, s'enquiert Meg lorsque j'arrive dans la cuisine, au radar, me cognant contre une chaise.

– Plus ou moins, je réponds en tentant de réprimer un bâillement, en vain.

Meg éclate de rire en me regardant.

La semaine dernière, à cause du décalage horaire, je me réveillais chaque matin à l'aube, mais depuis samedi soir, c'est l'enfer pour trouver le sommeil. Je ne m'endors pas avant le petit matin, il n'y a donc rien de surprenant à ce que j'aie autant de mal à me réveiller.

À mon suprême agacement, impossible d'effacer Jack de mon esprit.

On s'est à peine adressé la parole, le reste de la soirée, l'autre jour. Après sa prestation aux platines, il est retourné discuter avec la fille déguisée en héroïne de BD. Résultat, je suis rentrée plus tôt que prévu, terrorisée à l'idée que je puisse le surprendre en train de l'embrasser si je restais.

– Tu es prête ?, demande Meg.

J'acquiesce d'un signe de tête. Je me suis habillée vite fait, en zappant sur le maquillage. Après le travail, j'irai peut-être me baigner un peu. Apparemment, il a été convenu que j'aurai quatre heures de cours par jour. En cas de besoin, je pourrai avoir des heures sup, mais on dit que les cours particuliers sont très efficaces.

– Qu'est-ce qui te ferait plaisir, pour le petit-déjeuner ?, demande Meg en ramassant la cuillère de Phœnix, par terre. (Il faisait de la batterie avec, sur la table, quand elle lui a échappé des mains.) Phee, tu arrêtes avec ça !, le gronde-t-elle gentiment, en lui rendant sa cuillère.

Je souris en l'entendant employer ce surnom. C'est moi qui l'ai inventé, et visiblement, il lui plaît. Elle me sourit.

– Je trouve que ça lui va bien, dit-elle.

Je vais voir dans l'un des placards, amusée d'y trouver comme d'habitude tout un tas de trucs sucrés pour gamins. Les garçons n'y touchent jamais. C'est pour Meg.

Je me verse une portion de muesli dans un bol, et m'assois. Grand-père me manque déjà. Quand je suis arrivée, il n'était là que pour quelques jours, mais c'était génial de l'avoir avec nous. J'espère qu'il reviendra vite. À moins que je ne rentre à la maison avant.

– Comment te sens-tu, aujourd'hui ?, me demande Meg.

– Fatiguée, je réponds avec un autre bâillement.

– Je t'ai trouvée bien silencieuse, hier, ajoute-t-elle, prudente. Tu es sûre que ça va ?

– Oui, oui, je vais bien. C'est juste le temps de prendre mes repères...

– Tu le sais, Stu peut venir et rester avec nous le temps qu'il voudra... (Elle attribue à tort mon humeur au mal du pays.) Nous prendrons en charge les frais, bien sûr.

– Merci, c'est gentil.

Soudain, Meg a une illumination.

– Ce sont Tom et tes amis qui te manquent.

– Mmm, je hoche doucement la tête.

En fait, la nuit dernière, je n'ai fait que penser à Jack. Il faut absolument que je reprenne mes esprits.

– Comment est-il ?

– Beau... (Je lui souris.) Tu veux voir une photo ?

– Oui, s'il te plaît !, répond-elle avec enthousiasme.

J'attrape mon téléphone et ouvre ma galerie de photos. En voyant mon petit ami aux yeux marron, trop sexy, mon cœur se serre. Prise de mélancolie, je tends l'appareil à Meg.

– Il est mignon !, s'écrie-t-elle.

– Qui est mignon ?, marmonne Johnny, bougon, en entrant dans la cuisine, l'air aussi frais que moi.

– Le petit ami de Jessie.

– Aah. (Johnny me caresse les cheveux.) Alors, c'est ton premier jour de travail aujourd'hui ?

– Oui...

Sa gentillesse me fait chaud au cœur.

– À quelle heure arrive-t-elle ?, demande-t-il en nous regardant, Meg et moi.

– Neuf heures. Et c'est « il ».

– Ah, « il » ? (Il semble surpris.) Tu n'as pas dit que son nom était Jan ?

– En effet, j'ai dit ça, répond Meg, narquoise. Mais c'est un garçon. Polonais. Et ça se prononce Yann. C'est le problème avec les mails, on ne sait jamais vraiment à qui on a affaire, précise-t-elle.

– Minute, tu es en train de me dire que Jessie a un prof particulier masculin ? Quel âge a-t-il ?, demande Johnny, manifestement contrarié.

– Où est le problème, enfin ?, réplique Meg, un peu irritée. Ne sois pas aussi macho !

– Tu étais bien amoureuse de ton prof de français, lui reproche alors Johnny, visiblement jaloux. (Je sens la dispute arriver.) Ne crois pas que j'ai oublié.

– Ah ça, non, tu n'oublies jamais rien, remarque Meg, sarcastique. Heureusement que je n'ai pas une aussi bonne mémoire, sinon je me demande où nous en serions...

La remarque lui cloue le bec. À ce moment-là, le carillon de la sonnette retentit.

– J'y vais !, je m'exclame en me précipitant.

Je suis impatiente maintenant de voir la tête de mon prof particulier. J'espère qu'il est canon. Ça rendrait les cours plus intéressants.

Quand j'ouvre la porte, j'en reste bouche bée. Devant moi se tient un garçon super bien foutu, peau mate, cheveux châtain foncé coupés court et yeux noirs. Il porte un bermuda et un tee-shirt qui lui colle à la peau et met en valeur ses biceps ainsi que des tablettes de chocolat impressionnantes.

– Jan ?, je demande quand je retrouve ma voix. Je vais avoir du mal à me concentrer sur mes leçons !

– Hello, répond-il avec un sourire qui révèle une dentition parfaite. Je, euh, je viens pour la piscine, dit-il, tout timide.

– Oh ! Je vous ai pris pour mon nouveau prof !

– Hmm, ah, non, répond-il en secouant la tête, tandis que je me sens rougir. Moi, c'est Gino.

Derrière lui, un van se gare dans l'allée, et j'aperçois un type au volant, la quarantaine, l'air renfrogné.

Johnny apparaît à côté de moi.

– Ah, Jessie, je vois que tu as fait connaissance avec le cousin de Santiago, dit-il, visiblement amusé. Il lui donne un coup de main pendant les vacances. Vous savez ce qu'il y a à faire ?, demande-t-il à Gino, et à ce moment-là, je voudrais disparaître dans les entrailles de la terre.

– Oui, m'sieur, répond Gino.

– Passez-moi un coup de fil, si besoin.

Gino acquiesce d'un signe de tête et tourne les talons, sans même m'accorder un regard.

– Pas de bol, murmure Johnny avec un large sourire, pendant que descend de voiture celui qui doit être Jan, attaché-case pourri à la main.

– Vous êtes Jan !, s'exclame Johnny, radieux.

– Bonjour !, répond celui-ci avec un net accent polonais.

Je rage intérieurement. Genre beau mec, c'est raté.

– Oh, c'était affreux… Je gémis entre deux éclats de rire, au téléphone avec Lou, le samedi suivant.

– N'empêche, je t'envie, marmonne-t-elle. Tu as trop de chance d'arrêter de bosser à midi.

– Pourtant, c'est long, crois-moi. J'en suis même à regretter les cours de maths avec Stu.

– Aah, monsieur Taylor, soupire-t-elle. Tu lui manques, tu sais… Puis elle ajoute avec tristesse : Tu nous manques à tous.

– Vous aussi, vous me manquez. Alors, comment ça se passe avec Chris ?

– Bien, répond-elle, et j'en suis sûre, elle sourit à cet instant. On se retrouve tous les jours pour la pause-déjeuner.

– Avec Tom aussi ? (Je détesterais le savoir isolé.)

– Parfois. Il passe beaucoup de temps au terrain de foot. Contrairement à Chris qui s'est blessé au pied.

– Oh, c'est vrai ? Il va bien ?

– Je pense, oui. Il s'est juste fracturé le gros orteil.

– Heureusement qu'il t'a. Et toi, comment vas-tu ?, je demande, un peu inquiète à l'idée de la savoir toute seule, en cours.

– Plutôt pas mal…, répond-elle. Je vois Libby, de temps en temps, ajoute-t-elle après une hésitation, et instantanément, je suis en mode alerte.

– C'est vrai ?

Je fais de mon mieux pour ne pas montrer combien l'info me perturbe.

– Elle n'est plus amie avec Amanda. Alors tu comprends, elle me faisait de la peine. Tu n'es pas fâchée, dis. Elle est tellement triste de t'avoir déçue, ajoute Lou avec douceur, puis à nouveau le silence s'installe entre nous.

– C'est bon, je finis par dire, regrettant de ne pas avoir appelé Tom en premier. Écoute, il faut que je te laisse. Je voudrais avoir Tom avant qu'il ne sorte.

– D'accord, répond-elle, et je la sens un peu mal à l'aise.

– Je suis contente de t'avoir parlé.

– Jessie, tu es sûre que tu vas bien ?, insiste-t-elle, manifestement inquiète.

– Très bien, je mens.

À peine raccroché, je laisse échapper un soupir et prends une minute pour me calmer, avant de composer le numéro de Tom. Ça sonne et ça sonne encore, et je sens mon cœur qui se rétracte. Enfin, il décroche et je suis étrangement nerveuse.

– Salut ! (C'est tout juste s'il ne hurle pas.)

– Salut ! Où es-tu ?

– À la maison, répond-il, il a l'air essoufflé. Je sors juste de la douche. J'ai foutu de l'eau partout sur la moquette.

– Oh ! (Je rougis quand la vision de son corps parfait dégoulinant me traverse l'esprit.) Tu ne veux pas aller t'habiller ?

– Non. Attends juste une seconde…

– D'accord.

Je l'entends qui s'affaire, puis il revient.

– C'est mieux, dit-il.

– Qu'est-ce que tu as fait ?

– Je me suis glissé sous la couette. Il fait un froid d'enfer, ici. Et à L.A., quel temps fait-il ?

– Eh bien, il doit faire dans les vingt degrés. Ils calculent en Fahrenheit, ici, pas évident de convertir en Celsius. Bref, il fait bon.

– Y en a qui ont de la chance, marmonne-t-il en riant.

En un éclair, une tristesse infinie s'empare de moi au son de sa voix, si chaude, si douce.

– Tu me manques, je dis alors sans réfléchir.

– Ah…

– Il paraît que Lou et Libby se voient… ?

– Mmm, oui, répond-il.

J'évite de me lamenter, il trouverait ça nul. Mais à cette pensée, je me sens seule.

Je change de sujet.

– Les paparazzis campent toujours devant chez toi ?

– Non, ils sont partis depuis longtemps.

– Super, les choses ont repris leur cours normal alors, je dis, avec une sensation bizarre de vide.

– Avec toi de l'autre côté de l'Atlantique, certainement pas, réplique-t-il.

J'entends quelqu'un qui l'appelle.

– J'arrive !, crie-t-il.

– C'est Becky ?, je demande, ayant l'impression d'avoir reconnu sa voix.

– Oui, elle est là pour le week-end. On sort manger un morceau en vitesse quelque part.

– Pourquoi en vitesse ?

– J'ai des copains qui doivent aller à Marlow pour l'anniversaire de Dave. J'ai promis de les emmener... Voilà ce qui arrive quand on a son permis avant les autres.

– Bon, alors amuse-toi bien. Peut-être que je vais passer un coup de fil à Nat...

En fait, c'est Agnès que je décide d'appeler.

– Oh, Jess, il faut absolument que tu viennes !, hurle-t-elle dans le téléphone, à cause de la musique à fond quelque part derrière elle.

– Pourquoi ? Qu'est-ce que tu fais ?

– All Hype ! Ils sont en train d'auditionner un nouveau chanteur ! C'est super marrant !

– Laisse-moi une demi-heure et j'arrive !

J'ai besoin de distractions, alors je saute sur l'occasion.

21.

Jack et Agnès vivent dans une villa de type hacienda, avec toit en tuiles et murs ocre, tout en haut d'une colline, avec vue plongeante sur la ville. Un grand mur blanc dissimule la maison aux regards indiscrets, avec un immense portail kaki qui coulisse, donnant accès à une allée pavée.

Dès que j'ai passé la grille, j'envoie un texto à Agnès qui apparaît aussitôt pour m'accueillir sous l'immense porche en bois. Johnny a accepté de me laisser sortir sans Lewis. Davey viendra me chercher plus tard.

Agnès et moi tournons à droite de la villa, sous de grands arbres centenaires, direction l'arrière de la maison, où se trouve la salle de jeu.

Le parc offre de ce côté-là un panorama semblable à celui de chez Johnny, mais le terrain est nettement plus grand, avec une pelouse à perte de vue aménagée en terrasses. Une piscine occupe le premier niveau, les abords sont revêtus de grès couleur pêche.

On arrive près de la salle de jeu. La musique se déverse par l'un des battants grand ouvert de la double porte. Je reconnais tout de suite la chanson. Ce n'est pas un morceau de All Hype, non, je crois que c'est Metallica.

Au fur et à mesure que l'on approche, je sens ma confiance qui s'effrite. Comment Jack va-t-il prendre ma visite ? C'est à peine s'il m'accorde un regard quand nous entrons. Il est trop occupé à gratter sa guitare et à observer le type chanter à côté de lui. Il n'a pas l'air très enthousiaste.

Sur le devant de l'estrade qui leur sert de scène se tient un garçon blond plutôt maigre, tout de cuir vêtu. Chemise ouverte sur le torse, cheveux longs apparemment passés au brushing, il se contorsionne et semble rouler une pelle au micro.

– C'est de pire en pire, remarque Agnès en gloussant.

Elle m'entraîne au fond de la salle, et on se pose sur un pouf géant. D'ici, on peut observer tranquillement.

– Il a une bonne voix, quand même, je remarque, en essayant de ne pas trop regarder Jack – il est encore plus sexy quand il a sa guitare électrique entre les mains.

– Oui, mais regarde-le.

Le garçon se met à secouer la tête en faisant voler ses longs cheveux.

Agnès aimerait s'inscrire aux Beaux-Arts. Elle veut devenir créatrice de mode. Du coup, elle a un œil critique sur le look des membres du groupe. Moi, c'est plutôt leur voix qui m'intéresse.

– Je croyais qu'ils remplaceraient Eve par une autre chanteuse.

– Cette fois, ils aimeraient bien prendre un garçon. Mais bon, c'est pas sûr encore.

– Vraiment ?

Difficile de dire pourquoi je me sens si contente à cette nouvelle, mais c'est comme ça.

– En tout cas, Miles et Brandon veulent un garçon, ajoute-t-elle.

– Oh ?

Elle me sourit, puis hausse les épaules, et reporte son attention sur le groupe.

– Aah, je soupire, quand je réalise. Comme ça, ils n'auront plus à s'inquiéter que Jack séduise la chanteuse du groupe ?

Elle hausse les épaules, et semble vouloir dire quelque chose, mais la chanson se termine.

– Au suivant, chuchote-t-elle alors.

– Merci, marmonne Jack en retirant sa guitare autour de son cou pour la poser contre le mur. On te tient au courant.

Une fois l'aspirant chanteur rock des années 1980 parti, Jack braque ses yeux gris bleu sur nous. Une lueur de surprise traverse son regard quand il me voit, mais il se reprend vite.

– Ça se passe bien ?, demande Agnès en s'efforçant de rester impassible lorsqu'il approche.

– Bof, répond-il, puis il se tourne vers moi. Salut.

– Salut.

– Et toi, tu ne chanterais pas, par hasard ?, me demande-t-il de façon abrupte.

– Oh oh, pas de filles, s'interpose Brandon avant que je ne puisse réagir, puis il attrape Jack par le cou et l'entraîne.

En fait, oui, je chante, chuchote une petite voix dans ma tête... Mais pas en public. En principe.

Jack nous regarde en levant les yeux au ciel, mais Brandon le pousse vers la scène. Miles réapparaît avec le candidat suivant, et tout ce petit monde se regroupe pour discuter, avant que chacun ne retourne à son instrument respectif.

J'observe Jack à la dérobée, puis je décide de le zapper pour penser à Tom.

Que fait-il, en ce moment ? Sans doute est-il sorti avec ses copains, et les filles doivent probablement lui faire les yeux doux. Est-ce qu'elles savent, toutes, que nous sommes encore ensemble, ou se disent-elles « loin des yeux, loin du cœur » ? Je n'aime pas la direction que prennent mes pensées, alors je tente de me concentrer sur notre dernière conversation, quand il s'est glissé sous sa couette, nu et trempé après la douche.

– À quoi tu penses ?, m'interroge Agnès.

– À Tom, je réponds sans l'ombre d'une hésitation.

En découvrant son expression, je comprends qu'elle ne s'attendait pas à cette réponse.

– Qu'est-ce qu'il y a, entre Miles et toi ?

Visiblement, elle ne s'attendait pas non plus à cette question.

– Rien, répond-elle, un peu sur la défensive.

– Tu es toujours en train de lui parler quand on sort. Lottie, elle, drague Brandon, et toi, tu discutes avec Miles.

– Oh, Lottie et Brandon. Je pense qu'ils ne vont pas tarder à faire des cochonneries ensemble.

– Quoi ? Tu veux dire que ce n'est pas déjà fait ?

– Non. Il a une petite amie.

– C'est vrai ? Il n'a pas le comportement du mec qui est casé.

– Ils sortent ensemble depuis des années. Mais jamais il ne nous l'a présentée...

– Bizarre.

– Plutôt, oui.

– Bref. Pourquoi on parle de Lottie et Brandon ? Je te demandais pour Miles...

– Chuuut, je voudrais bien écouter cette chanson, me dit-elle en reportant son attention sur la scène.

– Tu es douée pour changer de conversation, je note en riant, sans même accorder un regard aux garçons.

Elle sourit, mais garde les yeux rivés sur la scène.

– N'est-ce pas ?

– Oui, eh bien, tu ne vas pas t'en tirer comme ça. Tu l'aimes bien, oui ou non ?

– Oui, bien sûr, répond-elle en me regardant de travers. Je le connais depuis la cinquième.

– Non, non, tu sais très bien ce que je veux dire...

– Il s'est toujours comporté avec moi plus comme un grand frère que comme un éventuel petit ami.

– Et... ?

Elle hésite, et je sens qu'elle est sur le point de m'en dire un peu plus.

– Et ça fait mal, avoue-t-elle alors en se mâchouillant l'ongle du pouce. En fait, je n'éprouve ce genre de sentiments pour lui que depuis quelques mois, m'explique-t-elle. Mais il ne ressent pas la même chose pour moi... (Je me rapproche pour mieux l'entendre, à cause de la musique. J'ai à peine regardé le nouveau garçon, au micro, mais il a la voix trop rauque à mon goût.) Surtout, ne dis rien, ajoute-t-elle aussitôt.

– Bien sûr que je ne dirai rien. À qui je pourrais bien le dire, de toute façon ?

Le groupe termine le morceau, et Miles raccompagne le candidat. C'est fini pour lui apparemment. Jack ne regarde pas de mon côté, mais je le vois qui soupire. Puis Miles revient avec un autre chanteur.

Soudain, Agnès se redresse sur le pouf et me balance un coup de coude dans les côtes.

Wow. Grand, mince, cheveux châtains en pétard et yeux verts perçants.

– Pitié, soupire Agnès. Faites que ce soit le bon, s'il vous plaît, petit Jésus.

Je ne sais pas s'il est doté d'une ouïe supersonique ou s'il sent uniquement la fébrilité qui émane soudain du fond de la salle, toujours est-il que Jack nous fusille du regard. Agnès et moi retenons notre souffle tandis que le groupe se prépare à jouer, le garçon hyper sexy battant la mesure avec la tête, micro en main comme une vraie rock star. Puis il se met à chanter.

– Merde, chuchote Agnès alors que je sens mon cœur se fendiller. Trop nul.

L'après-midi se poursuit sans vraiment de surprise. Deux garçons se succèdent sur la scène, le premier plutôt mignon, le deuxième chantant à peu près bien, mais aucun n'a le profil complet, comme dit Agnès.

Une fois dernier candidat parti, on rejoint les garçons.

– Rien d'intéressant ?, demande Agnès.

– Rien du tout, répond Jack, morose.

– On va devoir annuler San Francisco, fait alors remarquer Miles.

– Pas question, répond Brandon avec fermeté.

– Qu'y a-t-il, à San Francisco ?, je demande.

– Un mégaconcert pour les groupes sans maison de disques, explique Jack en soupirant.

– J'avais inscrit le groupe avant qu'Eve ne décide de se barrer, ajoute Brandon avec un regard mauvais à Jack, qui préfère l'ignorer.

– C'est une super opportunité, me dit Miles. Mais je vois mal ce qu'on pourrait faire d'autre. Même si on trouvait un chanteur, il devrait apprendre tous les morceaux…

– Combien de candidats vous avez reçus, aujourd'hui ?, je demande.

– Sept, répond Jack.

– J'ai trouvé que le premier garçon ne chantait pas si mal…

Jack me regarde avec un haussement de sourcils, comme pour dire : « Vraiment ? »

– Il était bien, j'insiste. Je sais, on dirait la réincarnation de Bon Jovi, mais il avait une voix…

– Je ne sais pas si c'est possible de se réincarner en quelqu'un de presque mort, fait-il remarquer à juste titre.

– Pourquoi « presque » ?, je demande. Jon Bon Jovi a du souci à se faire pour sa vie ?

– Il a plutôt du souci à se faire pour sa carrière, rétorque Jack tout en fouillant dans les poches de son jean.

– Aïe, plaisante Agnès. Attention que papa ne t'entende pas dire du mal de Bon Jovi.

– Je rigole, répond Jack en levant les mains en signe de paix. (Il tient un paquet de cigarettes.) Tu sais ce que je pense de Jon.

À la manière dont Jack dit ça, j'en déduis qu'il connaît Bon Jovi personnellement. Je n'en serais pas surprise. Son père, Billy Mitchell, était super connu, dans les années 1980.

– J'ai besoin d'un verre, décrète Brandon.

– J'ai besoin d'une clope, enchaîne Jack, et il s'en glisse une entre les lèvres.

Agnès émet un grognement.

– La semaine prochaine, lui promet-il, puis il se tourne vers Brandon. Tu as des bières dans le réfrigérateur. Sers-toi. Je reviens…

Comme je le regarde sortir, j'ai une envie folle de fumer, moi aussi, ce qui m'agace aussitôt. Quand j'étais avec Tom, je n'y pensais même pas. Pourquoi Jack fait-il ressortir mes mauvais instincts, comme ça ?

– Que veut-il dire par « la semaine prochaine », au juste ?, je demande à Agnès quand il est sorti.

– Il a décidé d'arrêter de fumer la semaine prochaine, répond-elle en levant les yeux au ciel.

– Jamais il n'arrêtera, marmonne Miles en ricanant. Tu le sais, non ?

– Peut-être, dit-elle en regardant Miles dans les yeux, et je vois qu'elle commence à rougir.

– Tu me sers un verre ?, je demande pour faire diversion.

C'est plus facile de cacher ses sentiments quand on est seul à les connaître. Je parie qu'Agnès regrette déjà de m'en avoir parlé.

– Bien sûr, répond-elle en se dirigeant vers le réfrigérateur. Tu veux quoi ?

– Sais pas. Un truc du genre soda… ?

Je l'entends qui laisse échapper un soupir quand elle sort deux cannettes du réfrigérateur, mais je me garde bien de tout commentaire.

On vient juste d'ouvrir nos cannettes quand Jack réapparaît. Il semble fébrile.

– J'ai pensé à quelqu'un, dit-il.
– Laisse-moi deviner, remarque Brandon, l'air moqueur.
– Mais écoute-moi, poursuit Jack avec un sourire. J'ai fait sa connaissance l'autre soir, chez Lottie… (Aïe, j'ai un mauvais pressentiment.) Elle était cool, déguisée en…
– Héroïne de BD, je l'interromps.
Il me regarde, surpris. En fait, tout le monde me regarde.
– Moi aussi, je l'ai vue, j'explique. Elle était géniale, j'ajoute, de mauvaise grâce.
Jack me lance un drôle de regard, avant de reprendre :
– Oui, bon, elle m'a dit qu'elle était auteur-compositeur. Peut-être que ça ne l'intéresse pas, mais on ne perd rien à lui demander…
Il me regarde une fois de plus, avant de détourner les yeux. Il semble légèrement déconcerté.
– Je parie que tu lui as demandé son numéro ?, remarque Miles avec ironie.
– J'avoue, marmonne Jack avec un haussement d'épaules.
– Entendu, dit Brandon, et je sens mon cœur qui s'aplatit comme une crêpe. Mais si elle fait l'affaire et que tu fous le bordel, je te préviens, on fera passer une audition pour un nouveau guitariste.
– Pas touche, c'est promis, affirme Jack en levant la main droite. Parole de scout. (Il sort son téléphone de sa poche.) Je l'appelle.
Il ne m'accorde pas un regard lorsqu'il compose son numéro, avant de se diriger avec nonchalance vers la porte. Quand il sort, je l'entends dire bonjour d'une voix chaude et profonde.
En un instant, je n'ai plus qu'une seule envie : m'en aller.

– Bon, c'était chouette !, je lance à Agnès en prenant une voix enjouée. Puis je prends mon téléphone pour appeler Davey.

– Tu pars ?, s'exclame-t-elle, surprise.

– Oui, je réponds en prenant un air déconfit. On m'attend pour le dîner.

Elle s'apprête à répondre quand Davey décroche. Il sera là dans cinq minutes.

– C'est dommage. Je pensais qu'on pourrait aller se balader.

– J'aurais bien voulu, mais..., dis-je avec un pincement au cœur. La prochaine fois ?

– Bien sûr. Elle sourit, et j'avale une autre gorgée de mon soda avant de poser la cannette sur le comptoir de la kitchenette. Agnès me raccompagne au moment où Jack revient.

– Tu t'en vas ?, me demande-t-il.

– Il faut que je rentre, oui. Je dois dîner avec Johnny and co. À plus.

Je fais tout ce que je peux pour ne surtout pas le regarder une dernière fois, mais sa force magnétique est telle que c'est perdu d'avance. Quand je me retourne, je croise son regard.

Parfois, on dirait qu'une corde me relie à lui. En m'éloignant, je sens presque la douleur de ce lien invisible qui se tend et me cisaille la chair. Je me raisonne et accélère pour rattraper Agnès. Un jour, cette corde finira par lâcher pour de bon. Encore faudrait-il que je le veuille, que je le veuille vraiment.

22.

Cette nuit-là, je fais un cauchemar – cauchemar récurrent – avec maman dans le premier rôle.

Je suis à la maison, mais ce n'est pas vraiment la maison. Je cherche maman dans des couloirs sans fin et sinueux. Je l'appelle, je crie, mais elle ne répond pas. Au bout d'un moment, je me retrouve dans un immense salon dont les murs renvoient mes cris en échos sournois. Je suis sur le point d'éclater en sanglots quand je la vois enfin, assise à sa place préférée, sur le canapé. Mais elle ne me regarde pas, elle est livide, éteinte. Je me précipite pour l'embrasser, mais mes bras se referment sur du vide. Puis je me souviens.

Je me réveille en pleurs. Elle me manque trop. Si elle était là, elle me serrerait très fort dans ses bras, me caresserait les cheveux et me chuchoterait *tout va bien se passer*. Mais elle n'est pas là. Et je ne vois pas comment je pourrais croire que tout ira bien un jour.

Et c'est vrai que c'est complètement fou. Jusqu'à aujourd'hui, je n'avais pas vraiment pris conscience de vivre dans un état un peu comateux, comme entre deux mondes, deux rives, alors que tous ceux que je connais continuent à mener une existence normale. Stu a repris le travail, il est rentré à la maison et ne vit plus comme un prisonnier dans la propriété de Johnny. Tom joue au foot, sort avec ses copains. Même Libby et Lou sont devenues amies, et Natalie a quitté le bahut depuis des mois.

Là-bas, tout se passe comme si je n'avais jamais existé, ou presque.

Cette semaine, impossible de m'arracher à cette espèce de léthargie. Les cours avec Jan sont chiants au possible et l'après-midi, je suis écrasée de fatigue, tellement épuisée par mes nuits sans sommeil que je somnole dans ma chambre. Je suis heureuse d'être à L.A., vraiment, mais tout m'accable, je me sens assommée.

Mes cauchemars sur maman se répètent. Je me réveille chaque matin totalement perdue. Elle me manque plus que jamais maintenant que je suis loin de chez nous, loin de notre maison, là-bas en Angleterre. Stu me manque, et Tom aussi, bien sûr. Souvent, j'ai envie de l'appeler, mais c'est rarement le bon moment – soit il est au bahut, soit il s'apprête à y aller.

Revenir à L.A. après l'été me rendait heureuse comme je ne l'avais jamais été depuis la mort de maman. Sauf que maintenant, j'ai le sentiment de retourner à la case départ.

Tom a tellement fait pour me rassurer, pour que je me sente bien. Tom et Johnny. Mais la vie a également repris son cours normal pour les Jefferson. Et j'ai l'impression d'être une pièce rapportée.

Johnny passe beaucoup de temps dans son studio. Il disparaît parfois pour des réunions avec sa maison de disques, sans prendre la peine de m'avertir.

Quand Barney rentre de l'école, c'est l'embellie. Jouer avec mes petits frères est l'un des trucs qui me remonte le plus le moral. Mais au bout d'un moment, ils en ont marre – Barney surtout –, alors j'ai tendance à me renfermer dans ma coquille, plutôt que de risquer une dispute.

À la fin de la semaine suivante, alors que je remonte dans ma chambre après les cours, Meg m'interpelle.

– Que dirais-tu de venir te baigner avec Phee et moi ?

– Bof, je ne sais pas. Je suis un peu fatiguée et…

– Il fait tellement beau aujourd'hui.

– Il fait toujours beau ici.

– Faux !, réplique-t-elle en riant. Allez, viens, on bavardera.

J'hésite, mais uniquement parce que je ne veux pas la vexer. Je ne suis vraiment pas d'humeur. Je finis par me résigner.

– D'accord, je vais me changer et j'arrive.

Elle me sourit, toute contente.

Une fois dans ma chambre, je me jette sur mon lit. La seule idée de me déshabiller m'épuise. Les minutes s'écoulent, et je reste allongée à regarder dans le vide, incapable de réagir. Meg doit m'attendre, dehors, avec Phœnix, en se demandant ce que je peux bien fabriquer. Je ne sais pas combien de temps se passe avant que je ne trouve l'énergie de m'asseoir pour enlever ma robe, bouton après bouton… Soudain, une irrépressible envie de pleurer me submerge, et je dois encore une fois faire un effort pour ravaler mes larmes. Mais je finis par capituler. Je m'effondre sur le lit et sanglote, sanglote.

Après une éternité, j'entends Meg qui s'exclame, consternée :

– Jessie ! (Elle se précipite pour me prendre dans ses bras.) Qu'est-ce qui ne va pas ?

Je suis dans l'incapacité de formuler la moindre réponse. Je continue à pleurer, tandis qu'elle me caresse gentiment le dos en me chuchotant des paroles apaisantes. Au bout d'un long moment, après avoir pleuré toutes les larmes de mon corps, ma vue redevient à peu près claire, et je croise son regard inquiet.

– Je suis désolée, dit-elle alors à ma grande surprise. Je te trouve particulièrement silencieuse, ces derniers temps. S'agit-il de quelque chose de particulier, ou bien est-ce un peu tout, en fait ?

– C'est juste que je commence à réaliser, tu vois, je réponds, la gorge serrée, en essayant de résister à une nouvelle vague de larmes.

Elle hoche la tête avec un air grave, et me caresse les cheveux.

– Je vois.

– Je ne sais plus où j'en suis.

Elle hoche la tête encore une fois pour m'encourager à parler.

– Je ne vis pas là-bas, et je n'ai pas l'impression non plus de vivre tout à fait ici. Tout le monde vaque à ses occupations et continue de mener sa vie et moi, moi je… Phee ! Où est Phee ?, je m'exclame soudain, prise de panique.

– Il va bien, me rassure-t-elle. Il est avec Eddie, à la cuisine.

– Ah… En fait, je ne sais pas. Tout se mélange un peu, dans ma tête.

– Et tes cours particulier ? Ça se passe bien avec ton professeur ?

– Il est sympa.

Elle se renfrogne légèrement face à mon manque d'enthousiasme.

– C'est un bon prof… Bon, il n'est pas vraiment canon, mais…

Elle éclate de rire.

– Ça va aller, je soupire. Les choses vont finir par se mettre en place, petit à petit.

– Bien sûr, acquiesce-t-elle en souriant.

Manifestement, Meg a rapporté notre petite conversation à Johnny. Le vendredi après-midi, il vient me voir.

– On dîne dehors, toi et moi, m'annonce-t-il.

– Quoi ? Juste toi et moi ?

– Parfaitement. On va au *Ivy* manger une pizza. À moto.

– Avec ta moto ? Ce n'est pas trop dangereux ?

– Pas du tout. Alors, c'est d'accord ?

– Euuhh…

Que dirait Stu ? Stu n'est pas là.

– OK !

Meg m'aide à me préparer. Je mets un jean, mon blouson en cuir, et elle me fait une queue-de-cheval. Pendant que Johnny parle à Annie, son assistante, dans le bureau en bas, Meg m'accompagne au garage pour essayer un casque.

– Il conduit vite ?, je demande, nerveuse.

– En principe, oui, répond-elle avec un sourire. Mais avec toi derrière, je parie qu'il fera attention. C'est un excellent conducteur, tu sais…

– Est-ce qu'il a demandé la permission à Stu ?

Non, mais, pourquoi je pose cette question ? Ça m'est sorti de la bouche comme ça. En plus, je n'ai pas envie que Johnny change d'avis.

– Je ne pense pas, répond-elle, avec un air confus. Tu crois qu'il devrait ?

– Non ! En fait, il vaut sans doute mieux qu'il ne le fasse pas.

– Et voilà, maintenant, je m'inquiète. Stu risquerait de s'y opposer ?

– Non, je suis sûre qu'il fait confiance à Johnny. Et puis, Johnny est mon père. Il a le droit de m'emmener faire un tour à moto s'il en a envie, non ?

Je reconnais l'écho du stress dans ma voix.

– Oui, oui, bien sûr, tu as raison. Je pense qu'il est grand temps que ton père te fasse découvrir L.A. Il aurait d'ailleurs dû le faire dès cet été.

– J'ai l'impression que quelqu'un a dû le prévenir que je n'avais pas trop le moral, en ce moment, je remarque, et elle baisse les yeux, avant de me regarder.

– Ne lui en veux pas, il est un peu dépassé, explique-t-elle en posant une main sur mon bras. Il n'a pas vraiment l'habitude de s'occuper de quelqu'un, à part de sa personne.

Je lui souris.

– Prête ?

La voix de Johnny résonne jusqu'à nous. Il s'avance à grands pas vers le garage, blouson sur le dos, casque au creux du bras.

– Oui !

– Le casque, c'est bon ? Il ne te serre pas ?

– C'est parfait.

Il vérifie la tenue du jet sur ma tête et resserre la sangle sous mon menton. C'est plus fort que moi, je regarde son visage bronzé, sa barbe naissante et l'éclat de ses yeux verts. Il croise mon regard, me sourit.

– Bien. C'est parti.

Je sens mon cœur qui commence à pulser sous l'effet de l'adrénaline tandis qu'il m'entraîne vers une énorme Ducati noir métallisé. Il met son casque, ses gants, puis balance une jambe par-dessus la selle, remonte la béquille et redresse la machine entre ses jambes. D'un signe de tête, il m'invite à prendre place derrière lui.

Meg m'aide à m'asseoir et place mes pieds sur les repose-pieds.

– Juste les orteils, me conseille-t-elle, pas le pied entier, comme ça, vous ne vous gênerez pas.

Je hoche la tête, distraite, parce qu'il démarre et que le moteur vrombit. Wow. Quel boucan.

– Amusez-vous bien !, hurle Meg. Johnny lui serre la main avec tendresse, et elle lui sourit.

– Tiens-toi bien !, me crie-t-il et aussitôt, j'enroule mes bras autour de sa taille.

Trois secondes plus tard, il sort du garage.

Hé ! Il va super vite.

Arrivé au portail, il ralentit, et dit bonjour à Sam dans la guérite. Puis il me tapote doucement les mains et s'engage sur la route.

Aïe aïe aïe ! Oh putain !

Quand il prend le premier virage, j'en ai le souffle coupé, et je m'accroche à lui de toutes mes forces.

Je trouvais déjà qu'il allait vite quand on est sorti du garage, mais à côté de ça maintenant, c'est de la gnognotte. Je n'ai jamais eu aussi peur de ma vie ! Je n'arrive même pas à crier, tellement je suis paniquée.

– Lâche un peu !, crie-t-il en me touchant les mains.

Quoi ? Aucun risque, je n'ai pas envie de tomber !

– Je vais trop vite ?

Je hurle comme une malade, et je sens qu'il rit.

– Pardon. Je ralentis un peu.

Oui. Un tout petit peu seulement. Mais au bout d'un certain temps, je m'habitue à la vitesse, et la sensation commence à me plaire. En quelques minutes, on arrive au bas de la colline et bientôt, on se fond dans la circulation. Au début, je n'aime pas trop quand il zigzague entre les voitures et les frôle, mais très vite, je comprends l'intérêt de doubler pour ne pas avoir à attendre derrière les autres, aux feux. Je réalise aussi qu'il essaie d'éviter les grands axes avec trop de trafic, préférant prendre des petites rues, moins dangereuses. Lorsque il se gare devant la clôture blanche du restaurant, je n'ai juste plus du tout envie que ça s'arrête.

Il met le pied à terre, et tend les clés à un voiturier avant de venir m'aider. Puis il enlève son casque et se passe la main dans les cheveux, un peu décoiffé.

– C'était géant !

Et c'est là que j'entends les appareils photo qui crépitent.

Oh non… Des paparazzis. Une meute.

– C'est rien, me rassure-t-il en me prenant la main. Allons-y, les gars !, lance-t-il aux journalistes qui se précipitent, avec leur appareil. (À ma grande surprise, Johnny glisse son bras autour de mes épaules et prend la pose.) Prenez quelques photos de ma fille et moi. Mais après, vous nous foutez la paix, OK ?

Ils hurlent tous, euphoriques, puis Johnny me chuchote à l'oreille :

– Souris.

Rapidement, la séance photo se termine. Johnny m'invite à le suivre et on se retrouve dans le petit jardin du restau. Un maître d'hôtel vient nous accueillir avec les menus. C'est super joli ici, il y a des lampions et des fleurs, mais on nous installe à une table à l'intérieur, et je me réjouis à la perspective d'un moment d'intimité.

– Tout va bien ?, demande-t-il une fois seuls, assis l'un en face de l'autre, le pain et l'eau déjà servis.

– C'était dingue, je chuchote.

– À quel moment ?

– Tout le temps.

– Désolé pour les paparazzis. J'aurais dû te prévenir qu'ils seraient là. Il y en a toujours qui traînent devant l'*Ivy*.

– Tu n'avais pas l'air ennuyé de poser pour eux, je remarque, perplexe.

Il hausse les épaules, prend la bouteille d'eau devant nous et remplit nos verres.

– Selon moi, plus vite ils prendront l'habitude de te voir dans le coin, plus vite ils se lasseront de toi. Mais on est bien obligé parfois de les supporter…

– Oh, oui, j'imagine.

– Alors, dit-il en ouvrant le menu. Qu'est-ce qui te ferait envie ? Je pensais à des pizzas, mais tout est bon, ici.

J'essaie de me concentrer sur les plats détaillés de la carte. Je vis un de ces moments complètement surréalistes où je me dis : « Oh merde, je suis la fille de Johnny Jefferson ! »

– Je vais prendre une pizza, moi aussi.

– C'est l'un de mes restaurants préférés, à L.A., m'avoue-t-il. Je me souviens la première fois où j'ai emmené Meg ici.

Il sourit, et fait tournoyer l'eau dans son verre avant d'en avaler une gorgée.

– C'était pour votre premier rendez-vous ?, je demande, cherchant à l'encourager à se confier.

– Non ! (Il secoue la tête et sourit en reposant son verre.) Non, c'était quand elle travaillait pour moi comme assistante. J'avais une petite amie, à l'époque.

– C'est vrai ?, je m'exclame, un peu scandalisée.

– C'était un dîner totalement innocent !, proteste-t-il en s'enfonçant sur sa chaise. Je l'avais emmenée pour me tenir compagnie, rien de plus.

Il regarde derrière moi, perdu dans ses pensées un moment.

– Oui, mais je suis sûre qu'elle te plaisait déjà.

– Le contraire aurait été difficile, admet-il avec un haussement d'épaules. (Soudain, il se penche, coudes sur la table.) Et toi ? Comment ça se passe avec Jack Mitchell ?

– On peut commander ?, je tente d'esquiver, mais j'ai déjà les joues en feu, et il rit. (Je lève les yeux au ciel.) J'ai déjà un petit ami, tu sais.

– Je croyais que nous venions juste d'admettre que l'on pouvait être attiré par une personne, tout en étant avec quelqu'un d'autre…

Je sais qu'il me taquine, n'empêche, je lui balancerais bien une tranche de pain sur le nez.

– Je ne parlerai pas de Jack avec toi. Et si je l'ai croisé depuis mon arrivée, c'est uniquement à cause de sa sœur. J'aime beaucoup Agnès.

Il hoche la tête, approuve apparemment.

– J'aimerais bien faire sa connaissance. Quand devez-vous vous revoir ?

– J'en sais rien. Demain, peut-être.

– Tu pourrais l'inviter à déjeuner ?

– OK, je lui enverrai un texto, une fois rentrée… (Je pense à cet instant à la fille héroïne de BD. Va-t-elle passer une audition en fin de compte ? Si ça se trouve, c'est déjà fait.) Jack cherche une nouvelle chanteuse pour All Hype, j'explique à Johnny, sur un ton que je veux enjoué.

– L'autre fille est partie ?

– Oui…

Pas question de lui dire pourquoi. Grâce au ciel, il ne pose pas la question.

– Quel dommage. Elle était douée.

– Je sais.

Comme chanteuse, Eve était super. Comme individu, j'étais moins fan. Probablement parce qu'elle avait la sale manie de me narguer en s'affichant devant moi dans sa relation compliquée avec Jack – un coup je t'aime, un coup je t'aime plus. Je ne savais même pas qu'il y avait quelque chose entre eux. J'imagine que je ne peux pas lui en vouloir.

Johnny s'invite dans mes pensées.

– Et toi, tu n'es pas tentée ?

– Pardon ?

– De passer l'audition. Je sais, ça ne me plaît pas trop de te savoir en compagnie de Jack Mitchell, mais j'aime beaucoup son groupe. Et ça serait bien pour toi de te changer les idées.

– Tu rigoles, là ?

– Pas du tout. Tu as une voix exceptionnelle.

Le compliment me fait chaud au cœur, mais je me dépêche de revenir sur terre.

– Je ne sais même pas combien de temps je vais rester ici. Et puis, tu le sais, je déteste chanter en public, à moins d'être complètement bourrée.

– Hé !, s'exclame-t-il en faisant les gros yeux. Pas de ça avec moi. De toute manière, ce genre d'attitude conduit toujours à l'impasse.

La serveuse se pointe et se confond en sourires et minauderies. Johnny se montre poli, sans l'encourager le moins du monde dans ce plan drague.

– Je prendrai la même chose, dis-je après qu'il a passé commande, l'esprit encore confus à cause de ce qu'il vient de me dire. Et un Coca, s'il vous plaît.

– Pareil, ajoute-t-il.

– Les deux font la paire, commente la serveuse, sourire en coin.

J'attends qu'elle disparaisse.

– Toutes ces attentions dont tu fais l'objet, comment Meg prend ça ?

– Quelles attentions ?, demande-t-il, les yeux ronds. Oh, la serveuse ?

– Oui, la serveuse.

– C'est plus à toi qu'à moi qu'elle s'intéresse.

– À moi ?

– Les deux font la paire… Il va falloir t'y faire. Toi et moi, nous nous ressemblons beaucoup, c'est dingue.

À cette réflexion – surtout venant de lui –, je suis émue.

– Tu passes beaucoup de temps dans ton studio, en ce moment, je remarque, histoire de faire la conversation. Tu travailles sur quelque chose de précis ?

– Je te montrerai demain, si tu veux.

– Génial.

– En fait, je pourrais avoir besoin de ton aide pour certains passages.

Je le fixe, sur mes gardes.

– Je suis sérieux. Si ça ne t'ennuie pas…, ajoute-t-il.

– Bien sûr que non, je m'empresse de répondre.

C'est simple, je suis prête à tout, s'il me le demande.

Il trouve donc ma voix aussi exceptionnelle ? Je sens que je vais avoir du mal à penser à autre chose, cette nuit.

Je réalise plus tard, une fois dans mon lit, que Johnny ne cherche peut-être qu'à « me changer les idées », comme il dit. Oh et puis je m'en fiche, car c'est l'intention qui compte et le fait que mon père se préoccupe de moi.

Je m'endors ce soir-là le sourire aux lèvres, et je rêve des lumières de Mulholland Drive que j'ai pu admirer, à l'arrière de sa moto, sur le chemin du retour. Magique. Pour la première fois de la semaine, je ne fais aucun cauchemar.

23.

Je suis juchée sur un tabouret, dans le studio d'enregistrement de Johnny. Il est à côté de moi, guitare entre les mains, branchée sur un ampli.

Je me sens un peu nerveuse – la porte du studio est grand ouverte –, mais Meg est en bas avec les enfants, et j'espère bien qu'ils ne viendront pas nous écouter. Je pense que Johnny a laissé la porte ouverte exprès. Il tient absolument à me faire passer cette phobie que j'ai de chanter devant les gens.

Il commence à gratter sa guitare, et d'un coup de menton, il indique le bloc-notes dans mes mains. J'ai lu les paroles de sa chanson et maintenant, je vais entendre la musique qui va avec.

Quand il se met à chanter, cette voix que j'ai entendue un nombre incalculable de fois à la radio au fil des années résonne autour de moi, et l'écho me fait vibrer.

C'est mon père, Johnny, pourtant ça me fait trop bizarre d'être assise ici, avec lui.

– C'est là où tu te joindras à moi, dit-il à un moment, sans cesser de jouer. Il continue de chanter, et hoche la tête comme pour me dire « Maintenant ».

Je pense qu'il ne s'attend pas à ce que je chante, pas cette fois – il faut d'abord que j'écoute le morceau en entier –, mais dans ma tête, je me répète déjà la mélodie. Il joue le dernier accord.

– Alors, qu'en penses-tu ?

– C'est super.

– Je l'ai composée la semaine dernière. Tu es la première à l'entendre.

Oh, wow !

– Allez, on recommence, dit-il en reprenant sa guitare. Tu veux bien chanter, cette fois ?

– Hmm. Oui, bien sûr. Je peux fermer la porte ?

– Non, rétorque-t-il en souriant. Tu as une super voix. Il est grand temps que tu commences à croire en toi.

Je me lance, du bout des lèvres, légèrement tétanisée à l'écho de ma voix dans les amplis. Mais il m'encourage d'un signe de tête.

– Plus fort !

J'augmente le volume, et il sourit.

– C'est mieux.

Ça me prend un moment, mais je commence à trouver mon rythme. Difficile de savoir combien de temps s'écoule, mais lorsque Meg apparaît avec Phee sous le bras et Barney qui court derrière elle, j'hésite.

– Ne t'arrête pas !, s'exclame Johnny.

Les yeux écarquillés, bouche bée, Meg hoche la tête avec frénésie pour m'encourager. Je me tourne vers

Johnny qui me sourit et fait une mimique du genre « Tu vois ? »

Je suis mal, je sauterais bien par la fenêtre pour aller me cacher Dieu sait où, mais je me ressaisis et me force à recommencer à chanter. Au point où j'en suis…

– C'était… incroyable !, manque de s'étouffer Meg quand nous avons fini. Je ne savais pas que tu chantais aussi bien !

– Mais j'ai déjà chanté devant toi pourtant, je réponds, en la jouant cool, alors qu'en fait, à l'intérieur, j'en tremble de fierté.

– *Thomas et ses amis* ? Oh mais ça ne compte pas, relève-t-elle avec fermeté.

J'avais chanté cette comptine une fois aux garçons, avec Johnny.

– Qu'est-ce que je te disais ?, renchérit Johnny.

Je le regarde, mais c'est à Meg qu'il s'adresse. Il lui a parlé de moi ?

– Tu avais raison, répond-elle. Mais wow. C'était dingue.

– On en fait une autre ?, me propose Johnny.

En privé ?

Il doit me comprendre à la tête que je fais, puisqu'il dit à Meg :

– Accorde-nous un peu de temps pour répéter.

– Oh, oui. Bien sûr ! Viens, Bee, on descend.

– Non !, s'exclame alors Barney, le nez collé à la vitre du studio.

– Allez, insiste Meg. Elle lui prend la main, mais il se débat.

– Je veux écouter papa et Jessie !, hurle-t-il.

– Plus tard, répond Meg, et je m'en veux.

– Il peut rester, je me dépêche de dire.

– Tu es sûre ?

– Tout à fait sûre.

– Viens t'asseoir, mon grand !, lance Johnny à son fils, tandis que Meg quitte la pièce avec Phœnix, pas content du tout, qui proteste bruyamment.

– Il va se calmer, me rassure Johnny. Bien, essayons un autre morceau.

Il me prend le bloc-notes des mains, tourne plusieurs pages en arrière avant de s'arrêter sur quelque chose, puis il me le rend et se met à jouer.

Je regarde la page. Je commence à m'habituer à son écriture quasi illisible. Ce que j'ai sous les yeux est stupéfiant. Ces paroles – qui ne sont pour l'instant que de simples idées jetées sur le papier – sont comme des cris à l'état brut, l'expression des émotions d'un écorché vif. Et il me fait confiance pour les chanter. C'est l'un des plus beaux compliments qu'il pouvait me faire.

Le cœur débordant de joie, je regarde mon père et lui souris.

Barney tient une vingtaine de minutes, avant de sortir du studio en courant rejoindre Meg. On en est à notre troisième chanson.

– C'est top !, s'exclame Johnny tout en grattant sa guitare. (C'est un morceau nettement plus rythmé.) Je me demande si je ne vais pas t'enregistrer sur ce titre-là…

M'enregistrer ?

– Il faut que Nick puisse les écouter.

– Qui est Nick ?

– Le type avec qui je travaille, dans ma maison de disques.

Quoi ?

– On va refaire le refrain, tu veux bien ?

J'ai un peu la tête qui tourne.

– Plus fort !, me crie-t-il, derrière la musique.

Je m'exécute, et il sourit. C'est super. J'adore quand mon père est fier de moi comme ça.

Je regarde autour de moi – je connais les paroles par cœur maintenant. Et là, je réalise. Je me sens bien, ici. Oui, je me sens chez moi, à ma place. Est-ce possible ? Est-ce que je pourrais devenir chanteuse, moi aussi, comme mon père ?

Barney réapparaît dans la pièce, mais mon sourire se fige, et ma voix se brise. Il n'est pas seul, Jack est avec lui, qui me regarde les yeux ronds, incrédule.

24.

– Merde alors !, s'exclame Agnès en bousculant son frère pour se faire une place.

– Mais que faites-vous là ?, je m'écrie en bondissant sur mes pieds.

Johnny gratte un dernier accord et pose sa guitare avec un petit air malicieux qui ne m'échappe pas.

– Tu nous as invités à déjeuner, répond Agnès, et c'est tout juste si elle n'ajoute pas : « Tu es débile ou quoi ? » Ton petit frère nous a fait entrer en nous expliquant que tu étais en train de chanter. Ça alors, jamais je n'aurais pensé…

– Désolée !, gémit Meg à la porte, en me regardant avec des yeux tout penauds.

Elle s'en veut manifestement, mais je le sais, Barney est parfois redoutable.

– Ce n'est pas grave, dit Johnny en ouvrant la porte en verre. (Je lui emboîte le pas, les joues sans doute cramoisies.) Agnès, c'est ça ? Johnny lui serre la main.

– Enchantée bis !

– On se connaît déjà ?, s'étonne-t-il.

– J'étais petite, explique-t-elle. Mon père m'avait emmenée à l'un de vos concerts. On était venu vous dire bonjour dans les coulisses.

– Oh, exact, dit-il avec un sourire. Je n'ai pas revu Billy depuis… Eh bien, depuis ton concert, indique-t-il à Jack, et son sourire perd un peu de son éclat quand il lui serre la main.

Jack semble mal à l'aise. La dernière fois qu'ils se sont vus, Johnny était furieux contre lui parce qu'il s'était mal comporté avec moi. Que fait-il ici ?

– Et si on descendait ?, suggère Meg. Eddie est en train de préparer le barbecue.

– Super !, s'exclame Agnès.

– Tu restes pour déjeuner, Jack ?, demande Meg.

– Non…

– Il m'a juste accompagnée, explique Agnès.

– Tu es le bienvenu, ajoute Meg, avec un regard discret dans ma direction pour chercher mon approbation.

– Merci, mais j'ai un truc de prévu, répond-il, puis il se tourne vers Agnès. Appelle-moi, je viendrai te chercher.

– Je te raccompagne, dis-je.

– C'est bon, je trouverai le chemin, assure-t-il, me regardant à peine quand nous descendons. Heureux de vous avoir vus !, lance-t-il à Johnny et à Meg, une fois en bas.

Quand il part, je me sens bizarre.

Un peu plus tard, on sort sur la terrasse. C'est une journée superbe, un beau soleil brille sur les collines de Los Angeles. Il fait 19 °C, et je porte simplement un gilet fin et une petite robe d'été. Un barbecue en novembre, je n'arrive pas à y croire.

– C'était bien, hier soir ?, demande Agnès après que je l'ai présentée à Eddie.

On a pris place autour de la table en béton ciré, avec L.A. à nos pieds. Johnny discute avec Eddie, pendant que Meg s'affaire derrière le comptoir du bar. Phee et Bee sont à l'intérieur, occupés avec leurs jouets.

– Super. On est allé à l'*Ivy*.

– Je sais…

Elle sourit.

– Oh, oui, je dis, un peu gênée.

Des photos de Johnny et moi sont sorties ce matin dans les tabloïds et sur les sites people. Pour la première fois, je n'ai pas ressenti de panique. Bizarrement, j'ai trouvé ça plutôt excitant. Est-ce bien normal ?

– Jack a encore fait passer des auditions, aujourd'hui ?, je demande, en essayant de cacher mon désarroi après son départ précipité.

– Oui, il a fait venir une certaine Susan pour la présenter à Brandon et à Miles.

– L'héroïne de BD ?

– Je ne sais pas… (Agnès semble perturbée.) Il a fait sa connaissance chez Lottie. Jeudi, elle est venue passer une audition… Une audition privée, rien que pour lui…

Elle a une façon de dire ça, avec un regard plein de sous-entendus qui me noue l'estomac.

– Incroyable, je remarque avec ironie. Jamais je n'aurais pensé ça de lui…

– Il maintient qu'il s'agissait d'un rendez-vous strictement professionnel, explique Agnès en secouant la tête. Mais tu connais Jack…

Oui. Malheureusement, je le connais.

– Tu as un truc prévu, ce soir ?, demande-t-elle.

– Non, pourquoi ?

– Drew sera aux platines d'une boîte qui vient juste d'ouvrir, en ville. Tu veux venir ?

Drew est son frère aîné, et cet été, elle ne lui adressait presque plus la parole. Elle ne lui pardonnait pas d'être si proche de leur père qui avait trompé leur mère pendant des années.

– Tu t'es réconciliée avec lui ?

– En partie grâce à toi, oui, à un truc que tu m'as dit... Comme quoi il ne fallait jamais s'imaginer que la famille, c'était pour toujours, ou quelque chose de ce genre... (Elle me regarde, et je me souviens. Je pensais à maman, à ce que j'avais perdu.) Bref, après ton retour en Angleterre, Jack a organisé une rencontre entre nous tous. Et depuis, ça va mieux.

– Je suis tellement contente pour vous, je réponds avec chaleur. Jack doit être heureux, lui aussi. (Il m'avait expliqué combien il détestait être pris entre deux feux.)

– Oui, il est très content. Bon, alors. Tu viens, ce soir ?

– Il faut que je voie avec Johnny et Meg. Mais j'aimerais beaucoup, oui.

– Super ! Jack peut venir nous chercher ici, et on irait se préparer chez moi ?

Hmm, il va falloir que je me montre convaincante avec Johnny.

– Ta voiture est au garage ?

Je me demande en effet pourquoi elle n'est pas venue avec.

– Non. (Elle hausse les épaules en offrant son visage au soleil.) Jack a juste dit qu'il avait envie de conduire.

Je médite sur ces paroles. Peut-être voulait-il me voir ? Non. Pas de délire. C'est peu probable.

– Il vient ce soir ?, je demande, en m'appliquant à donner à ma voix un ton léger.

– Oui. Elle sourit, mais ne me regarde pas, heureusement.

Je dois avoir l'air d'une idiote tant je suis fébrile.

– Tu me laisses monter sur une moto, mais tu refuses de me laisser monter dans la voiture d'un garçon !

Mes efforts pour convaincre Johnny de laisser Jack me ramener chez Agnès et lui – le club, n'en parlons même pas ! – échouent lamentablement. Agnès est là-haut dans ma chambre, en pleine exploration de ma garde-robe pour tenter de me trouver une tenue pour ce soir. Elle a l'air de penser que c'est un choix qui lui appartient.

– Je te laisse monter sur *ma* moto, nuance. Mais pas question de te laisser aller où que ce soit avec quelqu'un d'autre que moi aux commandes.

– Oui, c'est ça, tu as confiance en toi, mais pas en Jack ni en Agnès.

Agnès envisageait de se rendre au club avec sa voiture, comme ça Jack pourrait picoler.

– Exactement.

– Eh bien moi, j'ai confiance en eux. Mais ça, je suppose que ça ne compte pas ?

Il incline légèrement la tête de côté. Manifestement, il s'interroge. J'en profite pour revenir à la charge.

– Allez, ce ne sera pas la première fois que je monterai en voiture avec eux.

– Oui, mais ça, c'était avant que les gens ne sachent qui tu es.

– Et à supposer que les paparazzis me prennent en photo, on s'en fout maintenant, non ?

– Tu ne disais pas ça, il y a encore peu de temps.

– Tout le monde sait que je suis ta fille, je m'empresse d'argumenter. Mieux vaut qu'ils me prennent en photo autant qu'ils veulent à présent, ils finiront par se lasser pour s'intéresser à la nouvelle coqueluche des réseaux sociaux.

– Aah, les réseaux sociaux, marmonne-t-il, avant de se murer dans le silence.

Serait-il sur le point de capituler ?

– S'il te plaît, papa…

Je dois me forcer à prononcer ce mot, ça me fait encore trop bizarre. Il braque ses yeux sur moi, et je lui décoche mon plus beau sourire.

– Dois-je comprendre que c'est à ça qu'il faut que je m'attende ? Que tu m'appelleras papa uniquement lorsque tu voudras quelque chose ?

– Je n'ai pas encore l'habitude, tu comprends, je réponds avec douceur.

– Oh, bon, allez, c'est OK, dit-il d'une voix bougonne en me passant la main dans les cheveux.

Ça a marché !

– Merci !, je m'exclame, folle de joie.

J'ai la permission de sortir ! Seule ! C'est fantastique.

– Mais je veux l'adresse complète !, me lance-t-il avant que je ne monte annoncer la nouvelle à Agnès.

– Pourquoi ?

Je stoppe net, intriguée.

– Lewis te suivra.

– C’est une blague ?

– Absolument pas, mon poussin.

Oui, il est sérieux. Vraiment.

– Il saura rester discret, ajoute-t-il, dans un effort pour m’amadouer. Tu ne sauras même pas qu’il est là.

– Les autres n’ont pas de garde du corps, je soupire, consternée.

– C’est comme ça et pas autrement, Jess. J’ai failli te perdre. Il est hors de question que je prenne le moindre risque. Tu peux aller chez Jack et Agnès sans lui, je suis d’accord. Mais Lewis te suivra lorsque vous vous rendrez au club, et Davey te ramènera à la maison. Donc, je veux cette adresse, répète-t-il avec fermeté.

– OK, je réponds, morose, avant de sortir de la pièce.

– Hé !, lance-t-il quand je m’éloigne. Il me semble quand même que je t’ai donné l’autorisation de sortir, non ?

– Ouais, merci, je réponds avec un manque d’enthousiasme flagrant.

25.

C'est à peine si Jack ouvre la bouche dans la voiture qui nous ramène chez lui et sa sœur. De toute façon, Agnès parle pour deux, comme si nous n'avions pas passé l'après-midi ensemble. Je râle encore de savoir que Lewis va me coller, ce soir. De ne pas pouvoir passer une soirée dehors avec mes amis, sans quelqu'un qui me surveille. Puis je repense à Sam, toujours avec des béquilles.

Assise derrière Agnès, je regarde les mains de Jack sur le volant, en sweat, manches retroussées, qui laissent entrevoir son tatouage… POW ! Il est bien visible sur son avant-bras droit.

Je réalise vaguement que si on était en Angleterre, le volant serait de l'autre côté ; du coup, je ne verrais pas son tatouage.

– Merci, dit Agnès à son frère quand on arrive, et elle l'embrasse sur la joue. Jack émet un grognement en essayant de l'esquiver.

– Oui, merci, je dis à mon tour en retirant ma ceinture.

– De rien, répond-il sans me regarder.

Je sors, claque la portière et croise brièvement son regard au-dessus du toit de la voiture. Il détourne aussitôt les yeux et je me sens désemparée.

– À quelle heure on décolle ?, demande Agnès.

– C'est toi qui prends le volant, lui rafraîchit-il la mémoire.

– Je sais.

– Vingt heures ?

– Super. On va se préparer.

Il s'éloigne en direction de la salle de jeu. Je me demande si l'héroïne de BD est encore là.

Agnès et moi filons dans sa chambre pour la séance habillage. Je porte un jean noir avec un top à dentelle à manches longues, noir également, et des talons aiguilles. Agnès s'occupe de mes cheveux blond presque platine, et me fait une queue-de-cheval. Côté maquillage, elle opte pour un contour des yeux plus noir que celui que je mets en temps normal et pour une ombre à paupières à paillettes couleur bronze. Quand elle a terminé, je fais facilement dix ans de plus.

– C'est inutile, je lui fais remarquer. Si on me demande ma carte d'identité, ça ne passera pas.

– On peut essayer, répond-elle avec un sourire plein de malice. De toute façon, je ne crois pas qu'ils filtrent à l'entrée, ce soir.

– J'espère. Après tous ces efforts, me retrouver coincée sur le trottoir, non merci…

Nous sortons de sa chambre pour aller chercher Jack. Je sais où se trouve la sienne, j'y suis entrée une fois. Je me revois, sur son lit. En train de l'embrasser. À ce souvenir, je rougis.

Agnès frappe à sa porte.

On entend Jimi Hendrix chanter « All Along the Watchtower ».

– Jack ?, appelle-t-elle.

Trois secondes plus tard, la porte s'ouvre.

– J'arrive, dit-il, et son regard dévie de sa sœur pour se poser sur moi. Sur ma tenue plus précisément. Mais pas le moindre commentaire. Il retourne éteindre la musique, puis nous rejoint sur le palier. Il porte un jean skinny noir et un tee-shirt gris avec le dessin d'une maison rose fluo dessus.

On se dirige tous ensemble vers l'escalier, mais cette fois, je me sens comme électrisée.

– Salut, maman !, crie Agnès.

– Amusez-vous bien !, répond-elle en passant la tête par la porte du petit salon, à l'étage. C'est une belle femme aux longs cheveux noirs ondulés, grande, mince. Je lui ai dit bonjour un peu plus tôt. J'ai l'impression qu'elle laisse ses enfants assez libres. En fait, les parents de Jack et d'Agnès sont du genre très cool. Un peu comme ceux de Natalie, le fric en plus.

– Assieds-toi devant, si tu veux, me propose Agnès.

– Tu es sûre ?

Je me tourne vers Jack, mais il monte déjà à l'arrière. Pourquoi est-il si distant avec moi ? Je décide de l'obliger à m'adresser la parole. Une fois sur mon siège, je me retourne :

– Il paraît que l'héroïne de BD est venue ?

– Oui, marmonne-t-il, et manifestement, me regarder le gonfle, puisqu'il s'empresse de coller son nez à la vitre. Elle est super bonne.

À côté de moi, Agnès pouffe puis sourit bêtement dans le rétro.

– Quoi ?, aboie-t-il. Je veux dire qu'elle chante bien, point barre.

– Bien sûr, répond sa sœur avec ironie.

De toute évidence, elle cherche à l'énerver. Il lève les yeux au ciel. Agnès franchit le portail de la propriété, un sourire moqueur vissé aux lèvres.

– Qui est-ce ?, demande alors Jack en observant une voiture noire garée juste dehors.

– Lewis, je réponds. L'un des gardes du corps de Johnny. Mon père refuse de me laisser sortir sans service de sécurité, en ce moment.

– Putain, marmonne-t-il entre ses dents.

– T'inquiète, tu ne te rendras même pas compte de sa présence. Johnny me l'a promis. (Impossible d'effacer cette note d'amertume dans ma voix.)

– Hé, mais on s'en fout, tente de me rassurer Agnès. Ce n'est pas grave. Quand on pense à ce qui a failli t'arriver.

Sans savoir ni pourquoi ni comment, Jack se penche soudainement sur son siège, et glisse son bras gauche autour de ma taille. Étreinte furtive. Je n'ai pas le temps de réagir que déjà il se rassoit.

– En quel honneur ?, je demande, surprise.

– Wow, regardez-le qui a envie de protéger notre Jessie, chantonne Agnès.

Jack hausse les épaules, et se tourne ostensiblement vers la vitre. Il est une des rares personnes qui ne m'a pas posé de questions sur la tentative d'enlèvement. Je croyais qu'il s'en fichait. Mais maintenant, je suis tellement surprise par cette démonstration d'affection que je ne sais plus quoi penser. Je décide de mettre la radio, et cherche un morceau qui me plaît. Puis je monte le son. On n'échange quasiment plus un mot durant le reste du trajet.

Il y a foule devant le club. Après avoir averti Lewis d'un regard, Jack nous entraîne de l'autre côté de l'immeuble pour passer par la porte de derrière. Il frappe dessus trois ou quatre fois, et un type nous ouvre.

– On est avec Drew, lui dit Jack.

Le type prend un air suspicieux et regarde Lewis, avant de s'écrier avec un grand sourire, ouvrant alors la porte en grand :

– Lew !

– Salut, Mike, répond Lewis en échangeant une poignée de main virile avec le portier qui nous fait signe d'entrer. Faites comme si je n'étais pas là, j'entends Lewis ajouter.

– Compris, indique Mike en me regardant.

La boîte est déjà pleine à craquer. Une lumière tamise des murs couleur bleu nuit et des banquettes jaune citron dans tous les coins. Les gens se sont agglutinés sur la piste, au milieu de la salle, mais personne ne danse. Sur la scène, une table de mixage. Visiblement, l'endroit sert aussi de salle de concert.

– Vous avez déjà joué, ici ?, je demande à Jack, obligée de crier à cause de la musique.

– Non. (Il secoue la tête, puis se tourne vers le bar.) Un verre ?

Et voilà, de nouveau, il évite de me regarder, je constate, déçue.

– Oui. Un Coca ou un truc du genre.

– Je te ramène une bière, décrète-t-il puis, une main sur mon bras, il se penche pour demander à sa sœur derrière moi : Et toi, Agnès, tu veux boire quoi ?

Je n'entends pas sa réponse, trop accaparée par la chaleur de sa main sur ma peau. Ce contact ne dure qu'une seconde. N'empêche, je sens encore la pression de ses doigts.

Il va falloir que je me remette grave les pendules à l'heure.

Je n'ai pas parlé à Tom, aujourd'hui. D'ailleurs, c'était quand, la dernière fois que je l'ai eu au téléphone ? Je dois me creuser la tête pour me le rappeler. Mercredi. Il y a plusieurs jours donc. Effarée, je réalise que je n'ai même pas regardé mon téléphone pour voir s'il avait cherché à me joindre.

– Ça va ?, me demande Agnès à ce moment-là.

– Désolée, j'en ai pour une seconde, je réponds en sortant mon téléphone de mon sac. Oh. Oups.

– Qu'y a-t-il ?

Deux appels manqués et un texto. Je montre l'écran à Agnès.

– C'est Tom, j'explique.

« Salut, ça va ? »

– Je ferais mieux de répondre…

Je tape un message en vitesse.

« Pardon, débordée aujourd'hui et là, je suis dehors. Mais je t'appelle demain ! »

Je range mon téléphone dans mon sac, juste au moment où Jack réapparaît avec les boissons.

– Merci. Oh, tu m'as vraiment rapporté une bière !

– Ça ira ?

– Oh oui, super. Mais comment as-tu réussi à te faire servir ?

– J'ai un pote qui travaille au bar.

– Il a surtout une fausse carte d'identité, s'interpose Agnès. Tu devrais brancher Jessie avec ton copain, ajoute-t-elle avec un sourire.

– C'est ça. Pour que son père lance ses chiens à mes trousses ? Merde !, crie-t-il en regardant autour de lui. Rends-moi cette bière, c'est plus prudent. J'avais oublié Lewis.

– Pas question, je réplique en m'accrochant à ma bouteille. Et puis, si je bois une bière ou deux, Johnny n'en fera pas une histoire.

– WOOHOO !, j'entends Brandon une demi-seconde avant de sentir son bras autour de mon cou, tandis qu'il glisse l'autre autour du cou de Jack.

– Merde, regarde ce que tu as fait, j'ai renversé de la bière !, râle Jack en le repoussant. Brandon rigole, sans me lâcher pour autant. Mais le geste est amical, aussi je laisse faire.

Miles arrive et dit bonjour à tout le monde. J'évite soigneusement de regarder Agnès pour ne pas la mettre mal à l'aise.

– Pas de Lottie, ce soir ?, demande Brandon à Agnès.

Elle lève les yeux au ciel.

– Non. Elle est en plein tournage. Où est Maisie ?

Je suppose que c'est sa petite amie. Il hausse les épaules.

– Elle est sortie avec des copines.

Agnès l'observe avec insistance, et il prend un air innocent.

– Quoi ?

À cet instant, du coin de l'œil, je note comme un éclat orange. Brandon éclate de rire devant la tête que fait Agnès, puis il me lâche, mais c'est à peine si je m'en rends compte.

L'héroïne de BD. Elle est là.

Jack nous laisse et va la rejoindre. Je le regarde lui dire quelque chose à l'oreille, et la jalousie me submerge quand elle sourit et hoche la tête.

Je pensais que ses cheveux orange vif faisaient partie de son déguisement, mais je me trompais. Elle a une coupe courte, style années 1940. Elle n'est pas tellement plus petite que lui, ce qui signifie qu'elle est plus grande que moi. Elle est ultra cool.

Une main dans le creux de ses reins, Jack l'entraîne jusqu'à nous.

– Salut !, lance-t-elle en souriant à Brandon, Miles et Agnès. Son regard se pose sur moi. Hello, ajoute-t-elle, main tendue.

Peut-être est-ce mon imagination, mais son sourire, je ne le sens pas.

– Jessie, je dis en lui serrant la main.

Elle m'écrase presque les doigts.

– Susan, répond-elle, et elle ne m'accorde plus un seul regard pendant cinq bonnes minutes.

– Voilà Drew !, s'écrie soudain Agnès. Je vais te le présenter !

Je suis trop heureuse de pouvoir m'échapper, après être restée plantée là comme une débile.

Drew est encore plus grand, plus costaud que Jack. Ses cheveux coupés court sont blond foncé, comme ceux de son père, et ses bras arborent plusieurs tatouages.

– Aggie ! Il la prend dans ses bras et la fait tournoyer. Elle hurle et se débat en riant.

– Pose-moi par terre !, ordonne-t-elle, avant de faire la grimace quand il l'embrasse sur la joue. Beurk, tu pues le tabac !

Il sourit, imperturbable, puis me regarde.

– Qui est-ce ?

– Jessie, répond Agnès, tout sourire.

– Ah, dit-il en s'emparant de ma main. Te voilà donc, Jessie. Enfin, nous nous rencontrons.

Il a les mêmes yeux que Jack, je réalise, surprise.

Et soudain, Jack, justement, réapparaît. Il balance à Drew une claque entre les épaules.

– Salut, frangin !, s'exclame Drew avant de serrer son frère dans ses bras. (J'ai l'impression qu'il a un peu trop picolé.) Merci d'être venu.

Impossible d'entendre ce qu'ils disent ensuite, car ils se parlent de trop près et la musique est super forte. Les premières notes de « I Bet You Look Good on the Dance Floor » des Arctic Monkeys retentissent. Je donne un coup de coude à Agnès en lui montrant la piste de danse. Elle hoche la tête avec enthousiasme. Je fais un signe aux autres, et Drew nous sourit. Je croise le regard de Jack un quart de seconde, puis nous nous éloignons.

Nous dansons comme des folles, puis Drew se met aux platines, si bien que lorsque nous quittons la piste de danse, je suis en sueur et j'ai un peu la tête qui tourne. Agnès réussit à nous trouver une petite place dans un box, et je lui en suis trop reconnaissante, tellement j'ai mal aux pieds, perchée sur mes talons aiguilles. Alors que je regarde autour de nous, j'aperçois Lewis adossé à un mur.

Johnny avait raison. Il fait en sorte de rester discret. Si je ne l'avais pas vu par hasard à deux ou trois reprises, j'aurais pu penser qu'il était parti. Il est rarement à la même place et, c'est clair, on n'imaginerait pas qu'il est là pour moi. Jusqu'ici, j'ai pu rester incognito. Personne ne semble s'intéresser à moi.

– Je file au bar !, me dit Agnès.

Une minute plus tard, Jack apparaît et se glisse sur la banquette, à côté de moi. Jambes croisées, un coude sur la table, il me dévisage ostensiblement pendant ce qui me semble une éternité.

– Pourquoi m'as-tu caché que tu savais chanter ?

– Oh, tu me parles, maintenant ?

Il a bu du whisky, je le sens d'ici.

– Ne change pas de sujet. Pourquoi tu ne me l'as pas dit ?

Je change de position, histoire de ne pas l'avoir en face.

– Tu ne me l'as pas demandé, je réponds, presque assourdie par les battements frénétiques de mon cœur.

– Faux !

– Oui, mais pour rigoler !

Il plonge ses yeux dans les miens.

– Brandon et Miles veulent que tu passes une audition pour le groupe, lâche-t-il soudain.

– Quoi ? Mais comment ont-ils appris que je savais chanter ?

– Sans doute parce que je le leur ai dit…

– Oui, eh bien, je déteste chanter en public, je réplique en secouant la tête avec détermination.

Non, mais il est sérieux, là ?

– Jessie.

Je fais un bond sur mon siège quand sa main touche ma taille.

– Jack…, je réponds, sur le ton de la mise en garde, en fixant sa main.

Il la retire aussitôt.

– Oui, oui, je sais que tu as un petit ami… (Il lève les yeux au ciel.) Je ne te toucherai plus, promis. Mais s'il te plaît, viens demain. Que les garçons puissent t'entendre chanter.

– Et Susan ?

– Elle est super, mais tu es meilleure.

J'en frémis de bonheur.

– Tu as autre chose de prévu ?

Sa question me prend de court. En vrai, je passe mon temps à me torturer l'esprit, alors toute distraction est la bienvenue.

Agnès réapparaît avec nos verres.

– Dégage, lance-t-elle à son frère, assis à sa place.

Il se penche vers moi, si près que je sens son souffle sur ma peau.

– Essaie d'y réfléchir, dit-il avec un regard appuyé.

– Qu'est-ce qu'il voulait ?, m'interroge Agnès une fois qu'il est parti, me laissant un peu KO.

– Il veut que je passe une audition pour All Hype.

– Ce n'est pas vrai !, répond-elle, un brin moqueuse. Je me demandais s'il allait se décider…

Je fais les gros yeux.

– Sérieux, tu es géniale, Jess, dit-elle, impassible. J'aimerais tant chanter comme toi. Je serais prête à tuer pour entrer dans leur groupe.

– À tuer, vraiment ?

– Exact. Si tu veux, je m'occupe de ton look, ajoute-t-elle, hilare.

Je n'arrive pas à croire que je puisse me lancer là-dedans.

26.

Le lendemain matin, je me réveille de bonne heure, super nerveuse. Est-ce que tout ça est vrai ? Vais-je réellement passer une audition pour All Hype aujourd'hui ?

Brandon et Miles m'ont fait du charme, quand nous les avons rejoints, Agnès et moi. Ils se sont montrés si gentils et tellement enthousiastes que j'ai fini par admettre que non, effectivement, ça ne m'engageait à rien d'aller chez Jack aujourd'hui.

Ma nervosité va crescendo, mais quand je repense à la froideur de Susan, à son dédain vis-à-vis de moi, bizarrement, ça m'encourage. Je détesterais la voir devenir leur chanteuse, et si je ne me décide pas, elle est deuxième sur la liste.

Je m'imagine sur la scène avec le groupe, et ça déclenche en moi une vague de frissons. Frissons vite balayés par le stress.

J'en suis à me demander si Johnny va traîner au lit toute la journée, quand il émerge enfin de sa chambre.

– Il faut que je te parle.

Je ne lui laisse pas le temps de descendre, je l'entraîne manu militari dans le studio.

– Un problème ?, marmonne-t-il, à moitié réveillé.

– Non non. (Je décide d'aller droit au but.) Jack veut que je passe une audition pour All Hype.

– Oh. C'est curieux, mais cela ne me surprend pas, dit-il, ironique, en s'affalant sur l'un des fauteuils.

– J'ai envie d'essayer, j'ajoute en m'asseyant en face de lui, parce que le doute est là, malgré tout.

– Pas possible ?, rétorque-t-il en me dévisageant, puis il se renfrogne. Bien sûr que tu en as envie.

– Ça veut dire quoi ?

– Je sais ce que tu ressens pour Jack Mitchell.

– Non, certainement pas. Je sors avec Tom, je te signale… D'ailleurs, il faut que je pense à l'appeler, tout à l'heure.

– Cela n'empêchera pas Jack de tenter sa chance, remarque Johnny, et je sens mes joues qui s'enflamment.

– Oui, eh bien, il peut tenter ce qu'il veut, il n'arrivera à rien. Sur ce sujet, je suis déterminée. De toute façon, je me dépêche d'ajouter, Miles et Brandon ont promis de le tuer s'il approchait d'un peu trop près la nouvelle chanteuse du groupe.

Johnny donne l'impression de fléchir un peu, mais il n'a pas le temps de s'exprimer, Meg nous interrompt.

– Oh, tu es debout, me lance-t-elle en pénétrant dans le studio.

– Hello, viens ici…

Johnny l'attire sur ses genoux.

– Est-ce que tu lui as dit ?, lui demande-t-elle à ce moment-là.

– Pas encore, répond-il avec un sourire amusé.

– Me dire quoi ?, je demande, curieuse.

Meg me sourit avec malice.

– Que dirais-tu de prendre, en plus de tes cours particuliers bien sûr, des leçons de chant ?

Apparemment, Annie connaît quelqu'un qui vient juste de sortir du Conservatoire et qui cherche à se faire un peu d'argent en donnant des leçons. Johnny et Meg pensent que ce serait bien pour moi de contrebalancer le travail scolaire obligatoire par quelque chose qui me plaît vraiment. Ça me touche qu'ils se soucient de mon bien-être, comme ça.

Je me tourne vers Johnny, en quête d'encouragement.

– Mais toi, tu as pris des leçons de chant un jour ?

– Non, admet-il. Mais moi, je n'ai jamais eu le moindre problème pour chanter devant un public, me fait-il remarquer.

Je me sens de plu en plus nerveuse. Si seulement j'avais pu suivre ces cours de chant une semaine plus tôt…

Davey étant en congé ce jour-là, Johnny propose de m'emmener chez Jack. Je lui demande si on peut prendre la moto.

Agnès nous accueille, aux anges, quand nous arrivons devant chez elle, moteur hurlant. Johnny m'aide à descendre, et relève la visière de son casque. J'enlève le mien, remets vaguement mes cheveux en place et lui fais face. Ses beaux yeux verts rieurs me regardent.

– Amuse-toi bien.

– Merci.

Je lui souris, et il s'en va en agitant la main.

Lorsque je me retourne, j'aperçois Jack, Brandon et Miles devant la salle de jeu. Ils ont l'air impressionné.

Johnny vient de passer le portail. Il fait rugir sa moto, puis s'élance sur la route. Dieu, comme je l'aime, mon père.

Oh oui, je l'aime, et cet amour, je le sens dans mon cœur. Ce n'est pas une idée en l'air, c'est un sentiment fort dont je mesure la profondeur.

– Super bécane, dit Miles, et son expression médusée m'arrache à mes tendres pensées.

– C'est clair, renchérit Brandon. Alors ? Prête ?

J'acquiesce d'un signe de tête, l'angoisse me laissant sans voix.

– Ce qui est sûr, c'est que tu sais soigner tes entrées en scène, murmure Jack, tandis que nous longeons la villa.

Une fois dans la salle de jeu, je pose mon blouson et mon casque, puis j'inspire et expire pour tenter de me calmer un peu. Lorsque je me retourne, Miles est déjà installé à la batterie, et Brandon discute avec lui, tout en passant la sangle de sa basse autour du cou. Jack, à l'avant de l'estrade, est en train de régler le micro à ma taille. Je me souviens que Susan a chanté ici même, hier, et elle est nettement plus grande que moi. Est-ce que je serai à la hauteur ? Et si jamais il la choisissait, elle ?

Jack m'invite à les rejoindre. Je m'exécute, avec autant d'enthousiasme que si je marchais vers l'échafaud.

– C'est bon pour le micro ?, demande-t-il en s'écartant pour me faire de la place.

– Parfait, je réponds, un peu trop troublée par la chaleur qui émane de son corps, tout près de moi.

Assise au fond de la salle, Agnès me sourit. À nouveau, j'inspire, expire, et lui souris en retour, sans grande conviction.

– Un titre en particulier ?, me demande-t-il en attrapant sa guitare.

Je me tourne vers ses copains qui me regardent avec attention.

– « Hit Me With It », je finis par répondre. C'est ma chanson préférée de All Hype.

Jack semble apprécier.

– L'une de nos créations, observe-t-il, après un bref regard à Brandon et Miles. Miles sourit, puis fait tourner sa baguette avec une virtuosité époustouflante, avant de se mettre à cogner.

Je sursaute. Tout va tellement vite.

Brandon se met à son tour à gratter sa basse, puis Jack enchaîne les accords sur sa guitare et je réalise, horrifiée, que j'ai oublié les paroles. C'est le néant.

Oh non, oh non... Merde, concentre-toi, Jessie !

J'ai l'impression d'être un petit lapin piégé dans les phares d'une voiture en pleine nuit, sur une route de campagne paumée. Je regarde Agnès et là, illumination, les premières paroles me reviennent. Pas le temps de me prendre davantage la tête, il faut que je chante.

Je m'avance devant le micro et je me lâche.

– Putain !

C'est Brandon qui réagit le premier.

– Je vous l'avais dit, marmonne Jack avec un haussement d'épaules, tandis que je m'efforce – sans grand succès – de prendre un air détaché.

– Je me suis plantée à deux trois reprises...

– Non, arrête, c'était super, dit Miles, manifestement impressionné. On en refait une ?

– D'accord, je réponds. Laquelle ?

– Quel autre morceau tu connais ?

– Que diriez-vous de « Disco Creep » ?

Il acquiesce d'un hochement de tête et sourit – encore un de leurs titres. Je lance un regard à Agnès, les deux pouces en l'air. Je me mordille la lèvre. Le trac. Puis j'y vais, électrisée.

Deux chansons plus tard, on fait une pause. Agnès va me chercher un soda dans le réfrigérateur.

– C'est dans la poche, dit-elle en regardant du côté des garçons, en pleine discussion. Je vois Jack qui hoche la tête, puis Brandon s'approche de nous.

– En général, on répète l'après-midi, le lundi, le mercredi et le jeudi. Mais on va devoir travailler un peu plus, avec San Francisco qui approche.

– Peut-être qu'on devrait quand même annuler, suggère Jack.

– Pas encore, décrète Brandon avec fermeté.

Je les regarde, aux abois.

– Quoi ? Ça y est ? Je fais partie du groupe ?

Je me tourne vers Jack qui plonge les mains dans ses poches et me regarde, avec un petit air amusé.

– Si tu en as envie, dit Brandon.

– Euh, oui. Enfin, je veux dire *oui*. Absolument… Je m'attendais à devoir franchir plus d'obstacles.

Agnès pousse des cris de joie en faisant des mimiques super drôles, du coup Brandon et Miles éclatent de rire.

Euh, ne devrais-je pas leur expliquer que je suis censée rentrer en Angleterre à un moment donné ? Je chasse cette pensée de mon esprit. Je n'ai qu'une envie, jouir pleinement du moment présent. On verra bien. Une question m'obsède pourtant.

– Et Susan ?, je demande à Jack.

– Qui ça ?, répond Brandon, hilare.

– Je m'en occupe, dit Jack avec un regard noir à l'attention de son ami, avant de sortir de la salle de jeu, une cigarette entre les lèvres.

– Ne la console pas de trop près !, lui crie Brandon.

Jack parti, impossible de me concentrer : trop d'images de Jack en train de « consoler » Susan me traversent la tête.

Il faut absolument que j'appelle Tom, ce soir.

27.

– C'est pas trop tôt !, s'exclame Tom au bout du fil. Où étais-tu passée ?

On est jeudi matin, à L.A., et c'est la première fois de la semaine que nous arrivons à nous parler.

– Pardon. J'ai eu tellement de trucs à faire.

– Au fait, j'ai vu les photos.

– Oh, c'est vrai ? Lesquelles ?

– Eh bien, d'abord celles où on te voit dans ce restau, avec ton père, et sur sa moto. Tu es super sexy, avec ce blouson en cuir…

Je souris.

– Et le soir même, tu es allée dans ce club ? Cette fois, à l'écho de sa voix, je le sens un peu à cran.

– Oui, le frère aîné de mon amie était aux platines.

– Quelle amie ?

– Agnès, je réponds, mal à l'aise.

– Ah. C'était Jack, le DJ ?

– Quoi ? Non ! (Je lui avais dit que Jack était le grand frère d'Agnès, mais ça m'était complètement sorti de la tête.) Non, c'était Drew. C'est lui en fait l'aîné, ils se sont tous réconciliés, je m'empresse d'expliquer, tout en m'interrogeant sur les raisons de la culpabilité que je ressens. Mais Jack était là, lui aussi, j'ajoute sur un ton que j'espère désinvolte. C'est cool, lui et moi, on est ami maintenant.

– Ami, vraiment ?, relève-t-il, sans vraiment poser la question.

– En fait, j'ai quelque chose à te dire, je me dépêche de poursuivre. All Hype, le groupe de Jack, se retrouve sans chanteuse… Et hmm, ils m'ont demandé de passer une audition.

– Oh, super, répond-il, mais il ne semble pas très chaud à cette perspective. Tu vas le faire ?

– Ça y est. Je fais partie du groupe maintenant.

S'ensuit un long silence à l'autre bout du fil, assourdissant.

Lorsqu'il reprend la conversation, je reconnais difficilement sa voix.

– Je croyais que tu n'aimais pas chanter en public.

– Johnny m'a fait travailler.

– Quel est le nom du groupe déjà ?

– All Hype, je réponds, anxieuse, sachant qu'il va faire des recherches sur Jack sur le Net. (Lorsque Tom va voir le look rock indé de mes amis, sûr que ça va jouer contre moi.) Ils sont vraiment bons. Je n'arrive toujours pas à y croire, et ils aiment ma voix alors…

– Tu m'étonnes, ricane-t-il.

– Pourquoi ce ton ?

– Le fait que ton père soit célèbre, ça ne peut pas faire de mal, non ?

– Tom ! Je pensais que tu serais fier de moi ! Je n'en reviens pas que tu penses que c'est pour cette raison qu'ils m'ont prise.

Il laisse échapper un soupir.

– Je suis fier de toi… (Cette fois, il a l'air désolé.) C'est juste que tu me manques tellement.

– Toi aussi, tu me manques.

– Je t'entends encore t'époumoner sur *SingStar*, ce soir-là, chez Natalie, ajoute-t-il, lugubre.

– Oui, je me souviens, dis-je en souriant. Jamais je n'aurais imaginé être capable de chanter devant des gens sans quelques verres dans le nez pour me booster. Samedi, Johnny m'a prise dans son studio, et on a répété. Il pourrait me prendre comme choriste sur son prochain album !, j'explique, de plus en plus euphorique.

– Oui, eh bien, tu as l'air de vraiment t'amuser, là-bas.

Ça n'a pas l'air de le réjouir. Il donne l'impression d'être jaloux, inquiet, et c'est plus fort que moi, sa réaction m'agace. Il pourrait quand même m'encourager, non ? Après tout ce que j'ai traversé !

– Je ne m'amuse pas du tout, je réplique, fâchée. La vérité, c'est que je me sentais déprimée au possible, à penser à toi continuant à vivre normalement, pendant que moi, j'étais perdue en terre inconnue. Mais ça va un peu mieux aujourd'hui, merci de t'en inquiéter.

Je ne souhaitais pas me montrer aussi sarcastique, mais c'est sorti tout seul.

– Je ne voulais pas… (Il a l'air frustré.) Oh, écoute, laisse tomber. Pardon, je suis vanné, et tu me sembles si loin.

En un quart de seconde, je me radoucis.

– C'est rien... Toi aussi, tu me sembles loin.

Et il l'est.

– Tu as une idée de quand tu rentres ? Car tu comptes bien rentrer, non ?

– Bien sûr, je réponds, même si cette idée ne m'enchante pas comme elle aurait dû. Mais j'ignore quand. Lorsque les choses se seront calmées, je suppose.

Qui peut dire combien de temps ça prendra ?

Mon prof de chant se présente le lendemain, une demi-heure après mes cours avec Jan. Quand la sonnette retentit, je me dépêche d'aller ouvrir pour me retrouver face à un garçon d'une vingtaine d'années, tout blond, plutôt mignon, avec des yeux bleus pleins de malice.

– Vous n'êtes pas là pour nettoyer la piscine ?, je demande immédiatement, sur mes gardes.

J'ai retenu la leçon depuis la dernière fois.

– Non, je suis Harry, votre prof de chant. Et vous, vous êtes Jessie, c'est bien ça ?

– En personne, je réponds tout sourire en ouvrant grand la porte.

Je lance un regard plein de sous-entendus à Meg quand nous passons devant elle pour nous rendre au studio.

– Il a l'air mieux que Jan, non ?, dit-elle à voix basse avec une mimique à mourir de rire.

– À peine, je réponds du bout des lèvres, avec un clin d'œil.

– Comment ça va se passer quand je devrai rentrer en Angleterre ?, je demande à Jack et Brandon, un peu plus tard. Miles est en retard, alors on se détend dans le jardin de Jack, en regardant la ville à nos pieds.

– Et Skype, c'est pas fait pour les chiens, non ?, blague Jack en me regardant du coin de l'œil. Ouais, voilà, tu seras notre chanteuse virtuelle...

– Mais quand dois-tu repartir ?, demande Brandon, visiblement contrarié.

– Je ne sais pas, je réponds en toute franchise. Mais ce qui est sûr, c'est que je ne vais pas rester ici indéfiniment.

– Merde !, s'exclame-t-il, furax, en se tournant vers Jack.

– On se calme, lance ce dernier. On a besoin de quelqu'un pour San Francisco, non ?

– Hmm, ohé ? (Ils me regardent.) Vous parlez de moi comme si je n'étais pas là. Jack, ne me dis pas tu ne les as pas prévenus que je partirai, un jour ou l'autre ?

– Il ne nous a rien dit, rétorque Brandon. Où est Miles ?, demande-t-il, avant de se lever et de s'éloigner, en rage.

– Oups, je chuchote en me tournant vers Jack. Pourquoi ne leur avoir rien dit ?

– Tu étais notre meilleure option, explique-t-il avec un haussement d'épaules. Et puis, tu ne vas pas rentrer chez toi avant un moment, non ?

– Je ne crois pas... Tom n'est pas très content que je chante dans le groupe.

Il s'allonge sur les coudes dans l'herbe verte, sans prononcer un mot. Je me demande ce qui m'a poussée à lui faire cette confidence.

– Si Miles n'est pas là dans dix minutes, on commencera sans lui..., dit-il, comme si je ne venais pas d'évoquer devant lui mon petit ami.

– Tu as une idée de l'endroit où il peut être ?, je demande, histoire de passer à autre chose.

– Euh, hmmm-hmmm…

Je le regarde, mais il a les yeux rivés sur l'horizon.

– C'est évident, j'ironise, mais comme il ne répond pas, je commence à m'inquiéter. Explique-moi, enfin.

– Surtout, ne dis rien à Agnès… (Il me dévisage, les sourcils froncés.) Il se pourrait qu'il fréquente quelqu'un…

– Oh… (J'ignorais que Jack était au courant des sentiments d'Agnès, mais manifestement, il sait plus de choses que je ne l'imaginais.) Tu ne penses pas qu'elle préférerait savoir la vérité ? Je veux dire, s'il a une petite amie…

– C'est peu probable, m'interrompt Jack. Merde, j'aurais mieux fait de fermer ma gueule, ajoute-t-il, mal à l'aise.

Quoi ? Mais que veut-il dire au juste ? Peu probable que Miles ait une petite amie…

– Miles est gay ?, je demande, surprise.

– Merde, grogne-t-il en prenant une cigarette, mais j'ai l'impression qu'il est surtout en colère contre lui, pas contre moi.

– Et Agnès, elle le sait ?, j'insiste, encore sous le coup de la surprise. (Il secoue la tête tout en allumant sa clope.) Et Brandon ? (Là encore, il secoue la tête.) Mais alors, qui d'autre est au courant ?

Il hausse les épaules, jamais je ne l'ai vu aussi embarrassé.

– Mais attends… Comment se fait-il que tu sois au courant, toi ?

Il tourne la tête, regarde derrière moi.

– Les voilà. (Il plonge ses yeux dans les miens.) Surtout, pas un mot, dit-il entre ses dents.

– C'est promis.

– Enfin ! Il était temps !, s'exclame-t-il avec un sourire forcé à l'attention de Brandon et Miles qui arrivent.

Il se lève, et je le suis, perdue dans mes pensées. Il vaudrait mieux tout révéler à Agnès. Jack devrait lui dire la vérité. Pourquoi ne l'a-t-il pas fait ?

J'aimerais bien avoir la réponse à cette question.

Quelques jours plus tard, je suis encore au studio, après le cours de chant, quand Johnny apparaît.

– Ne t'arrête pas, me dit-il à la seconde où j'arrête la bande-son de All Hype.

– Pardon, je te laisse la place.

– Non, je venais juste t'écouter. (Il ferme la porte derrière lui et se pose sur l'un des fauteuils, face à la fenêtre.) Ça me paraît bon, ajoute-t-il en me faisant signe de reprendre.

Je remets la musique, un peu gênée, et reprends la chanson depuis le début. J'ai l'habitude à présent d'utiliser le micro sur pied plutôt que le modèle qui pend du plafond. Je préfère.

Après le premier couplet, je le regarde à la dérobée. Il est presque à l'horizontale dans son fauteuil, pieds croisés qui battent la mesure. Je prends confiance et continue à chanter. Lors du solo de guitare, il me sourit, et je lui souris en retour. Enfin, la chanson se termine, et il applaudit.

– C'était bien ?, je demande, les mains plaquées sur mes joues brûlantes.

– Super, répond-il avant de se redresser sur son siège. Tu as appris cette chanson en quelques jours seulement ?

– Je connais pratiquement tous leurs titres par cœur.

– Écoute, il me semble que cette chanson serait d'enfer avec des claviers pour accompagner le refrain. Tu vois, comme... (Il fredonne, puis soudain, il bondit de son siège.) Attends, je vais te montrer.

Il ouvre la porte vitrée qui sépare la salle de mixage du studio proprement dit, et s'installe au clavier.

– Vas-y, mets la bande.

Je m'exécute, et la fièvre monte d'un cran.

J'écoute attentivement puis, quand le refrain arrive, il enchaîne une série d'accords. Aussitôt, la mélodie prend une nouvelle dimension. C'est géant.

– Chante !, me crie-t-il.

À la fin du morceau, je le regarde, émerveillée.

– Je ne savais pas que tu jouais du piano !

– Oh, je ne joue pas très bien.

Mon respect pour lui vient juste d'atteindre des sommets.

– Je ne crois pas qu'il y ait un seul membre de All Hype qui sache en jouer.

– Tu pourrais apprendre, toi, me dit-il alors, comme si ça allait de soi. Je t'imagine au piano, sur le devant de la scène, au centre, ce serait super. Pas pour toutes les chansons, juste quelques titres. (L'idée fait son chemin dans ma tête.) Tu sais, tu devrais t'essayer aux ponts...

Je le fixe, abasourdie.

– Quels ponts ? Je ne comprends rien à ce que tu me dis.

Il sourit face à mon désarroi, puis il me fait une démo en chantant quelques notes, mais différentes de celles que j'ai chantées auparavant.

– C'est ça, le pont, une sorte de pré-refrain, avec des accords différents des accords principaux. Une mélodie parallèle, si tu veux, pour relier les refrains. Essaie.

Je m'exécute et tente de nouvelles vocalises. C'est magique.

– Demande à Harry de te faire travailler là-dessus, suggère-t-il.

J'acquiesce, mais en fait, c'est lui, mon père, mon vrai prof. J'ai la chance d'être initiée par l'un des artistes les plus influents de la planète musique. Que puis-je rêver de mieux ? Je suis trop impatiente de faire entendre à Jack ce que Johnny m'a appris.

À Brandon et à Miles aussi, bien sûr. Au fond de mon cœur, pourtant, j'ai bien conscience de ne penser à eux qu'après coup.

Le lendemain, c'est Johnny qui m'accompagne aux répétitions, après avoir passé deux heures avec moi au studio, l'après-midi même. Meg, Annie et même Eddie sont montés pour nous écouter. Je prends confiance en moi, et le fait de chanter devant un public me dérange de moins en moins. Bien sûr, j'en suis consciente, ce sera une autre paire de manches quand il sera question de se produire devant une foule d'inconnus. Mais j'essaie de ne pas trop y penser.

Jack vient nous accueillir. Johnny m'aide à descendre de moto, et fait vrombir sa bécane avant de repartir.

Jack secoue la tête en souriant quand je retire mon casque.

– Chaque fois que tu arrives sur cette moto, avec Johnny Jefferson aux commandes, c'est un choc, jamais je ne m'y ferai. C'est dingue.

– Tu te souviens, quand tu croyais qu'il était mon... Beurk, je finis, impossible pour moi d'associer le mot « petit ami » à mon père.

Je revois la scène. Johnny était venu avec moi pour assister à un concert de All Hype, cet été. Eve était sans cesse collée à Jack, ce qui me bouleversait. Je ne savais même pas qu'ils étaient ensemble – assez bizarrement, Jack ne m'avait rien dit lorsqu'on s'était embrassé, sur son lit. Bref. À un moment donné, il m'était tombé dessus en me traitant de menteuse et d'hypocrite, tout ça en lançant à Johnny un regard plein de haine. Lorsque j'avais compris qu'il me prenait pour la nana de Johnny, j'étais tellement furieuse que je lui avais révélé la vérité en le traitant de crétin et d'abruti.

À ce souvenir, il me jette un regard noir.

– Je t'ai présenté des excuses.

– Oui, c'est vrai... (On se dirige vers la salle de jeu.) Les autres sont là ?

– Pas encore.

Ce qui veut dire, juste lui et moi ?

– J'aimerais te faire écouter un truc.

Comme il me lance un regard méfiant, je me dépêche de lui expliquer.

– Mon père m'a fait travailler ma voix.

– Bien..., répond-il, sans plus.

– Oh et au fait, l'un de vous sait jouer du piano ?

– Quoi ? Non. (Il me regarde avec un sourire en coin.) Johnny a décidé de tripatouiller nos arrangements ?

– Il a juste proposé une ou deux suggestions, je réponds, paniquée à l'idée de l'avoir vexé. Mais il pourra te montrer si tu veux, car moi, je ne sais pas jouer du piano. Peut-être que je pourrais apprendre...

– Aaah, Jess, dit-il avec tendresse, puis il glisse son bras autour de mon cou, et me serre gentiment. Tu écriras les paroles de nos chansons ensuite.

Je l'ai déjà fait... Mais il se passera un moment avant que je ne trouve le courage de lui montrer.

Heureusement, il me lâche avant que je ne réalise combien son contact me trouble. Il a encore un petit sourire aux lèvres quand nous pénétrons dans la salle de jeu. Sourire qui disparaît en un éclair quand je dis :

– Au fait, à propos de Miles...

– Je n'aurais pas dû t'en parler, rétorque-t-il sèchement.

– Il faut absolument que tu le dises à Agnès, je l'implore, mais il me rabroue sans ménagement.

– Non.

– Pourquoi ?

– J'ai promis à Miles de n'en parler à personne. Je n'arrive même pas à croire que je te l'ai dit.

– Tu n'es pas responsable. C'est moi qui l'ai deviné, point.

– Quoi ? Comment ça ? Il secoue la tête en me dévisageant.

– Écoute, je sais, Agnès le prendra mal, c'est sûr, mais franchement, où est le problème, s'il est gay ?

– Chuut !

– Au moins, ce n'est pas Agnès qui est en cause.

Il me fait face, ses mains serrent mes poignets. Il plonge ses yeux dans les miens.

– Pas. Un. Mot.

Je le regarde et sens ma gorge qui se noue.

– Je t'en prie, ajoute-t-il.

Je hoche doucement la tête, et il me lâche. L'empreinte de ses doigts brûle ma peau, je suis sûre que j'ai la marque. Ce n'est d'ailleurs pas la première fois.

Il attrape sa guitare sans me regarder, et je m'approche du micro avec une nervosité inhabituelle.

– Tu veux commencer par quoi ?, me demande-t-il tout en accordant sa guitare.

– Euh, peut-être « Killer » ?, je propose, et il y a comme de l'incertitude dans ma voix. L'écho d'un malaise qui persiste entre nous.

– OK. Il acquiesce d'un signe de tête, et commence à jouer.

En principe, je dois lui montrer ce que j'ai appris avec Johnny, alors je me force à chanter, jusqu'à ce que ses yeux rencontrent les miens et là, mon cœur est comme submergé.

Oh, Jack, pourquoi faut-il que tu me fasses encore vibrer comme ça ?

– Super !, s'écrie soudain Brandon, et la tension entre nous se brise comme du verre.

On détourne aussitôt les yeux. Miles apparaît à son tour. Jack s'arrête de jouer.

– Son père l'a aidée à travailler certains arrangements, explique-t-il à ses copains.

– Génial ! Voyons ça !, s'exclame Brandon.

Ils prennent place et à partir de là, Jack m'ignore presque totalement.

28.

Les semaines suivantes défilent, la date du concert de San Francisco arrive à toute vitesse. Je suis encore des cours particuliers – l'horreur –, et à chaque fois, je me rends compte combien les heures sont longues avec Jan, comparées à celles que je passe avec Harry, le groupe, Agnès ou ma famille.

J'explique cette sensation en riant à Johnny le vendredi soir, la veille du concert, alors que nous sommes dans son studio.

– Qu'est-ce qui ne va pas, avec Jan ?, demande-t-il, perplexe.

– Oh, c'est un bon prof, je me dépêche de répondre, mal à l'aise. Mais je m'ennuie à mourir avec lui.

Johnny me sourit avec compassion, puis il s'assoit, les mains croisées, et me dévisage.

– Le lycée te manque, en fait.

– Je sais bien que je ne peux pas rentrer à la maison, pas déjà. Et au fond, je n'en ai pas envie…

– Tu es sûre ?, m'interrompt-il.

– Oh, eh bien, en fait, je bafouille, mal à l'aise. Je me sens bien, ici.

Il attrape alors l'autre chaise, et me fait signe de m'asseoir.

– Tu te plais, à L.A. ?

– Oui.

– Tu ne ressens pas le besoin de rentrer en Angleterre ?

– Euh, non, pas encore…

C'est moi qui dis ça ? C'est la première fois que je me confie sur le sujet.

– On dirait en effet que tu as l'air mieux dans ta peau, ces dernières semaines.

– C'est grâce au groupe, je réponds, un peu embarrassée. Et à Agnès aussi.

– Je vois.

– Attention, ça ne veut pas dire que Tom ne me manque pas. Et Stu. Et mes amis… (Je pense à Libby, puis je ressens un pincement au cœur. Elle ne me manque pas tant que ça, bizarrement. Je n'ai pas parlé avec Tom depuis dimanche dernier. Je ne me languis plus de lui comme avant. Et puis, je sais que là-bas, les choses ne seront plus jamais les mêmes.) Tu n'arrêtes pas de me dire qu'il faut que je change d'école.

– Je préférerais te savoir dans un lycée privé.

Je laisse échapper un soupir.

– Je ne sais pas… Tout sera tellement différent.

– Tu pourrais parfaitement poursuivre tes études ici, tu sais ? Dans le cas où tu déciderais de rester.

Tu pourrais aussi, même si tu ne restais pas définitivement, aller à l'école le temps de ton séjour.

Des paroles d'Agnès me reviennent en mémoire… *Tu viendrais au lycée avec moi !*

– Est-ce que… Si jamais… Je pourrais fréquenter le même établissement qu'Agnès ?

– Je vais vérifier si c'est possible, dit-il. Mais est-ce vraiment ce que tu veux ? Rester ?

Et maintenant, ce sont des paroles de Tom qui tournent en boucle dans ma tête. *Tu me sembles tellement loin…*

– Prends bien le temps d'y réfléchir, insiste-t-il, conscient de mes doutes. Tu n'es pas obligée de décider tout de suite.

– D'accord…

Ce soir-là, je parle à Tom au téléphone. En passant sous silence la possibilité que je puisse rester définitivement à L.A.

– Bonne chance pour demain, dit-il.

Je suis allongée sur mon lit, et on se Skype. Du coup, je peux voir son visage.

– Merci. Je vais en avoir besoin.

– J'imagine, répond-il, avec un petit sourire.

– J'aimerais que tu sois ici, avec moi…

À la seconde même où je prononce ces mots, je ne suis pas certaine que ce soit la vérité.

– Quelqu'un va filmer ?

– Agnès, oui, je pense, avec son téléphone.

– Elle vous accompagne ?

– Bien sûr. J'aimerais que tu la rencontres. Tu t'entendrais bien avec elle, j'en suis sûre.

– Peut-être qu'un jour, je pourrais venir te voir. J'ai discuté avec mon père.

– Oh. Quand ?, je m'exclame, sous le choc.

– En début de semaine. Il m'a appelé. Il voudrait que je lui rende visite.

– C'est vrai ? Mais Tom, c'est super ! Pourquoi ne me l'as-tu pas dit plus tôt ? (Je sais qu'il va me sortir les excuses habituelles, le décalage horaire et comment je lui semble loin, alors j'enchaîne.) Laisse tomber. Raconte-moi juste ce qu'il a dit.

– Il a dit que nous lui manquions, Becky et moi, explique-t-il, la gorge un peu nouée.

– Oh, Tom, je réponds, partagée entre la peine et la joie. Il est toujours avec cette femme ?

– Oui, mais il n'a rien dit sur elle. Par contre, il regrette cette longue absence de contact entre nous. Apparemment, il avait peur que je ne veuille plus lui adresser la parole.

Je vois très distinctement les larmes qui scintillent dans ses yeux. Il renifle. Je voudrais tellement le serrer dans mes bras.

– Mais alors, si tu lui rends visite, tu pourrais en profiter pour venir me voir, non ?

– Si tu es encore là-bas, répond-il avec un regard appuyé, et je baisse aussitôt les yeux pour qu'il ne devine pas mes pensées. (C'est le problème avec Skype, difficile de se cacher.) À ce propos, tu as du nouveau ?

– En fait, j'ai plusieurs bonnes nouvelles. Je serai là à la fin de la semaine prochaine, juste à temps pour Noël.

Son visage s'illumine, et il s'exclame :

– Pas possible !

– Si ! Mais pas pour rester, je me dépêche d'ajouter.

– Oh. Combien de temps alors ?

– Une semaine. Mais c'est toujours bon à prendre, non ?

– Moui, c'est mieux que rien, convient-il avec un sourire de travers.

J'en ai discuté avec Johnny et Meg, au dîner. Comme j'envisage de prolonger mon séjour – peut-être même de rester à L.A. pour de bon –, je pense que ce serait bien d'aller passer Noël avec Stu. Je veux aussi récupérer des trucs pour les rapporter à L.A. Mais il y a une autre raison, une raison majeure qui m'obsède, les affaires de maman. Elles croupissent dans la chambre d'amis depuis trop longtemps. J'ai l'impression de ne pas prendre soin d'elle. Il faut que j'y mette de l'ordre. L'heure des adieux est venue.

Je me pince la lèvre pour contenir mes larmes, et souris à Tom.

– En tout cas, on se voit bientôt…

Le lendemain, on s'envole tous ensemble pour San Francisco. Pour ma plus grande joie, Johnny, Meg et les garçons font partie du voyage.

Meg nous attendra à l'hôtel avec Barney et Phee. Mon père, lui, ne raterait mon tout premier concert pour rien au monde. Il restera en coulisses, mais n'empêche, ça me touche. Je suis sûre que j'aurai moins le trac que si je l'ai en face de moi, dans la foule. Ce à quoi Meg a rétorqué avec malice que s'il se montrait, il nous volerait la vedette.

Je crois que c'est la première fois que je vois Johnny rougir.

Le père et le frère de Jack sont également du voyage, ainsi qu'un ami de Miles et la petite amie de Brandon. J'avais du mal à croire qu'une fille normale puisse rivaliser avec Charlotte Tremway, la star du petit écran, mais en faisant la connaissance de Maisie, j'ai tout de suite compris ce que Brandon lui trouve. Elle est belle avec ses longs cheveux noirs et ses grands yeux noisette. Elle a l'air super timide, et ne nous dit pas plus de deux mots avant de filer avec Brandon dans leur chambre pour se préparer.

Je partage la mienne avec Agnès, et Jack en a pris une avec Drew ; quant à Johnny et Meg, ils ont pris une suite avec chambre à part pour Barney et Phœnix.

Je pensais qu'Agnès plaisantait quand elle m'avait proposé de s'occuper de mon look, mais c'était mal la connaître. Elle a emporté une valise remplie de toutes sortes de fringues pour moi.

J'en suis à essayer ma troisième tenue – short en jean délavé et top ventre nu – quand Johnny frappe à la porte.

Il se fige en me regardant.

– Tu ne vas pas mettre ça !?

– Non, ce n'était pas mon intention, j'admets en regardant Agnès : elle est extrêmement persuasive, mais mon père l'est encore plus ! Tenue suivante !

Elle lève les yeux au ciel et me jette deux trois trucs. Je file dans la salle de bains pour me changer.

– Avec tes chaussures à talons compensés !, me crie-t-elle. Tout en m'habillant, je l'entends qui discute avec Johnny. *Aah, mon bon vieux jean skinny noir*, je pense soulagée, en m'y glissant dedans. Et ça ? C'est quoi ? J'examine une sorte de tunique à col rond avec impression graphique. J'adore. Trois minutes plus tard, chaussures aux pieds, je retourne dans la chambre.

– Très joli. Super tee-shirt, commente Johnny.

– Merci, murmure Agnès tout en m'examinant.

– C'est un des tiens ?, je m'exclame. C'est vrai qu'elle a un réel talent pour créer des tops.

– Mmm-hmm, répond-elle tout en farfouillant dans sa valise pour finalement en sortir un ceinturon noir avec une énorme boucle en métal. Essaie ça.

Je m'exécute. De toute façon, je n'ai pas mon mot à dire – ou si peu.

– Ça aussi, ajoute-t-elle en me tendant mon blouson en cuir.

– Je ne vais pas avoir trop chaud ?

– Tu n'auras qu'à l'enlever après la deuxième chanson, me conseille Johnny.

Je lui souris, puis me regarde dans la glace.

– C'est parfait, conclut Agnès en se tournant vers Johnny pour confirmation.

– Heureusement, Lewis sera là pour veiller au grain, marmonne-t-il.

– Johnny !, je m'exclame en levant les yeux au ciel.

– Je plaisantais. Désolé, mon poussin.

– Oh, ce n'est rien, je réponds en me regardant sous tous les angles.

– Allez zou, intervient Agnès en me poussant dans la salle de bains. Il faut que je m'occupe de tes cheveux.

– Désolée, je chuchote à l'attention de Johnny, mais il me sourit.

– Je vous appelle dès que le carrosse est là...

Le carrosse s'avère être une limousine à rallonge.

Surexcitée, je hurle quand je sors de l'hôtel avec Johnny et Agnès, en découvrant le mastodonte.

– Wow ! Où as-tu déniché ce tank ?

– C'est Annie qui l'a réservé !, répond mon père en riant. Il appartient à ma maison de disques.

– Oh, c'est géant !, je m'exclame en montant dedans.

Aussitôt, ce sont des cris et des applaudissements. Jack, Drew, Miles et son ami, mais aussi Brandon et sa copine, sont déjà tous à bord, en pleine exploration du minibar.

Johnny ouvre une bouteille de champagne et remplit les verres. Il prend ensuite un Coca, et lève sa cannette pour un toast.

– Au concert du siècle !

Tout le monde trinque dans un joyeux brouhaha.

Un peu plus tard, dans les coulisses, j'ai un trac pas possible, les mains moites et tremblantes. Je sens que si j'ouvre la bouche, tout ce qu'il en sortira sera une sorte de cri pitoyable. Je suis allée aux toilettes trois fois au cours de la demi-heure précédente et déjà, il faut que j'y retourne. Je me demande où j'avais la tête quand j'ai accepté de me lancer dans cette aventure.

– Jessie ! (Agnès surgit et me trouve assise comme une âme en peine sur une enceinte, toute seule dans la pénombre.) Que fais-tu ?

– J'ai la trouille.

– Tout le monde te cherche ! On s'apprête à porter un toast.

– Encore un ? Je crois que j'ai assez bu comme ça. Ou alors, pas assez. Non merci, j'ai juste besoin d'aller faire pipi là tout de suite...

– Jessie. Calme-toi. Tout va bien se passer. Tu connais ces chansons comme ta poche.

– Je voudrais que ma mère soit là avec moi...

J'en reste bouche bée. C'est comme si ces paroles étaient sorties de ma bouche contre ma volonté.

– Elle doit tellement te manquer, répond-elle avec douceur en venant s'asseoir à côté de moi.

Ses mots ne font que remuer le couteau dans la plaie, car la vérité, c'est qu'elle ne m'a pas tant manqué que ça, dernièrement. J'ai été trop accaparée par le groupe. J'ai si peur de l'oublier ici, à L.A., loin de Stu et de notre modeste pavillon. Est-ce que je serais en train de la perdre ? De me perdre moi-même ?

Ou au contraire, de me trouver ?

Je secoue la tête avec frénésie. Je ne sais pas. Je ne sais plus.

– Tu veux que j'ailler chercher Johnny ?, me demande Agnès avec gentillesse.

– Je suis là...

Et voilà qu'il se matérialise devant moi. Il s'accroupit et me dévisage avec intensité, la même nuance de vert dans ses yeux, comme un miroir placé devant les miens.

Je n'ai pas hérité des yeux de ma mère.

– Comment tu te sens ?, me demande-t-il.

Agnès me serre doucement l'épaule avant de nous laisser.

– Un peu bizarre, je réponds, la voix mal assurée.

– Que se passe-t-il ? C'est juste le concert ou...

Je tente de ravaler la boule coincée dans ma gorge et puis, ce sont les larmes. Tout ce à quoi je pense, c'est à maman.

Il vient s'asseoir à côté de moi, glisse son bras autour de mes épaules, et m'attire contre lui pour me bercer avec tendresse.

– J'aimerais pouvoir te dire que tout va s'arranger. Qu'il faut y aller doucement, un pas après l'autre, et tout ça. Mais tu es plutôt du genre à brûler les étapes, je me trompe ?

– Non, pas vraiment, je réponds entre deux hoquets de rire.

– En tout cas, je suis fier de toi, murmure-t-il, et je sens son souffle sur mes cheveux.

Je me demande si maman serait fière, elle. Peut-être qu'elle me regarde de là-haut et me sourit ? Ou peut-être qu'elle secoue la tête, horrifiée à l'idée de me voir monter sur scène ?

– Et ta mère aussi serait fière de toi, ajoute-t-il d'une voix bourrue, comme s'il lisait dans mes pensées.

– Je ne sais pas justement.

Il me regarde, sourcils froncés.

– Mais bien sûr que si, voyons.

– Elle m'a tenue éloignée de toi tout ce temps et aujourd'hui, je suis là, à essayer de suivre ta trace.

– Bien sûr, je n'ai pas revu Candy depuis des années, dit-il. Mais ta mère était fan de rock, une pure et dure. Et ça, je suis certain qu'elle l'est encore…

Une image me revient. Je la vois en train de fouiller dans ma trousse à maquillage pour en sortir un vernis à ongles, couleur rouge cerise.

– *Aah !, s'exclame-t-elle, triomphante.*

– *C'est pas vrai, je râle pour rigoler. Tu ne peux pas t'acheter ton propre vernis ?*

Elle tourne vers moi ses yeux noisette lumineux, et ses longs cheveux noirs retombent en cascades sur ses épaules.

– C'est tellement mieux de partager, Jessie, dit-elle avec douceur.

Je lève les yeux au ciel, et elle me boxe l'épaule en riant avant de sortir à toute vitesse de ma chambre, mon flacon de vernis à la main.

Elle savait que ça m'était égal, dans le fond. Elle écoutait ma musique, me piquait mon maquillage, mes fringues. Elle était super jeune dans sa tête, et je l'adorais pour ça, même si je ne le lui ai pas beaucoup montré, à l'époque.

– Elle aurait aimé te voir ici, aujourd'hui, poursuit Johnny. Elle se serait mise au premier rang, et t'aurait souri en chantant avec toi.

Il regarde dans le vague, ailleurs, sans doute dans ses souvenirs, quand maman était tombée amoureuse de lui.

– Oui, elle aurait aimé être là, répète-t-il. Maintenant, viens, et fais ce que tu as à faire pour que je sois fier de toi.

– Tu es déjà fier de moi, je fais remarquer avec un petit sourire. Tu viens juste de me le dire.

– Inutile de vous montrer arrogante comme ça, mademoiselle, relève-t-il en faisant une grimace.

Je me lève en riant.

– Ah, tu es là !, s'exclame Jack, soulagé, quand nous apparaissons, juste en bord de scène. C'est à nous dans dix minutes.

Nous sommes les premiers à passer, et c'est encore plus stressant.

– Ça va, tu es sûre ?, me demande-t-il.

– Oui, oui, je réponds, heureuse qu'il s'en soucie. Je ne voulais pas vous inquiéter.

Johnny s'éloigne pour parler à Billy, mais mon attention se porte sur Agnès en train de rire, face à un garçon super beau, cheveux châtains, bronzé et tout.

– Qui est-ce ?, je demande à Jack.

– Brett, répond-il, sourire aux lèvres. Un vieil ami. Tu veux que je te le présente ?

– Bien sûr.

On les rejoint. Agnès fait les présentations, les yeux brillant d'excitation.

– Tu es australien ?, je demande en entendant son accent.

– Bien vu, répond-il avec un sourire en coin.

– Comment vous êtes-vous connus ?

– Ma mère a travaillé pour les Mitchell pendant des années, explique Brett, pouces glissés dans les poches de son jean. On vivait à la propriété.

– Nous avons quasiment grandi ensemble, ajoute Agnès, avant de lui envoyer un coup de coude dans les côtes. Pourquoi tu es parti si longtemps ?, lui reproche-t-elle.

Il lui sourit, hausse les épaules, puis se tourne vers moi.

– On est retourné vivre en Australie, il y a un an et demi. Je suis juste venu pour les vacances.

– De longues vacances, dit Agnès avec un sourire. Soudain, elle écarquille les yeux. Hé, Jessie peut venir, elle aussi ?

– Bien sûr, répond Brett avec un haussement d'épaules.

– Venir où ?

– À la plage, demain, à deux heures d'ici. Brett est fan de kitesurf. On pensait passer la journée là-bas.

À cette perspective, mon cœur s'emballe. Pour se dégonfler aussitôt.

– Johnny ne me laissera jamais venir sans Lewis.

– T'as qu'à lui poser la question, suggère Jack.

– Tu y vas, toi aussi ?

– Bien sûr, répond-il, et à ce moment-là, une lueur particulière traverse son regard et me bouleverse.

– Vous êtes prêts ?, nous interpelle Miles. Jack acquiesce d'un signe de tête, et le trac s'empare à nouveau de moi.

– Comme ça, Agnès va penser un peu à autre chose qu'à Miles, commente Jack tandis que nous rejoignons les autres membres du groupe.

– C'est toi qui lui as dit de venir ?

– Non... (Il me passe le bras autour du cou.) Il serait venu nous voir, de toute façon, mais je l'ai invité au concert.

– Bien joué... (Je m'efforce de garder mon calme, mais son contact me trouble.) Il y a quelque chose de spécial entre eux ?

– Premier amour. Première rupture, répond-il avec une pointe de sarcasme. Une histoire un peu trop sentimentale, à mon goût. Mais tu n'as qu'à interroger Agnès.

Quand je lui jette un regard ironique, il me sourit, avant de me chuchoter à l'oreille :

– Au fait, tu es super sexy.

– Hé !, nous interpelle Brandon. (Lorsque je me retourne, je vois qu'il nous fusille du regard.) N'oublie pas ta promesse, ajoute-t-il, un doigt menaçant pointé vers Jack.

Comment dois-je prendre ça ? Est-ce qu'il plaisante ? Il n'en a pas l'air. Subitement, Jack m'attire contre lui et me serre dans ses bras puis, menton sur le haut de ma tête, il répond à Brandon :

– Calme-toi, on est juste ami.

Sentant sa gorge vibrer contre mes lèvres quand il parle, je tressaille. La seconde d'après, il me lâche.

– Tout le monde est prêt ?, lance-t-il à la cantonade.

À ce moment-là, je vois Brandon qui lève les yeux au ciel, résigné.

J'observe Jack et Brandon attraper leur guitare qu'un technicien connecte aux amplis, et je suis dans la confusion la plus totale. Miles nous sourit, puis s'avance sur la scène. Le brouhaha de la foule s'interrompt un moment lorsqu'il s'installe à la batterie et se met à jouer, avant d'être rejoint par Brandon. Si Jack m'avait fait oublier ma nervosité durant quelques minutes, la voilà qui ressurgit de plus belle. Jack me décoche un dernier sourire, puis il déboule sur scène tout en martelant sa guitare sous les hurlements du public. Quel boucan ! Tous les fans de All Hype ont dû se donner rendez-vous ici. Mais bon, quand on aime un groupe, on est prêt à aller au bout du monde pour chacun de ses concerts. C'était ce que faisait maman en tout cas, lorsque Johnny était le chanteur de Fence.

J'espère que les fans de All Hype vont m'aimer.

Je regarde la salle pleine à craquer, chuchote une petite prière à l'attention de ma rockeuse de mère et me tourne vers Johnny, à gauche. Il semble serein, hoche la tête et me sourit. Je me concentre de nouveau sur la scène et les fans. Dans peu de temps, ça va être à moi. J'inspire à fond, expire doucement.

Mon père croit en moi. Je peux le faire. Alors je m'avance, un pas après l'autre, pour faire face au public.

29.

– C'était géant !

La voix haut perchée d'Agnès est la première chose que j'entends après notre cinquième et dernière chanson. Je suis littéralement assaillie par mes amis, et Johnny doit se frayer un chemin entre eux pour venir me prendre dans ses bras.

– Génial !, hurle-t-il dans mes oreilles.

– C'était bien, vraiment ?, je lui demande, le cœur battant encore à toute vitesse après le délire, sur scène.

– Tu as vraiment assuré ! Vous avez tous assuré !, ajoute-t-il à l'attention de Miles et Brandon.

Où est passé Jack ? Johnny se renfrogne. Manifestement, il pense à la même chose que moi. On cherche autour de nous et on le voit, un peu à l'écart, avec un garçon d'une vingtaine d'années, hochant la tête à un truc qu'il lui dit. Jack se passe une main dans les cheveux. Il est en sueur, tellement beau, tellement...

Stop.

– Un journaliste, explique Johnny.

Le journaliste se tourne alors vers nous, puis écarquille les yeux en reconnaissant Johnny. Jack à son tour regarde brièvement dans notre direction, avant de reporter son attention sur le type. Il lui dit quelque chose, et le gars en question a l'air de faire la gueule, avant de hocher la tête. Je me demande de quoi ils parlent, tous les deux. Une minute plus tard, ils nous rejoignent. Johnny pose affectueusement sa main sur mon épaule et, sans rien ajouter, s'esquive.

– Jessie, voici Owen, du magazine *Muso*, dit Jack.

– Salut.

Tandis que je lui serre la main, je lis la déception dans ses yeux maintenant que mon père est parti.

– Tu étais stupéfiante. Comme ça, c'est ton premier concert ?, m'interroge-t-il.

Tenue décontractée, cheveux châtains en bataille, il a un accent américain à couper au couteau.

– Ça ne s'entendait pas ?, je réponds avec un sourire.

– Absolument pas.

Jack fait signe à Brandon et Miles d'approcher.

– J'aimerais écrire un papier sur vous, les gars, dit Owen. Il sort une carte de visite de son portefeuille pour la tendre à Jack. Tu m'appelles la semaine prochaine ?

– Entendu, répond Jack en glissant la carte dans sa poche. Puis ils se serrent la main.

Une fois qu'il est parti, Brandon et Miles ont du mal à réfréner leur enthousiasme. Jack, lui, se contente de commenter, stoïque :

– Le début de la gloire...

Tout de suite après, Agnès me tombe dessus pour que je parle à Johnny.

– Demande-lui maintenant, pendant qu'il est de bonne humeur !

– Tu es sûre qu'il y a de la place pour moi ?, je m'inquiète, perplexe. Tu m'as dit qu'il avait un van…

– On ne sera que tous les quatre, assure-t-elle avec un haussement d'épaules.

– Attends, tu veux dire toi, moi, Jack et Brett ? Je pensais que Brandon, Miles et les autres viendraient, eux aussi.

– Ben oui… (Et elle secoue la tête, comme si c'était évident.) Oh, allez, ça va être super ! Allons lui demander ensemble, elle propose en riant, tout en m'entraînant vers Johnny et Lewis.

Johnny nous regarde, l'œil suspicieux.

– Pourquoi ai-je le sentiment que je ne vais pas aimer ce que vous vous apprêtez à me dire ?

Lewis rigole.

– Monsieur Jefferson, on se demandait…, attaque Agnès, et à l'entendre s'adresser ainsi à Johnny, c'est plus fort que moi, je glousse. (Elle me fusille du regard avant de poursuivre.) Est-ce que Jessie peut venir à la plage avec nous, demain ?

– La plage, dit-il, sourcils froncés. Quelle plage ?

– Au sud de Pescadero. Mon ami fait du kite, là-bas.

Johnny commence par secouer la tête.

– Mais moi, je ne ferai pas de kitesurf, je m'empresse de préciser. C'est juste pour me balader.

– Qui conduit ?, demande-t-il.

Je tends le doigt vers Brett, en pleine discussion avec Drew et Billy Mitchell. Johnny le regarde, puis reporte son attention sur moi. Face à son expression, mon cœur se serre. Lewis croise les bras, mais Agnès, qui n'a pas pour habitude de lâcher prise facilement, repart à la charge en expliquant que Brett est un ami de la famille depuis toujours, en qui on peut avoir une confiance absolue. « Demandez à mon père, si vous ne me croyez pas », assène-t-elle en guise de conclusion.

À ma grande surprise, Johnny ne dit pas non.

– S'il te plaît ?, je l'implore.

Il me regarde alors droit dans les yeux, puis se tourne vers Lewis.

– J'aimerais que vous meniez votre petite enquête…

Ma joie est de courte durée. Rien qu'à l'idée de Lewis surveillant mes moindres faits et gestes, je suffoque.

– Entendu, monsieur, répond Lewis.

– Et si vous êtes satisfait, alors elle pourra y aller seule, conclut Johnny.

– Merci !, je m'exclame en me hissant sur la pointe des pieds pour l'embrasser sur la joue.

Il lève les yeux au ciel, et Lewis marmonne :

– On dirait que mademoiselle Jessie n'aime pas beaucoup ma compagnie…

Agnès se hâte d'annoncer la bonne nouvelle à Brett et à Jack, et je m'apprête à la suivre quand Johnny me retient.

– Tu es sûre de ce que tu fais ?, demande-t-il.

– Bien sûr, je réponds, l'esprit léger.

– Ce garçon ressemble un peu trop à celui que j'étais à son âge, marmonne-t-il, et je réalise que ce commentaire concerne en réalité Jack.

– Oui, eh bien moi, je ne te ressemble pas. Pas de cette façon, en tout cas. Je n'ai jamais été infidèle, j'ajoute avec détermination.

Je connais un peu l'histoire de Johnny et de Meg – et de ma mère aussi, bien sûr. Il a changé depuis quelques années, mais à une certaine époque, il était incapable d'avoir une relation stable, et il trompait systématiquement ses partenaires.

– J'espère que Tom se rend compte de la chance qu'il a, finit-il par soupirer.

Sauf que je n'ai pas prévu de dire à Tom que je vais à la plage demain. Ni avec qui d'ailleurs.

Surtout pas avec qui.

Peut-être qu'il n'a pas autant de chance que ça, après tout, je pense, avec une pointe de culpabilité.

Non. Jack et moi sommes juste amis. N'est-ce pas ce qu'il a dit à Brandon ? Même si Tom n'était pas mon petit ami, Jack ne manquerait jamais à sa promesse de s'en tenir à des rapports strictement professionnels.

Je n'arrive pas à croire que je sois déprimée à ce constat. Mais qu'est-ce qui cloche, chez moi ?

En dépit de l'heure tardive à laquelle nous nous sommes couchés, le lendemain matin, nous nous réveillons tous avant l'aube, impatients de se mettre en route.

Avant de partir, Johnny m'a demandé de passer le voir dans leur chambre. Meg et les garçons sont déjà réveillés. Ils regardent la vidéo du concert d'hier soir que Johnny a enregistré sur son dernier iPhone.

– Tu es exceptionnelle !, s'exclame Meg, impressionnée.

Assis en bout de lit, Johnny me sourit avec fierté, et j'en ai chaud au cœur. Il est déjà habillé.

– Lewis est en bas avec Brett, me dit-il.

J'émets un grognement, trouvant ça plutôt embarrassant.

– Mais ne fais pas cette tête, reprend Johnny. Ils discutent juste de certaines mesures de sécurité toutes simples, de manière à bien être sur la même longueur d'ondes. Tu es prête ?

– Oui. Agnès est déjà descendue.

– Je t'accompagne dans le hall.

– Tu es sûr ? Tu ne risques pas d'attirer l'attention ?

– Je ne sortirai pas de l'hôtel, promet-il.

J'ai la ferme intention de passer la journée incognito. Plus vite Lewis comprendra que je ne suis pas en danger, plus vite il me laissera vivre ma vie.

– Fais bien attention à toi, me dit Johnny au moment où nous sortons de l'ascenseur.

– C'est promis. Oh, et merci d'être venu me voir au concert, hier soir. J'espère que tu ne m'en veux pas trop de passer la journée avec mes amis... ?

À l'origine, on devait aller visiter San Francisco en famille. Meg voulait emmener Barney admirer la vie sous-marine dans un parc à thème.

– Non. Je sais que tu as besoin de faire une pause. Et puis, Lewis ne te laissera pas tant qu'il ne te saura pas totalement en sécurité. Si tu étais suivie, il s'en rendrait vite compte.

– Merci...

Je l'embrasse sur la joue et, après un dernier signe de la main, je sors de l'hôtel. En me voyant, Agnès se met à bondir sur place en frappant des mains. Je lui souris, puis Jack apparaît. Il a l'air crevé.

– Salut, me dit-il, à moitié endormi.

Je sens mon cœur qui se serre. *Tu es sûre de ce que tu fais ?* Les paroles de Johnny résonnent dans ma tête.

Je les ignore et grimpe avec Agnès à l'arrière du van. Jack monte à l'avant s'asseoir à côté de Brett.

– Désolée pour Lewis, je lui dis.

– Pas de souci, répond Brett.

N'empêche, je me sens mal à l'aise à cause de tout ça, alors j'ajoute :

– Je trouve complètement ridicule qu'il doive nous suivre jusqu'à la plage.

– Ton père tient juste à te savoir en sécurité, intervient Jack avec calme. Tu devrais être contente qu'il se préoccupe de toi comme ça.

– Mais je le suis.

– D'ailleurs, j'ai une idée. Voyons si on arrive à le semer, ton garde du corps, suggère alors Jack en balançant un coup de coude à Brett, qui éclate de rire. (J'en reste sans voix. Jack se retourne pour me regarder.) Pas de stress, je rigole.

On parcourt les collines de San Francisco, direction le Golden Gate, le célèbre pont. Je l'ai vu quand on l'a emprunté en revenant de l'aéroport, mais à cette heure-ci, dans la lumière brumeuse du petit matin, le rouge de la structure a viré à l'orange vif.

Jack a mis la radio et monté le son, il bat le rythme en tapant sur ses cuisses. Agnès est assise juste derrière lui, à ma droite. À travers la vitre, je regarde la ville défiler.

Un mini-réfrigérateur se trouve près d'Agnès, et toutes les affaires de Brett sont rangées derrière nous. Pour le lit, les sièges se déplient, même si la plupart du temps, Brett nous avoue préférer dormir sur la plage, dans son sac de couchage.

Je souris en l'imaginant endormi sous la voûte étoilée.

De temps en temps, je me retourne pour voir si Lewis nous suit toujours, mais en dépit de sa présence, je me sens libre. Plus libre que je ne l'ai été depuis des semaines.

Bientôt, on s'engage sur l'autoroute, le long de la côte, au milieu d'un paysage vallonné, dont la couleur orange contraste avec le scintillement de l'océan Pacifique. Comme si des millions de fées Clochette lui avaient jeté dessus de pleines poignées de poussière d'étoile. De grands oiseaux majestueux survolent l'étendue de sable blanc parallèle à la route. Des pélicans, selon Brett. On passe devant un phare et peu après, je distingue des bateaux de pêche. On dirait des ombres sur l'étendue solaire de l'océan.

Les collines rocheuses laissent ensuite place à de douces vallées et à des champs de cultures diverses. On aperçoit l'entrepôt d'une scierie remplie de troncs de séquoias entassés sous forme de pyramides, puis une ferme avec des chevaux couleur chocolat, des chèvres et un alpaga solitaire qui semble égaré.

Agnès ouvre un sachet de bonbons et fait la distribution. Ils sont tellement sucrés que j'en ai mal aux gencives à force de les machouiller.

J'ai beau être fatiguée, je nage en pleine euphorie.

Soudain, après un virage, l'océan apparaît, envahi de kitesurfeurs. Des voiles arc-en-ciel de couleurs vives planent au-dessus des gens qui surfent sur les vagues.

– On est arrivé ?, je demande en me penchant pour regarder à travers le pare-brise, tandis que Brett ralentit pour entrer dans un parking.

– Oui, répond-il en coupant le contact.

– Ça a l'air génial ! J'ai trop envie d'essayer !

– Certainement pas, avec ton garde du corps qui surveille, dit-il, un sourire au coin des lèvres.

Je laisse échapper un bruyant soupir de déception en m'affalant sur mon siège, tandis que Jack et Brett descendent du van en riant.

– Ne t'en fais pas, me console Agnès alors qu'ils se dirigent à l'arrière du van. C'est encore plus sympa à regarder.

– Tu crois ?

– J'en suis sûre. On va pouvoir admirer Brett en combinaison, chuchote-t-elle, quand celui-ci ouvre la portière.

Je ris lorsqu'elle fait semblant de se rafraîchir avec un éventail imaginaire, puis nous sortons du véhicule.

Il y a plein d'oiseaux – goélands, cigognes et pélicans – qui tournent en rond, gueulent et piquent dans le ciel.

Je fais face à l'océan, les mains dans les poches de mon sweat, giflée par le vent frais qui souffle en rafales depuis le large.

Agnès enfile un gilet. Pas besoin de manteau, du moins pas encore. Elle me rejoint, puis se retourne.

– Oh, pitié, mon Dieu, donnez-moi la force, chuchote-t-elle.

Je suis son regard, et ma curiosité est récompensée à la vue des deux garçons en train de gesticuler pour enfiler leur combi sur leur torse nu et puissant.

Manquant de m'étouffer, je me dépêche de reporter mon attention sur l'océan.

– Heureusement que tu as un petit ami, observe Agnès, ironique, à côté de moi.

– Oui, il est tout à toi, je réponds en riant avant de la pousser sur le sable. (Elle doit pourtant savoir que si je n'avais pas de petit ami, mon choix se porterait sur Jack et non sur Brett.) Descendons sur la plage !

– Attendez, prenez ça !, nous crie Brett. Il sort une couverture du van et nous la lance. Agnès l'attrape au vol. Je n'ose même plus les regarder, tous les deux.

– Bien, crache le morceau, dis-je dès que nous sommes assises sur le sable, les fesses au frais, emmitouflées sous la couverture.

– Cracher quoi ?, demande-t-elle avec un air innocent.

– Je ne pouvais rien dire sur la route, mais maintenant, je veux tout savoir. C'est quoi l'histoire, entre Brett et toi ?

Elle laisse échapper un vrai soupir de tragédienne.

– Comme il te l'a expliqué, sa mère travaillait pour mes parents. Elle est américaine, mais le père de Brett, lui, est australien. Après leur divorce, elle est revenue aux États-Unis. J'avais dix ans quand ils sont venus vivre chez nous, Brett en avait douze, pareil que Jack. Ils ont été très proches pendant quatre ans, on aurait dit des frères. Mais Brett n'allait pas à l'école avec nous. Il vivait dans notre propriété, oui, mais il était différent de nous. Que sa mère soit l'employée de mes parents, il s'en fichait. Ça ne semblait pas non plus le déranger de ne pas vivre sous le même toit, à proprement parler. Sa mère et lui étaient logés dans ce qui est aujourd'hui notre salle de jeu. Bref, il était cool, décontracté. C'est le premier garçon dont je suis tombée amoureuse… Elle jette un coup d'œil derrière nous. Tiens, les voilà.

Je suis son regard, et vois les garçons s'éloigner du van pour rejoindre la plage. Brett porte une planche qui me paraît un peu plus courte que l'habituelle planche de surf, avec une voile bleue et jaune repliée dessus.

– Il est vraiment sexy, soupire Agnès.

Mon sourire cent pour cent approbateur s'étiole lorsque j'aperçois la voiture de Lewis garée un peu plus loin, sur le parking. Je suppose qu'il est en train de me surveiller.

Je me retourne vers Agnès.

– Et il s'est passé quelque chose entre vous ?

Tout en se mâchouillant l'ongle du pouce, elle hoche la tête, mais pas franchement.

– Notre premier baiser, c'était pour mon douzième anniversaire. Personne n'était au courant, pas même Jack. Enfin, je ne crois pas. En tout cas, il n'a jamais fait le moindre commentaire. Après ça, Brett ne m'a plus embrassée pendant plus d'un an. J'avais le cœur brisé. Il se comportait à nouveau avec moi comme un grand frère, et je pensais qu'il me détestait. J'étais désespérée... Elle rit doucement. Puis, un soir, nos parents étaient sortis, et Drew avait invité des copains pour une fête. Ils étaient tous hors de contrôle, à picoler et à fumer. J'étais exaspérée. Brett m'a proposé de me réfugier chez lui. C'est là qu'on a échangé notre deuxième baiser. Un baiser nettement plus abouti, cette fois.

– Quel âge avais-tu ?, je lui demande, un peu perturbée.

– Pas tout à fait quatorze.

Si jeune ?

– Et après, il s'est passé quoi ?

Je m'efforce de ne pas lui montrer combien je suis choquée.

– Il a repris ses distances. Selon moi, il s'en voulait d'avoir laissé les choses en arriver là, entre nous. Il était bien plus âgé que moi. Bref, après ça, ça n'a plus jamais été pareil. Quelques mois plus tard, sa mère a commencé à parler de retourner vivre en Australie.

– Vous êtes restés en contact ?

– Non. Elle secoue la tête. Mais Jack et lui, oui. Je ne savais même pas qu'il serait là, hier soir.

Je regarde la plage devant nous. Jack se tient face à l'océan vert pâle, des vagues aux crêtes blanches viennent s'écraser à ses pieds. Brett doit déjà être sur sa planche.

– Jessie ? Je sursaute à la voix de Lewis, et bondis aussitôt sur mes pieds.

– Tout va bien ?

– Impeccable, répond-il. Je vais vous laisser...

– Vraiment ?, je m'exclame, stupéfaite. (Je pensais qu'il me surveillerait plus longtemps.)

– Personne ne viendra vous embêter, ici. Amusez-vous bien. Mais attention, Johnny vous attend à vingt-deux heures, dernier délai. Brett est au courant.

– D'accord. (Je suis un peu gênée que Brett doive rentrer à une heure précise sous peine de voir la colère de mon père s'abattre sur lui, mais je suis quand même contente de ce répit.) Merci !, je crie à Lewis, tandis qu'il s'éloigne vers le parking.

Lorsque je me retourne, je surprends Jack en train de nous regarder.

– Te voilà libre comme le vent !, gazouille Agnès. Oh. Et si on s'enfuyait à Santa Cruz. On se planquerait dans un motel...

– Quelle idée merveilleuse, je réponds dans un éclat de rire en me rasseyant à côté d'elle.

Je le pense vraiment. Mais je n'infligerais jamais une chose pareille à Johnny, après tout ce qu'il a fait pour moi.

Au bout d'un moment, Agnès bâille, et c'est plus fort que moi, j'en fais autant. J'ai très peu dormi, la nuit dernière. En fait, j'ai très peu dormi de toute la semaine tellement j'angoissais à cause du concert. Elle s'allonge sur le sable et ferme les yeux, moi je reste assise. Brett vient juste de s'échouer sur la plage, et c'est au tour de Jack d'y aller.

Fascinée, je le regarde s'avancer dans les vagues et fixer le scratch autour de ses pieds. Soudain, l'aile se gonfle derrière lui, et il se met à glisser sur l'eau tandis que la voile bleue et jaune en forme d'arche s'élève dans le ciel. Il décolle quand une déferlante fonce droit sur lui, la planche presque à la verticale pendant un quart de seconde, avant de retomber dans une gerbe d'écume pour continuer sa course sur la mer.

C'est un des trucs les plus cools que j'aie jamais vu.

Je sens Agnès bouger à côté de moi. Elle se redresse.

– On dirait que tu l'aimes encore, non ?, dit-elle avec calme.

Aussitôt, je me détourne du spectacle devant mes yeux, prête à l'envoyer sur les roses.

– Je sais, tu as un petit ami, j'ai bien compris, ajoute-t-elle avec une certaine lassitude. Mais ce n'est pas pour ça que tu dois forcément ne plus avoir de sentiments. Et puis, tu le sais, tu peux me parler. Tu peux me faire confiance.

Je soupire, le cœur gros.

– Je sais… (Je ne peux pas me résoudre à la regarder, alors je fixe obstinément l'océan droit devant. Et Jack.) En fait, je ne sais même pas si je peux me faire confiance à moi-même… (Je secoue la tête.) Je n'aurais pas dû dire ça, je m'empresse d'ajouter. C'est juste que j'ai l'impression d'être séparée de Tom depuis des siècles, alors que ça ne fait que quelques semaines. Je laisse échapper un petit rire. Et on ne sort ensemble que depuis quelques semaines, mais il me semble que ça fait une éternité.

Tout est tellement confus dans ma tête. J'imagine que ça ira mieux quand je le retrouverai à Noël.

– Tu rentres en Angleterre ?, s'exclame Agnès, surprise. Je pensais que tu resterais plus longtemps. Lottie organise les réveillons du premier de l'An les plus fous de la ville. Et tu manquerais ça, j'y crois pas…

– Je reviendrai, je l'interromps.

– Quand ?

– Je ne serai partie qu'une semaine. Après, je reviens. Et je devrais même aller au lycée ici.

– Tu rigoles ?! Quel bahut ? Pitié, dis-moi que c'est le mien !

Je ris à sa réaction.

– Je l'espère. Annie va faire de son mieux pour m'y inscrire. Je ne voulais pas te le dire avant que ça soit sûr. Mais bon, de toute façon, on ne sera pas dans la même classe.

– Pourquoi ?

– Tu as déjà seize ans. Moi, je ne les aurai qu'en janvier.

Mon cœur se serre quand je réalise que cet anniversaire sera aussi le premier de la mort de maman.

– J'ai redoublé, figure-toi, m'explique Agnès. J'étais la plus jeune de la classe, l'année dernière, et on ne peut pas dire que la vie à la maison était la plus normale pour une ado, à cause des histoires de mon père. Bref, j'accumulais les mauvaises notes, alors maman a demandé à me faire redoubler.

– Ce n'est pas vrai ! Alors on serait dans la même classe !, je m'écrie, aux anges.

Et voilà, c'est réglé. J'hésitais encore à aller en cours ici, mais si c'est pour être avec Agnès, alors je signe sur-le-champ.

Plus bas, sur la plage, Brett se retourne pour nous regarder. Sa combi enroulée autour des hanches, serviette autour du cou. Agnès agite la main dans sa direction, et il désigne le van, nous faisant signe de l'y rejoindre.

Elle soupire, l'air rêveur, et nous nous levons.

– Oublié, Miles, alors ?, je lui demande, alors que nous traversons les dunes sur la pointe des pieds pour éviter d'avoir du sable plein les chaussures.

– Miles… ? Qui est-ce ?, répond-elle, peut-être par défi, mais je n'insiste pas. Pas question de faillir à la promesse que j'ai faite à Jack à propos de Miles. Je me réjouis juste qu'Agnès ait trouvé de quoi se changer les idées.

Elle s'éloigne en courant dans un éclat de rire. Je m'élance à sa poursuite, tout en maudissant les millions de grains de sable qui se faufilent dans mes baskets.

On arrive un peu essoufflé, mais toujours en riant. Brett a fait en sorte de se rhabiller un peu entre-temps. Il est dans le van, près du mini-réfrigérateur, en train de faire bouillir de l'eau.

– Un thé ?, propose-t-il.

– Oui, merci !

Les portes arrière grandes ouvertes, Agnès et moi nous asseyons sur le rebord. Puis on se déchausse, et on secoue nos chaussures ensablées.

– Qu'est-ce que vous avez envie de manger ?, demande Brett en nous tendant nos tasses. On pourrait grignoter un truc en ville. Ou acheter de quoi faire un pique-nique et revenir ici ?

– Je vote pour le pique-nique, dit Agnès. Je meurs de faim.

– Moi aussi !

Brett regarde en direction de l'océan.

– Jack en a encore pour un moment. Vous préférez rester là et que j'aille faire les courses ?

– Pas question, tu ramènerais que des trucs dégueu, décrète Agnès. Je te connais.

– Va avec lui, je suggère alors avec un sourire. Je vais attendre Jack.

– OK, super, conclut Brett.

Il sort une chaise pliante et l'ouvre face à l'océan.

– Merci. Je m'assois, le mug entre mes mains.

– À plus, alors, dit-il.

– Euh, tu devrais me laisser les vêtements de Jack !, je m'exclame.

– Merde, répond-il, l'air penaud. Il m'aurait tué si je m'étais barré avec ses fringues.

Peu après, je me retrouve seule. Plus seule, physiquement parlant, que je ne l'ai été depuis longtemps. Pas de garde du corps, pas de famille et pas d'amis, enfin, excepté Jack, là-bas, sur l'océan. Je perçois l'odeur de son déodorant dans ses vêtements roulés en boule sur les genoux, mêlée au vent du large.

Ils doivent être une vingtaine de kitesurfeurs sur l'eau, mais leur aile pourrait aussi bien être transparente, je ne vois que celle de Jack.

Il revient sur la plage et regarde dans ma direction, mais à cette distance, impossible de voir son expression. Il doit se demander où est passé le van. Je me lève, et lui fais signe. Il agite la main en réponse, et se penche pour détacher le scratch autour de ses pieds.

Il me rejoint, combi sur le dos, matériel sous le bras.

– Agnès et Brett sont allés acheter quelque chose à manger !, je crie à son approche.

– Cool. Il dépose la planche à plat sur le sable, quelques mètres plus loin. Ses cheveux dégoulinent sur son visage, attirant un peu plus mon attention sur l'angle saillant de ses pommettes. Puis il se redresse, abaisse la fermeture éclair de sa combi et plonge ses yeux dans les miens.

Au fait, qu'est-ce que je disais à propos de ce sentiment de bien-être que j'éprouvais à me retrouver seule ? J'ai l'impression très nette que je vais me sentir encore mieux en compagnie de Jack…

30.

J'attrape la serviette sur le dossier de mon siège. Jack s'en empare et entreprend de s'essuyer.

Je me sens nerveuse, fébrile, incapable malgré mes efforts de ne pas regarder son torse nu. Il est plus musclé que ce que je pensais. Il n'a pourtant pas le style d'un garçon à faire du sport. Peut-être fait-il de la muscu ?

À cet instant, s'affiche dans mon esprit une image de Jack faisant des pompes. Je sens mes joues qui s'embrasent malgré le vent glacial. Je me dépêche de remettre mes idées en place.

– Tu dois être gelé, je remarque en lui jetant son sweat bleu nuit. Il l'enfile aussitôt, et j'essaie de regarder ailleurs, j'essaie de toutes mes forces, mais je ne peux pas m'empêcher d'admirer une dernière fois son torse avant qu'il ne soit caché pour de bon.

Il quitte ensuite sa combi, et je fixe obstinément l'océan pendant qu'il finit de se sécher.

– Tu veux bien me rendre service ?, demande-t-il soudain. Tiens la serviette devant moi pour que je puisse enlever mon short.

Je le dévisage, les yeux ronds.

– À moins que tu ne préfères que je me déshabille devant tout le monde.

– Oui. Enfin, non. Bien sûr, je bafouille, troublée. Je me lève et tends la serviette devant lui. Derrière, il est caché par la voiture garée juste à côté, avec son boxer et son jean posés dessus.

Il gesticule un moment, mais je fais en sorte de rester la tête tournée de l'autre côté. Bien, il doit avoir terminé maintenant. Sentant ses yeux sur moi, je lui fais face. Il est en train de me fixer.

– Tu as fini ?, je demande, totalement confondue par la proximité de nos corps.

– Presque.

Au mouvement de ses mains, je comprends qu'il reboutonne la braguette de son jean, sans détacher une seconde ses yeux des miens. La serviette me glisse entre les doigts. J'ai un millième de seconde de pure panique, avant de respirer, soulagée. Il est présentable.

Cheveux trempés sur le front, il sourit tout en les repoussant. Ça doit se voir comme le nez au milieu de la figure qu'il me trouble toujours autant.

– Pas de chaussures ?, demande-t-il.

– Merde, pardon, non !

– Ce n'est pas grave. (Il s'avance vers la chaise.) Y en a qu'une ?

– Assieds-toi. Tu dois être crevé.

Il se laisse tomber sur la chaise avec un long soupir.

– C'est épuisant !

– Mais ça a l'air super fun.

– Ça l'est.

Il me sourit, ses longues jambes étirées devant lui, pieds nus.

– Oh, dit-il soudain en se tapotant la poche. (Je suppose qu'il va sortir son paquet de cigarettes; raté, c'est son téléphone.) Je voulais regarder sur Twitter...

Je me sens de plus en plus à cran nerveusement, pour des raisons complètement contradictoires.

– Mais arrête de faire les cent pas comme ça, me dit-il.

Je le regarde, inquiète, mais il me sourit.

– Ils t'ont adorée.

– C'est vrai ? Je me penche pour regarder l'écran de son téléphone.

« Elle est super, leur nouvelle chanteuse. »

« Géniale, la nouvelle chanteuse ! »

« Super sexy, la nouvelle chanteuse ! »

La gorge serrée, je lis tous les avis sur moi et le concert. Les fans sont visiblement enchantés.

– Il y a quelques commentaires sur le fait que tu sois la fille de Johnny, mais rien de négatif, dit Jack en faisant défiler les messages.

Je me rapproche encore pour lire, mais je commence à réaliser combien nous sommes près l'un de l'autre, presque à nous toucher. Son visage est juste à côté du mien. Ses cheveux sentent l'air marin. Je me redresse, les jambes un peu flageolantes.

– Pfff, je soupire.

– Ça va ?, demande-t-il en se retournant, l'air inquiet.

– Oui, ça va. Je me place devant lui, comme ça, il n'a pas à se tordre le cou. J'avais peur de leurs réactions, c'est tout.

– J'étais sûr qu'ils seraient fous de toi, répond-il avec un aplomb désarmant.

– Eve était tellement… Eh bien, elle était super cool, je remarque avec ironie, sans le quitter des yeux.

Il ne relève pas.

– Que s'est-il passé ?, je demande subitement. Après mon départ ? Vous avez rompu ?

Il ne dit rien pendant un moment, puis il hausse les épaules.

– J'ai décidé de tout arrêter.

– Vraiment ? Pourquoi ?

– En fait, ce n'est pas comme si elle avait été ma petite amie. Comme je l'ai dit, il y avait cette histoire entre nous, et c'était devenu pesant à force. Je n'avais pas envie de retomber dans ce jeu-là avec elle.

Il se penche, plante les coudes sur ses genoux, visage en pleine lumière, les yeux plus clairs à cause du soleil qui l'éblouit.

– Pourquoi ? C'est à peine si j'ose poser la question.

– Pourquoi ne pas m'avoir dit que tu avais un petit ami ?, réplique-t-il, me prenant de court.

Je fixe le bout de mes pieds, mal à l'aise.

– Tu n'as même pas répondu à mon mail.

– Quel mail ?

Je le dévisage, sans cacher ma perplexité.

– Quel mail ?, répète-t-il. Je n'ai reçu aucun mail de toi.

Je ne sais plus que penser.

– Juste après mon départ de L.A., je t'ai envoyé un mail.

– Je ne l'ai pas eu, répond-il, sourcils froncés. Par contre, moi, je t'ai envoyé un texto. Je comprends mieux maintenant pourquoi tu n'as jamais appelé, ajoute-t-il sèchement.

– Tu ne m'as pas appelée non plus.

– Alors ? Qui c'est, ce Tom ? Tu ne m'avais pas parlé de lui.

– C'est un garçon du lycée, je réponds, en me demandant pourquoi il a attendu tout ce temps pour m'interroger. Il est dans la classe au-dessus de la mienne.

– Tu le connaissais déjà, avant l'été ?

– Oui, je réponds calmement.

– Est-ce que tu… ?

– Non, je ne sortais pas avec lui, je l'interromps. On n'avait même pas passé une soirée ensemble ni rien de ce genre.

Il ne fait aucun commentaire, mais évite de me regarder.

Je laisse échapper un soupir, mal à l'aise, debout comme ça, devant lui.

– Tu veux t'asseoir ?

– Non, merci.

– Allez, insiste-t-il en se tapotant la cuisse. (J'hésite.) Je ne mords pas…

Je vois ses yeux qui brillent dangereusement.

Je n'ai pas envie qu'il se mette en colère, alors je m'avance vers lui et m'assois sur son genou droit. Durant un moment, on reste là sans rien dire, sa jambe gauche agitée de soubresauts. Je sens mon cœur qui cogne d'être si près de lui. J'éprouve l'envie folle de me blottir dans ses bras. Quand je me tourne vers lui, il est en train de m'observer tranquillement.

– Tu as les cheveux trempés, dis-je en écartant une mèche sur son front, sans même réfléchir. (Puis je laisse ma main faire ce qu'elle a envie de faire depuis des semaines, aller et venir sur sa nuque.) J'aime tes cheveux coupés court comme ça…

– Tom a les cheveux courts, lui aussi ?, rétorque-t-il.

Surprise, je retire ma main et détourne le regard.

– Oui, il a les cheveux courts, lui aussi.

Oh, mais que suis-je en train de faire ? Je rassemble mes idées et suis sur le point de me lever, quand il noue son bras autour de ma taille pour m'en empêcher.

– Reste, murmure-t-il en m'attirant contre lui.

Crispée, j'ose à peine respirer, dos contre son torse. Puis il pose son menton sur mon épaule.

– Tu es si chaude, dit-il d'une voix traînante.

– Toi aussi, tu es chaud, je chuchote.

Je devrais me lever maintenant, prendre vite mes distances. Mais visiblement, mes pieds refusent d'obéir.

– Tu es fatiguée ?

– Mmm. Je n'ai pas beaucoup dormi, la nuit dernière… C'est comme si mon corps pesait une tonne.

– Moi, je n'arrive jamais à dormir après un concert. À cause de l'adrénaline. (Il regarde en direction de la route.) Ils en mettent, un temps…

Il ne tente rien. Il se montre juste amical. Amical et plus que tactile. Mais où est le souci ? Après tout, on fait partie du même groupe, lui et moi. On est censé être proche. Je m'abandonne un peu contre lui. Je le sens inspirer, expirer, et mon ventre suit le mouvement.

– Tu crois que le copain de Miles est son petit ami ?

– Je ne sais pas, répond-il avec un haussement d'épaules.

– Pourquoi tu ne veux rien me dire ? Tu me connais assez pour savoir que je ne répéterai rien à personne.

Il me regarde, impassible, puis hoche la tête.

– C'est sûr, admet-il. Mais ce n'est pas comme si c'était mon secret. Je n'ai pas le droit de le dévoiler.

Je le dévisage avec insistance.

– Il t'a fait des avances, ou ce genre de choses ?

Il écarquille les yeux, ébahi, puis se gratte le sommet du crâne.

– C'est ça ?!

– Mais pourquoi je ne peux jamais rien te cacher ? À chaque fois, c'est pareil, ajoute-t-il en secouant la tête.

Je lui souris, en m'en voulant un peu de lui avoir soutiré la vérité parce que finalement, tout ça ne me regarde pas, mais en même temps, je suis assez fière de moi d'avoir deviné ce qui s'était passé.

– Cet été, si tu m'as parlé de toi, c'était uniquement parce que tu pensais ne jamais me revoir, dis-je avec un sourire hautain en me souvenant de ses confidences sur sa famille, sur les histoires entre sa mère et son père.

– Faux, répond-il, sans me rendre mon sourire. En fait, je ne sais pas à quoi c'est dû.

– Alors ? Tu vas me raconter ce qui s'est passé ?

Il gigote un peu, franchement mal à l'aise.

– Il était bourré, vraiment bourré, et il a essayé, euh, bref, tu comprends.

– De t'embrasser ?

– Oui. Il était complètement déchiré. Et totalement mortifié le lendemain.

– Tu en as discuté avec lui ?

Je ressens une réelle tristesse pour Miles. C'est déjà assez terrible de draguer quelqu'un qui n'éprouve rien pour vous, mais quand en plus, vous cachez un secret comme celui-là…

– Oui. Je suis allé le réveiller le lendemain matin – il avait dormi chez moi –, et j'ai mis les choses au clair. En lui disant qu'il n'y avait pas de problème… (Il bâille, mais j'ai le sentiment qu'il cherche à minimiser. Il a dû faire preuve d'une admirable délicatesse pour que Miles et lui restent amis – et membres du même groupe.) Bref, je lui ai promis de ne jamais en parler à personne, alors…

– Je te le promets, moi aussi.

Je le regarde dans les yeux, appréhendant le moment où il faudra m'arracher à lui.

– Je crois que je ferais mieux d'aller faire un tour sur la plage, dis-je avec calme. Si je reste comme ça, je vais m'endormir.

– Ne pars pas.

Il écarte les cheveux sur mon visage. Le contact de sa main allume une traînée de feu sur ma peau, puis il repose son menton sur mon épaule et resserre ses bras autour de moi.

Je sens ma nervosité redoubler. Si Tom me voyait, il serait fou de rage, mais impossible pour moi de bouger.

Jack se met à fredonner un morceau de All Hype, et l'écouter me détend.

– Tu devrais chanter plus souvent.

– Je ne suis pas doué, répond-il à voix basse.

– Mais si, tu l'es.

– Je ne sais pas ce que nous allons devenir quand tu repartiras en Angleterre, soupire-t-il.

– Je ne serai absente qu'une semaine.

Il sursaute, me regarde.

– Quoi ? Tu pars déjà ? Quand ?

Je lui raconte ce que j'ai décidé pour les prochains mois. Il est tellement stupéfait quand je lui apprends que j'irai au lycée avec Agnès que c'est plus fort que moi, j'éclate de rire face à son expression.

– Tu vois, tu recommences à te laisser aller et à me raconter des trucs parce que tu pensais que j'allais rentrer chez moi de toute façon, alors que je prévois justement de rester.

Il ne sourit pas, mais secoue la tête, visiblement perturbé.

– Et ça te va ? Je pensais que tu avais envie de retourner chez toi, là-bas.

– Ce que je sais, c'est que je suis heureuse ici en ce moment. Le groupe m'a beaucoup aidée.

Il acquiesce, l'air songeur.

– Bien sûr, Stu et Tom me manquent. Mais bon, en principe, ils devraient venir me voir.

Cette nouvelle ne semble pas le remplir de joie.

– Tu crois vraiment qu'une relation à distance peut fonctionner ?

– Je ne sais pas, dis-je avec un haussement d'épaules. Mais on peut essayer.

Décidément, non, il n'a pas l'air content.

– Pourquoi fais-tu cette tête ? Ce n'est pas comme si quelque chose était censé se passer entre nous, encore une fois ?

Il me fusille du regard.

– Eh bien, quoi ? C'est la vérité, non ? Tu as promis à Brandon et à Miles.

Son regard se radoucit, et il rigole tout en secouant la tête.

– Ah, cette promesse, oui, dit-il avec un air entendu.

Du coin de l'œil, je vois le van de Brett qui arrive.

– Les voilà !, je m'exclame en me levant.

Je remarque aussitôt le regard surpris d'Agnès. Je me dirige vers eux, et j'ouvre la portière.

– Pas trop tôt !, je marmonne pour rire.

– Tout va bien ?, me demande-t-elle avec une certaine inquiétude.

– Très bien ! Tu ne nous avais laissé qu'une seule chaise, il a fallu faire avec, j'ajoute sur un ton faussement agacé, en m'adressant à Brett, derrière elle, qui descend du van.

– Oups, répond-il sans avoir l'air de le regretter le moins de monde.

– Et toi, ça va ?, je chuchote à Agnès, sur un ton plein de sous-entendus.

Elle vire au rouge tomate.

– Tu lui as roulé une pelle ?

– Chuuut !, m'ordonne-t-elle en faisant les gros yeux.

Je frappe discrètement des mains tout en gloussant.

– Après le repas, on ira faire un tour. J'exige tous les détails.

La journée se passe comme dans un rêve. Je me sens si bien en compagnie de ces trois personnes – ça ne va pas être évident de retourner à la normalité. Quelle que soit cette normalité, en ce moment.

En fin d'après-midi, une brume épaisse arrive de l'océan, et en quelques minutes, le ciel vire du bleu au gris noir.

– Tu y tiens vraiment ?, marmonne Agnès.

– Allez, ne fais pas ton bébé, répond Brett qui cherche à la convaincre de l'accompagner pour une balade dans les dunes. Tu n'as qu'à mettre mon pull.

– OK, finit-elle par accepter.

– Hé, je peux rabattre les sièges ?, demande alors Jack tandis que sa sœur se couvre.

– Pas de bêtises, hein ?, répond Brett à cette suggestion, ses yeux allant de Jack à moi.

– Tu me prends pour qui !, je m'exclame, indignée, en lançant un regard courroucé à Jack.

– J'ai simplement envie de faire une sieste. Je croyais que tu étais fatiguée, toi aussi, ajoute Jack à mon attention.

– Oui, bien sûr, plaisante Brett qui glisse son bras autour des épaules d'Agnès, avant de s'éloigner avec elle.

Quelques mètres plus loin, elle se retourne pour me regarder, mais impossible de déchiffrer son expression.

Jack s'occupe de plier les sièges. Je ressens une certaine nervosité à le voir faire. Mais je m'efforce de ne rien montrer, et je l'aide à dérouler le matelas jusqu'au fond du van. On a maintenant un vrai lit, taille XXL. Il enlève ses boots et s'allonge sur le dos en laissant échapper un long soupir, bras gauche replié devant les yeux.

De mon côté, je retire, hésitante, mes chaussures, puis m'allonge sur le ventre à ses côtés. J'examine son tatouage, en me demandant si c'est douloureux.

– Tu veux toujours en faire un ?, demande-t-il, me faisant sursauter.

Je reporte mon attention sur lui. Il me fixe, les yeux à moitié cachés par son coude.

– Peut-être, mais je suis sûre que Stu refusera. En revanche, Johnny pourrait bien dire oui, j'ajoute avec ironie.

Il attrape l'oreiller derrière lui, le roule en boule, puis se rallonge, cette fois bras derrière la tête.

– En tout cas, il serait de mauvaise foi, s'il te l'interdisait. Johnny est recouvert de tatouages. Et qu'est-ce que tu te ferais tatouer ?

– Des croix et des zéros, façon morpion, je réponds, intimidée.

– C'est cool.

– J'y jouais souvent avec maman, quand j'étais petite. Mais je ne sais pas, peut-être que ça ferait nul…

Il s'assoit, l'air déterminé, puis il rampe sur le matelas à l'avant du van et ouvre la boîte à gants, côté siège passager. Il revient à côté de moi, un large sourire aux lèvres, un stylo noir à la main.

– Qu'est-ce que tu fais ?, je m'exclame en riant quand il s'empare de ma main.

– Où tu le veux ?, demande-t-il sur un ton autoritaire, son contact me faisant tressaillir.

– Là…

Je lui montre l'intérieur de mon avant-bras, juste au-dessus du poignet.

– Attention, ça va faire mal à cet endroit. Tu ne préférerais pas ici ?, suggère-t-il en retournant mon bras.

– Pourquoi pas.

Il se met à genoux et commence à dessiner la grille.

– Aïe, je gémis, comme si je souffrais le martyre.

– Bien. Où veux-tu que je mette les croix et les zéros ?

– Une croix en haut à gauche.

Il la dessine aussitôt.

– Un zéro juste en dessous.

Il s'exécute.

– Une croix en haut, au milieu.

J'ai le bras qui picote, là où il me touche, et je continue à sentir la pointe du stylo sur ma peau, là où elle est passée.

– Un zéro en haut à droite, je continue, comme si je jouais dans ma tête. (Il y avait une combinaison que ma mère me laissait faire, ainsi j'étais sûre de ne pas perdre. Soudain, elle est là, dans ma tête, elle me regarde avec ses grands yeux couleur caramel qui pétillent, faisant comme si elle ne savait pas que j'allais gagner.) Ma voix se brise quand je reprends : Une croix au centre.

Il lève la tête, et surprend les larmes dans mes yeux.

– Hé, dit-il avec tendresse.

Il pose le stylo, s'assoit.

– C'est rien, je réponds en secouant la tête. Je ne veux pas pleurer. Dis-moi quelque chose qui me redonne le moral.

– Merde, la pression, marmonne-t-il. Tu veux que je te dessine un autre tatouage ailleurs ?

– Vas-y, je lui lance avec un sourire forcé.

– Voyons, voyons… (Puis il se tait tout en promenant ses yeux sur moi. Je perds dans la seconde toute envie de pleurer.) Là, dit-il finalement, et il pose la pointe de son stylo au bas de ma gorge, juste sur la clavicule. Il va falloir que tu te retournes, ajoute-t-il.

Je frissonne malgré moi, mais je m'exécute et m'allonge sur le dos.

Il se penche et abaisse un peu le col de mon sweat.

– Que dessines-tu ?, je demande, nerveuse, en sentant son souffle sur mon cou.

– Tu verras bien.

Je dois faire un effort pour ne pas me tortiller, car le stylo me chatouille.

– Ne bouge pas, sinon je vais te faire mal.

– Mais qu'est-ce que tu fais ! Pourquoi ça dure si longtemps ?

– La patience est mère de toutes les vertus.

Je le regarde à la dérobée. Il est si près de moi. Il a l'air si concentré avec sa petite ride entre les sourcils. Soudain, j'ai l'irrépressible envie d'effacer cette ride sur son front.

À cet instant, ses yeux rencontrent les miens, et je ressens une secousse électrique. Son stylo se fige contre ma gorge, et il continue de me regarder, impossible pour moi de détourner les yeux. Puis il se penche davantage, hésite, et à ce moment-là, je suis pétrifiée, comme capturée par ses yeux, sans espoir de pouvoir en détacher les miens. Je l'entends émettre le début d'un soupir, puis il approche sa bouche de la mienne.

Il m'embrasse doucement, avec une lenteur à mourir, et quand sa langue s'insinue entre mes lèvres, j'ai la tête qui se met à tourner et des frissons me parcourent. Je prends alors son visage entre mes mains et l'attire avec ferveur contre moi, en lui rendant son baiser avec passion, sans aucune retenue. En réaction, il dévore ma bouche, son corps maintenant à moitié sur le mien, sa jambe entre les miennes. Ses mains se pressent contre mes joues, ses doigts sont rêches à cause de la guitare. Il les enfouit dans mes cheveux et son baiser se fait cent fois plus ardent, plus sauvage. Il m'embrasse comme on ne m'a jamais embrassée. Jamais.

D'un coup, il s'arrache à mes lèvres, haletant. Nous sommes tous les deux à bout de souffle, sa bouche contre la mienne, puis il m'embrasse à nouveau avant de couvrir ma gorge de baisers.

Quelque part, très loin, une petite voix résonne dans ma tête, une petite voix de plus en plus forte, qui se met à crier TOM !

– Non !

Je repousse Jack. Il ne résiste pas, recule, et se retrouve à genoux.

J'ai l'impression que tout le sang présent dans mes veines reflue sur mes joues.

Qu'est-ce que j'ai fait ?

Je viens juste de tromper Tom.

Tom, oui, si adorable, si gentil, si bien élevé, si sérieux. Tom, le garçon qui a toujours su être là pour moi, quand j'avais besoin de lui.

– Oh non, non, non, je gémis encore et encore, en me prenant la tête entre les mains. Oh non...

– Arrête, me dit Jack avec calme.

– Non, non, non, non, je continue à gémir, désespérée.

– Arrête, répète-t-il, puis il prend mes mains, et les écarte de mon visage.

– Je ne peux pas...

Je secoue la tête. Je suis incapable de le regarder en face.

– Jessie, dit-il avec douceur. C'est bon, ça va...

– Non, ça ne va pas !, je me mets à crier en le fusillant du regard. Je viens juste de tromper mon petit ami, merde !

Il semble bouleversé.

– Et toi, tu viens de rompre ta promesse !, j'ajoute, histoire de faire bonne mesure, sur un ton plein de reproches.

Il soupire, détourne les yeux. J'ai la tête qui tourne. Qu'est-ce qui m'a pris de faire une chose pareille ? Je suis aussi pourrie qu'Isla. Tom ne me pardonnera jamais. Comment ai-je pu lui faire ça ?

Les larmes aux yeux, je sens ma gorge qui se serre. Quelle salope je fais. Il aurait pu se faire tuer à cause de moi et aujourd'hui, je ne trouve rien de mieux à faire que lui planter un couteau dans le dos ?

– Calme-toi, dit Jack en approchant la main de mon visage.

– Ne me touche pas, j'aboie en le repoussant, avant de m'asseoir.

Je regarde par les portes arrière, toujours grandes ouvertes. Personne – ni Agnès ni Brett – n'a pu nous voir. Je me dégoûte. Non, pire, je me déteste.

– Je veux rentrer à l'hôtel, dis-je alors entre mes dents. Tu n'as qu'à leur dire que je ne me sentais pas bien ou un truc du genre. Je ferai semblant de dormir quand ils reviendront. Je n'ai pas envie de leur parler.

– D'accord, répond-il, sinistre. Mais Jessie...

– Non, je l'interromps. Ça suffit, Jack. Laisse-moi tranquille ! Je n'arrive pas à le croire. Comment ai-je pu faire ça à un garçon que j'aime, avec un autre qui n'en a rien à faire de moi...

– C'est faux, proteste-t-il avec véhémence, les yeux brillants.

– Peu importe. Tu n'as jamais eu une relation sérieuse de toute ton existence, et moi, je fous la mienne en l'air pour quelque chose qui ne mènera jamais à rien !

Je crie presque à présent et il évite de me regarder en face.

Je me laisse tomber sur le matelas, et me roule en boule en lui tournant le dos. Quelques minutes plus tard, je le sens se lever. Il descend du van et bientôt, l'odeur de sa cigarette arrive jusqu'à moi. Puis les portes arrière se referment en claquant. Je ferme alors très fort les yeux en essayant d'oublier. Mais je sens encore l'empreinte de ses lèvres sur les miennes, la pointe de son stylo sur ma peau.

31.

Dès le retour d'Agnès et de Brett, Jack les fait se presser pour rentrer. Je me lève en feignant de tenir à peine debout, le temps qu'ils remettent les sièges à la verticale, puis je m'assois, tête contre la vitre, et fais mine de dormir.

Sauf que je ne dors pas. Pas une seule seconde. Je les entends parler de moi, du concert, de ma fatigue, puis ils se mettent à discuter de choses et d'autres. De mon côté, je ne pense qu'à un truc : comment vais-je m'y prendre pour avouer ma faute à Tom ? Dois-je le faire avant de rentrer ? Ou jouer la comédie et lui mentir jusqu'à mon retour, de manière à pouvoir lui dire en face ?

Il va me maudire. Il va vouloir rompre.

Bien sûr, je pourrais aussi ne rien lui dire du tout... Ça voudrait dire vivre dans le mensonge et la trahison en permanence. Et ça me rend encore plus malade que de lui avouer la vérité. Ce n'est pas comme si je n'avais jamais raconté de mensonges de ma vie, mais l'idée de mentir à Tom a une horrible résonnance pour moi. En plus, je n'ai jamais trompé quelqu'un.

Une fois à l'hôtel, je me force à faire bonne figure devant Brett et Agnès, tout en essayant de me comporter normalement avec Jack, alors que tout ce dont j'ai envie, c'est de courir me réfugier dans ma chambre, chambre que malheureusement je partage avec Agnès.

Lorsque je monte, elle reste avec Jack et Brett. J'appelle Johnny pour lui dire que je suis rentrée, puis je vais dans la salle de bains et me regarde dans la glace.

Les yeux verts qui me fixent sont pleins de larmes que je m'empresse de ravaler. Je ne mérite même pas de pleurer. Dans l'histoire, je suis la seule à blâmer. Mon regard se pose sur la naissance de ma gorge, je tire le col de mon sweat pour dévoiler le tatouage au stylo noir de Jack. Qu'est-ce que c'est ? Intriguée, je me penche pour regarder. Cupidon transperçant un cœur brisé. Non, sérieux ? J'enlève aussitôt mes vêtements, allume la douche, puis je me place sous le jet d'eau brûlante et attrape le savon.

L'eau balaie aussitôt mes larmes tandis que je frotte et frotte pour faire partir l'encre sur ma peau – le souvenir de ma trahison. Je dois bientôt me faire une raison. Impossible de l'effacer complètement. De toute façon, jamais je ne pourrai me pardonner ce que j'ai fait.

Quand je sors de la salle de bains, je tombe sur Agnès, assise sur mon lit.

– Que s'est-il passé ?, me demande-t-elle, et je comprends qu'il serait vain d'essayer de lui mentir.

– On s'est embrassé, je soupire en venant à côté d'elle.

– C'est tout ?

– Oui, c'est tout ! Pourquoi, tu trouves que ce n'est pas assez nul comme ça ?

Son expression se radoucit.

– Bien sûr, oui, désolée. Ce n'est pas ce que je voulais dire. Que vas-tu faire ?

– Je vais devoir en parler à Tom. Mais je ne sais pas si je lui dis tout de suite, ou si j'attends d'être rentrée.

– Tu vas rompre ?

– Non !, je rétorque. C'est plutôt lui qui va rompre, j'ajoute, démoralisée.

– Oh, Jessie, me dit-elle, en me frottant gentiment le dos, je suis désolée.

– J'ignore ce qui m'est passé par la tête. Je le savais pourtant. Je suis désolée, je sais, c'est ton frère, mais merde ! Qu'est-ce que j'ai fait, mon Dieu...

Sa main se fige sur mon dos, deux secondes pas plus, avant de recommencer à bouger, mais Agnès ne prononce pas un mot.

– Mais et toi ?, je lui demande alors, oubliant pour un temps mes problèmes de conscience. Comment c'était avec Brett ?

– Nous... Je...

Je me tourne pour la regarder. Elle est rouge écarlate.

– Agnès ? Il s'est passé quelque chose, dans les dunes ?

– C'était super intense, dit-elle, et je lui trouve alors une expression bizarre. Je dois aller le retrouver dans un moment, chuchote-t-elle. Elle se tord les mains.

Je frémis, j'ai peur de comprendre.

– Je l'aime, Jessie..., poursuit-elle sans que j'aie besoin de lui poser la question. Je l'aime depuis des années. Je veux qu'il soit le premier.

– Mais Agnès… (Je lui fais face.) Il va bientôt repartir en Australie. Comment envisager une relation sérieuse avec Brett dans ces conditions ? Tu es sûre de vouloir perdre ta virginité avec lui ?

Elle hésite un moment, puis hoche la tête.

– Je n'hésiterai pas un seul instant à me donner à lui.

Je retiens mon souffle, inquiète pour elle.

– Et tu n'arriveras pas à me faire changer d'avis. Je te demande juste de… d'être contente pour moi. Puis elle ajoute : Si tu peux, parce qu'entre tout… Elle hausse les épaules.

Je lui souris avec tristesse.

– Bien sûr que je serai contente pour toi, je promets. Est-ce que tu as pensé à te protéger ?

– Il a ce qu'il faut, assure-t-elle.

Wow, c'est qu'elle est vraiment décidée à le faire.

– Je vais prendre une douche et m'habiller. Ça va ?

– Oui, je réponds, la gorge nouée. Ça ira mieux demain.

Pendant qu'elle se prépare, je me mets en pyjama et me glisse sous la couette, des pensées plein la tête. J'essaie d'oublier ma faute, alors que mon amie est en train de se préparer pour l'une des choses les plus importantes de sa vie.

Je ne dors pas quand elle sort de la salle de bains dans un nuage de vapeur. Elle a fait étonnamment vite.

Je m'assois sur le lit et l'observe.

– Agnès, tu es sûre de toi ?

– Tout à fait sûre, répond-elle sur un ton sans appel.

Quelques minutes plus tard, elle vient me faire la bise. Elle sent bon, le parfum et le gel douche de luxe de l'hôtel.

– Ne m'attends pas, chuchote-t-elle.

– Bonne chance !, je lui crie lorsqu'elle s'éloigne, puis j'entends la porte qui se referme.

Un moment plus tard – quand, je l'ignore –, on frappe à la porte. D'abord, je pense à Agnès, elle a dû oublier sa clé, ou elle a changé d'avis ou… Ou alors, peut-être qu'elle l'a fait, ça y est, et que ça s'est mal passé. Je me lève pour aller ouvrir, manquant de mourir quand je vois Jack là, devant moi. Il sent le tabac, ses yeux sont injectés de sang.

– Puis-je entrer ?, demande-t-il. Il a vraiment une sale tête.

Je reprends tout de suite mes esprits.

– Non !

Je referme la porte, mais il la bloque avec sa main, la pousse et pénètre dans la chambre.

– Désolé, je n'attendais pas vraiment ta permission, dit-il sur un ton sec en refermant derrière lui.

– Tu es bourré.

– Non, c'est faux, réplique-t-il, et c'est vrai, il a l'air lucide. Je n'ai bu qu'une malheureuse bière. (Il va s'asseoir sur le coin du bureau, bras croisés.) J'ai parlé à Drew.

– Tu ne peux pas débarquer comme ça dans ma chambre. Je dormais.

– Tu mens, marmonne-t-il, et il se masse le front avec lassitude.

Son attitude m'effraie.

– Que veux-tu ?, je demande, tremblante, en lui faisant face.

Mains sur les cuisses, il m'observe avec un drôle de regard puis soupire. Jamais je ne l'ai vu aussi peu sûr de lui.

– C'est Drew qui m'a conseillé de venir, explique-t-il finalement.

Je le regarde, perplexe.

– Écoute, Jack, si tu as quelque chose à dire, vas-y.

– Je tiens beaucoup à toi.

Je détourne les yeux, bouleversée.

– Je veux que tu rompes avec lui.

Je le dévisage, incrédule.

– Tu veux que je rompe avec quelqu'un qui m'aime pour me mettre avec quelqu'un qui ne m'aime pas ?

– Qui te dit que je ne t'aime pas ?

J'en reste scotchée.

– Tu m'aimes ?

– Je ne sais pas, admet-il en regardant ses mains.

Je laisse échapper un soupir. Bien sûr que non, il ne m'aime pas.

– De toute façon, lorsque Tom apprendra que je l'ai trompé, il voudra rompre… (À cette pensée, mon cœur se serre. Je vois de l'espoir dans les yeux de Jack.) À condition qu'il l'apprenne, je m'entends dire, et il me fixe, comme aux abois. Ce n'est pas comme si j'étais obligée de lui dire, je conclus en le dévisageant avec un air de défi.

Il soutient mon regard un moment, puis se lève et vient vers moi. Instinctivement, je recule, et me cogne contre le lit derrière moi.

– Ne…, je chuchote quand il arrive à ma hauteur et plonge ses yeux dans les miens. Il ne me touche pas, mais je sens la chaleur émanant de son corps.

– J'ai rompu avec Eve à cause de toi, murmure-t-il.

Oh. Ce n'est pas vrai ?

– Dis-lui, enchaîne-t-il. Non, ne lui dis pas. Quitte-le.

Il se tient trop près de moi, ça m'empêche de réfléchir.

– J'ai envie de toi, murmure-t-il, et il avance une main vers mon visage, avant de s'arrêter net à quelques centimètres.

– Tu as envie de moi uniquement parce que tu ne peux pas m'avoir…

En une fraction de seconde, sa bouche s'écrase sur la mienne, il enfouit ses mains dans mes cheveux. Je résiste, très peu de temps, puis mon corps prend le contrôle, toute volonté en moi est anéantie, et je lui rends son baiser.

Je suis en train de trahir Tom… Je suis en train de trahir Tom… La phrase a beau tourner en boucle dans ma tête, impossible de m'arrêter.

De toute façon, tu l'as déjà trahi, me fait remarquer la petite voix, machiavélique. Le mal est fait et oh… Mon Dieu… Nous basculons sur le lit, et je noue mes jambes aux siennes. Ses baisers se font plus voraces, plus ardents, à l'image des miens, car je lui rends baiser pour baiser. J'en veux encore. J'en veux plus. Je n'ai jamais pu lui résister. Je perds tout contrôle. Et je m'en moque. J'adore ça.

Il arrache ses lèvres des miennes, à bout de souffle, presse son front contre le mien.

– Jessie, chuchote-t-il contre ma bouche.

À ce stade, je devrais le repousser, j'en ai conscience. Sauf que je n'en fais rien. Je n'en ai pas envie. Je lui offre ma bouche, qu'il prend, pour un baiser tout en douceur cette fois. Je glisse mes mains sous son tee-shirt et caresse son ventre ferme et musclé. Je le sens frémir sous mes doigts qui remontent sur son torse. Je l'entends qui soupire, puis il roule sur le lit et m'entraîne avec lui. Je me retrouve allongée sur son corps, avec ses mains sur mes hanches. Lorsque je me mets à bouger doucement, un murmure s'échappe de ses lèvres. Dans mon pyjama, je sens le contact rêche de son jean, une sensation à donner le vertige. Un long frisson me parcourt alors qu'il glisse les mains sous mon top et me caresse partout. Mais je veux plus, toujours plus.

Il prend mon visage entre ses mains et m'attire vers lui, m'embrasse avec passion, comme une urgence vitale, puis soudain, il se fige, détache sa bouche de la mienne et après un regard déchirant, me fait glisser à côté de lui.

Il respire par à-coups, bruyamment, mais il ne semble plus vouloir me toucher.

Que fait-il ? Pourquoi arrête-t-il ? Que se passe-t-il ?

Il s'appuie sur un coude, et se tourne vers moi.

– Pardon, murmure-t-il.

Je me fige. Je ne comprends pas. Je le regarde, ne sachant que penser, puis la honte me submerge. Me trouve-t-il trop audacieuse ? Trop facile ? Je tressaille, mon sang, tout en moi, se glace. Je m'apprête à me lever quand il plaque sa main sur mon cœur pour m'empêcher de bouger.

– Non ! Attends ! J'arrête uniquement parce que… (Il semble torturé.) Je n'avais pas envie d'arrêter en fait. Ne pars pas, m'implore-t-il.

Je l'observe, perplexe, puis il approche son visage du mien pour m'embrasser, hésite au dernier moment pour voir si je suis d'accord, puis sa bouche se pose sur la mienne, pour un baiser d'une tendresse inouïe. Jamais je n'aurais pensé que Jack puisse embrasser ainsi, c'est dire. L'émotion est telle que je suis prise d'une envie folle de pleurer. Tout ça est tellement déroutant.

– Je te veux à moi, murmure-t-il.

J'essaie de me reprendre, mais c'est peine perdue.

– S'il te plaît, quitte-le. Je t'en prie.

Je ferme très fort les yeux, mais les larmes s'en échappent quand même. Un moment plus tard, je hoche doucement la tête. Il m'attire alors contre lui en soupirant, et me serre fort dans la pénombre.

Aux premières lueurs de l'aube, je me réveille en sursaut.

– Agnès ?! Lorsque je tends la main à côté de moi, c'est Jack que je trouve. Il est totalement immobile, contrairement à la chambre qui bouge bizarrement en émettant un bruit sourd. J'ai l'impression d'être sous l'eau. Suis-je en train de rêver ?

Sous ma main, je sens Jack qui sursaute.

– Un tremblement de terre !, s'écrie-t-il.

Pétrifiée, je regarde la chambre qui tangue, et je sens les trente étages de la tour qui vibrent et chancellent.

Ce sont les dix secondes les plus longues de toute mon existence.

– C'est fini ?, je demande quand le sol s'arrête de bouger.

– Je crois, répond-il en m'attirant dans ses bras.

Je me blottis contre lui, la peur au ventre. On est au dix-septième étage. Si le plafond ou les étages au-dessus s'affaissent, on est mort.

– Tu as déjà vécu un tremblement de terre ?

– Oui. Il y en a souvent, à L.A.

– Comment peux-tu supporter ça ?

Je pense avec nostalgie à l'Angleterre, épargnée par ce genre de cataclysme.

– On s'habitue, répond-il sur un ton rassurant. Aujourd'hui, les constructions sont conçues avec tout un tas de systèmes parasismiques.

Je me redresse et regarde en direction du lit d'Agnès. Elle n'est pas rentrée de la nuit. Jack surprend mon regard et soupire.

– Tu savais qu'elle irait rejoindre Brett ?

– Je m'en doutais, répond-il, résigné.

– Tu crois qu'ils commettent une erreur ?

– Ce n'est pas à moi d'en juger... Quand il est parti, Agnès était désespérée.

– Elle pourrait bien être plus désespérée encore, je remarque...

Il écarte une mèche sur mon front. Je lui souris.

– Et ta promesse ?

Malgré l'obscurité, je le vois lever les yeux au ciel.

– Brandon va en être malade, je chuchote.

– Il s'en remettra.

On frappe à la porte. Après un rapide coup d'œil à Jack, je me lève pour aller voir, sur mes gardes. Je suis à deux doigts de m'étouffer quand je découvre Johnny dans le couloir, en pleine lumière.

– Tout va bien ?, demande-t-il.

AÏE ! Jack est dans mon lit !

– Oui, je vais bien...

À moitié aveuglée par la lumière, je tente d'avoir l'air le plus normal possible. J'espère qu'il ne va pas vouloir entrer.

– Bon, écoute, mon poussin, je ne veux pas t'inquiéter, mais Lewis redoute des répliques. Il veut que nous partions tout de suite.

– Tout de suite ?

– Tu peux être prête dans dix minutes ?

– Euh, oui, bien sûr mais…

– Super. On va prendre l'hélico pour rentrer.

– Attends, et les autres ? Agnès ? Jack ?

– Je ne crois pas qu'il y ait un réel danger, tente-t-il de me rassurer.

Il s'en va. Je referme la porte et allume la lumière. Aucune trace de Jack.

– Où es-tu passé ?

Il émerge de derrière les rideaux, clignant des yeux à cause de la lumière.

Je lui souris.

– C'était moins une, dit-il. Tu t'en vas ?

– Oui, je vais préparer mes affaires. Tu ferais mieux d'y aller.

Il se frotte les yeux, à moitié endormi. De mon côté, je commence à ranger quelques fringues dans ma valise.

– Tu peux dire à Agnès que je l'appellerai, une fois rentrée ?

– Bien sûr.

– Merci, je chuchote avant de me précipiter dans la salle de bains pour embarquer mes produits de beauté. Soudain, il est là, à la porte.

– Tu m'appelleras, moi aussi ?

Je lui fais face.

– Laisse-moi un peu de temps, d'accord ? Je veux d'abord rentrer et parler à Tom.

Il laisse échapper un soupir.

– C'est terminé, entre lui et moi… Laisse-moi juste réfléchir à la manière de faire les choses correctement, OK ?

Il hoche la tête et m'attire dans ses bras. Une dernière étreinte, puis je devrai le laisser partir, du moins jusqu'à ce que je m'explique avec Tom.

Jack effleure mon « tatouage » qui commence à s'effacer et se penche pour l'embrasser. Ses cheveux sentent encore l'océan.

– Allez... (Je le repousse gentiment. S'il recommence à m'embrasser, jamais je ne serai prête à temps.) On se voit plus tard, j'ajoute avec gravité, avant de retourner à mes affaires.

Il passe la main dans ses cheveux, les repousse en arrière et me dévisage avec un air malheureux. Puis il secoue la tête.

– Jack ! Il faut que je te mette dehors ou quoi ?

Il hausse légèrement les épaules, désemparé, mais ne bouge pas d'un pouce. Je décide alors d'employer les grands moyens. Je file jusqu'à la porte pour l'ouvrir, mais il m'en empêche en me plaquant contre le mur. Je me retrouve piégée, son corps contre le mien, et je dois tendre le cou pour le regarder. Il ne m'embrasse pas cette fois. Je sens son cœur qui bat fort contre mes seins pendant qu'il me regarde avec une intensité que je n'ai jamais vue auparavant. Je m'abandonne contre lui, mais il ne fait pas un geste, ne tente rien.

Soudain, il s'écarte et sort de la chambre sans un mot, me laissant totalement désemparée, glacée.

Une chose est sûre, Jack Mitchell est un garçon vraiment imprévisible.

32.

L'avion se pose à Heathrow par une journée froide et pluvieuse. Après le séisme vécu, j'éprouve un vrai soulagement à retrouver la terre ferme.

Je souris à Sam confortablement installé en face de moi, en première classe.

– Retour à la case départ, je soupire.

– J'espère que vous ne me causerez aucun souci, cette fois, jeune fille…

– Promis.

Je suis tellement heureuse que ce soit lui qui m'accompagne, que sa jambe soit guérie.

La semaine dernière, ça a été de la folie, plus encore que d'habitude. Notre concert a eu quelques échos dans la presse spécialisée, et on parle désormais de plus en plus du groupe. On nous a sollicités pour des interviews, mais cela devra attendre mon retour, l'année prochaine. J'ai vu Jack, qui l'a joué très pro avec moi, ce qui m'a fait un peu bizarre. Mais après tout, je lui ai demandé de garder ses distances, non ? Du moins jusqu'à mon retour.

J'ai parlé avec Agnès, qui m'a raconté que « rien » ne s'était passé finalement. Elle avait l'air un peu triste. Elle a dit qu'elle m'expliquerait tout quand je reviendrai. Brett est encore aux États-Unis pour plusieurs semaines. Elle a l'intention de passer le plus de temps possible avec lui. On se verra quand il sera parti. Je suppose qu'à ce moment-là, elle aura besoin d'une épaule pour pleurer.

Johnny a fait en sorte qu'un chauffeur vienne nous récupérer, à l'aéroport, j'ai donc dit à Stu de ne pas se déplacer. N'empêche, je ressens un petit pincement au cœur quand je ne le vois pas dans le hall des arrivées. Mais c'est un tel trafic pour se rendre à Heathrow.

On doit se retrouver au manoir de Johnny, à Henley. J'ai eu beau supplier, implorer, interdiction de passer Noël à la maison. Mais j'ai le droit d'y aller la journée, pour faire le tri dans mes affaires.

Et celles de maman.

Une fois le portail du manoir franchi, je remarque plusieurs voitures dans l'allée. Mais mon attention est surtout attirée par une Volvo bleue. Tom est ici ?!

Oh non. J'espérais avoir un peu de temps avant de devoir lui parler. J'ai fait en sorte d'éviter de l'avoir au téléphone, cette semaine, m'en tenant à quelques textos, mais je ne peux pas me dérober plus longtemps.

Avant même de pouvoir me demander à qui appartiennent les autres voitures, la porte du manoir s'ouvre et Stu sort, suivi de Tom. En voyant ce dernier, mon estomac se noue. Puis apparaissent Lou, Natalie, Chris et… Libby ? Ma gorge se serre en voyant mon amie de toujours, et à ce moment-là, je réalise que je lui ai pardonné. Après tout, nous commettons tous des erreurs…

Sauf qu'en fait, je n'ai plus vraiment l'impression d'avoir commis une erreur avec Jack.

– Tu n'es pas heureuse de voir tes amis ?, me demande Sam lorsque mon regard s'arrête sur Tom, tout sourire, de l'autre côté de la vitre.

– C'est juste que je ne suis pas prête, je réponds avec un soupir, me sentant en réalité de plus en plus mal.

Je visse un sourire sur mes lèvres, feignant l'euphorie, puis je descends de voiture. Ils se précipitent tous pour m'embrasser. Lou et Natalie, surexcitées, commentent ma tenue vestimentaire, la couleur de mes cheveux – plus blonds que jamais – et mon bronzage. Comment je peux être bronzée comme ça, en décembre ?!

– Hello, dis-je ensuite à Libby, un peu en retrait.

– Hello, répond-elle, manifestement mal à l'aise.

Je lui fais un câlin et la serre très fort. Puis on se fait la bise.

– Merci d'être venue, je lui chuchote à l'oreille.

– Merci de m'accueillir ainsi, réplique-t-elle.

Je l'étreins une dernière fois, avant de la lâcher.

Et maintenant, Stu. On n'a jamais été du genre grandes effusions, lui et moi, mais quand il me prend dans ses bras, c'est tout simplement merveilleux. Rien qu'à penser que bientôt je le quitterai de façon définitive, j'en ai les larmes aux yeux. Peut-être qu'il pourrait venir avec moi ? Il faudra que j'en discute avec lui. Il me frotte gentiment le dos et s'écarte.

Enfin je me retrouve face à Tom. La traîtresse que je suis s'est arrangée pour éviter d'avoir à le regarder tandis qu'il attendait patiemment son tour. Dorénavant, il n'y a plus d'échappatoire possible. Il est là, devant moi, en train de me sourire. Il a perdu son bronzage, mais il est toujours aussi mignon.

– Salut, je chuchote.

– Salut...

Il m'attire contre lui et me serre très fort.

À cette seconde, une pensée totalement saugrenue me traverse l'esprit : je suis en train de tromper Jack.

C'est ridicule. Je secoue la tête, m'arrache aux bras de Tom et souris à mes amis autour de moi.

– Si on rentrait ?

Alors que tout le monde se dirige vers le salon, Stu m'entraîne un peu à l'écart.

– Est-ce que j'ai mal fait ?, me demande-t-il, l'air inquiet. Ils tenaient tous à être là pour t'accueillir.

– Non, ça va. Je suis contente de les voir. Je suis juste un peu fatiguée, c'est tout.

– Je suis désolé, Jess. J'aurais dû t'en parler avant, mais ils voulaient te faire la surprise.

– Non, je t'assure, ça va, je tente de le rassurer.

Mais en réalité, non, ça ne va pas. Je me sens mal à l'aise face à Tom. J'avais prévu d'aller le voir chez lui, de lui parler de Jack, en privé. Mais là, je suis obligée de faire bonne figure, comme si tout était normal, car pas question de l'humilier devant nos amis.

J'apprends que pendant mon absence, Chris a eu son permis, et que Stu, cédant à la pression de Johnny, a enfin accepté de changer de voiture. Oubliée sa bonne vieille Fiat, il conduit désormais une Audi grise.

Si je décide de rester en Angleterre, j'en suis sûre, mon père nous offrira une belle maison. Mais cette pensée me dérange.

– Bien, écoutez-moi tous !, lance Stu au bout d'un moment. Jess est fatiguée après ce long voyage, alors je propose de la laisser se reposer un peu, et vous vous verrez dans la semaine, d'accord ?

Tout le monde approuve, mais je ne trouve pas le courage de regarder Tom dans les yeux à cet instant.

Les autres s'en vont, mais lui reste là et attend.

– Est-ce que ça va ?, me demande-t-il.

– Oui, c'est juste un coup de fatigue.

– Non, il y a autre chose, répond-il, et là, je suis forcée de le regarder.

Il blêmit face à mon expression. Maintenant, je suis déterminée.

– Tu m'inquiètes, dit-il, sur ses gardes.

– Il faut qu'on parle, toi et moi, j'explique alors avec calme, en regardant du côté de l'entrée où mes amis se pressent, prêts à partir. Mais pas mainte…

– Si tu as un truc à me dire, je refuse d'attendre. Je vais demander à Chris de raccompagner tout le monde, ajoute-t-il en se dirigeant vers le hall d'entrée.

Je lui emboîte le pas, l'estomac noué.

– Mec, tu peux raccompagner les autres ?, demande-t-il à Chris. Sa voix tremble légèrement, mais je suis certaine d'être la seule à l'avoir remarqué.

– Bien sûr, répond Chris tout sourire, en glissant son bras autour du cou de Lou. En dépit de mon malaise, je me réjouis de voir que tout va bien entre eux.

J'embrasse Natalie et Lou, promets de les appeler dans un jour ou deux, puis je me retrouve devant Libby.

– Tu es libre cette semaine ? On pourrait se voir.

– Ça serait super, répond-elle avec chaleur, et il me semble voir des larmes briller dans ses yeux.

On se serre très fort dans les bras, puis je m'écarte. J'espère sincèrement pouvoir de nouveau être amie avec elle. Toutes les deux, on a traversé tant de choses, ce serait dommage de renoncer l'une à l'autre aujourd'hui. Cette histoire de kidnapping m'a fichu la trouille, mais ce n'était pas sa faute. Et si j'ai appris une chose, c'est que la vie est trop courte pour la perdre dans le ressentiment. Je doute néanmoins que Tom voie les choses de cette façon…

Je reste à la porte pour leur dire au revoir. Une fois tout le monde parti, je fais face à Stu, horriblement consciente de la tension qui émane de Tom, alors qu'il attend mes explications.

– Tom va rester un peu, dis-je. On va dans ma chambre.

– Oh ? D'accord, répond Stu, surpris. (Il pensait sûrement m'aider en renvoyant les autres.) On se verra plus tard…

Je lui souris, désolée. Mais il m'aura pour lui seul toute la semaine. Car d'ici peu, Tom ne voudra plus avoir affaire à moi.

On grimpe l'escalier, et j'ai un peu l'impression de monter à l'échafaud… Sauf que je n'ai pas encore eu l'occasion de plaider ma cause.

Peut-être me pardonnera-t-il… Peut-être. Mais est-ce que j'en ai vraiment envie, au fond ?

Nous entrons dans ma chambre, et j'ai le cœur qui cogne à toute vitesse quand il referme la porte derrière nous. J'ai le sentiment d'étouffer dans cette pièce. Je n'arrive pas à réaliser ce que je m'apprête à faire.

Je m'assois sur le lit, puis le regarde avec tristesse. Il ne vient pas à côté de moi.

– Qu'est-ce que tu as fait ?, me demande-t-il à voix basse.

– Je…

Les mots refusent de sortir de ma bouche.

– C'est Jack ?

Il sait, bien sûr. Il n'est pas idiot. Il doit avoir un sixième sens pour ce genre de truc, après ce que son ex lui a fait.

Comment ai-je pu ? Comment ai-je pu faire ça à ce garçon adorable et si beau, au garçon le plus sexy du lycée ? À Tom qui semble m'aimer sincèrement ? À Tom que j'aime ? Parce que je l'aime, non ?

Ma gorge se serre, je hoche la tête, baisse les yeux, puis me force à le regarder.

– Que s'est-il passé ?, demande-t-il d'une voix étrangement douce.

– Il m'a embrassée.

Il reste impassible.

– Il t'a embrassée ? C'est tout ?

Je sens ma bouche toute sèche.

– Et je lui ai rendu son baiser, j'avoue.

À partir de là, tout va très vite. Je ne sais pas s'il tombe ou si c'est un geste intentionnel de sa part, toujours est-il qu'il est maintenant à genoux devant moi, le visage caché dans ses mains, en proie au désespoir le plus profond.

– Je suis désolée, je gémis, tellement désolée.

Il relève alors la tête et me dévisage. Ses grands yeux noisette sont remplis de larmes, son visage est livide, ses lèvres sont blêmes. Il semble complètement perdu. Et c'est moi qui lui inflige cette souffrance.

Il ne dit pas un mot.

– Je suis vraiment désolée.

– Tu es amoureuse de lui ?

– Je… Je referme aussitôt la bouche, secoue la tête, mais honnêtement, il m'est difficile de répondre « non ».

En une fraction de seconde, il se relève et se met à arpenter la chambre dans tous les sens.

– Je le savais !, s'exclame-t-il, haussant la voix, en se plantant devant moi. Je le savais ! (Il se frappe le front, avant de se figer net en me dévisageant.) Tu sais ce que ça signifie ?, reprend-il avec colère. Tu en as conscience ?

– Je sais, je bredouille, pitoyable. Je sais que tu ne reviendras pas. Que tu ne me pardonneras pas. Je le sais.

– Tu ne m'as même pas demandé de te pardonner, réplique-t-il avec un ricanement plein d'amertume. Merde à la fin, qu'est-ce qui déconne, chez moi ? D'abord Isla, maintenant toi. Je ne mérite pas de sortir avec une fille qui ne me trompe pas ou quoi ?

– Tom ! (Je bondis sur mes pieds.) Bien sûr que si, enfin ! Je m'en veux tellement ! Je t'aime, vraiment. Je ne sais pas ce qui s'est passé. Je n'ai pas réfléchi…

Soudain, je réalise que je suis devant lui, une main sur son torse, et qu'il ne bouge pas. Une petite voix dans ma tête me demande à quoi je suis en train de jouer. J'essaie de le faire revenir ? Est-ce que c'est avec lui que j'ai envie d'être ? Avec lui, pas avec Jack ?

On ne peut pas avoir confiance en Jack. Tom, lui, c'est tout le contraire.

Et si je restais en Angleterre après tout ?

Je ne suis pas obligée de retourner à L.A. Il faut que je quitte mon pavillon, de toute façon, mais je pourrais rester vivre ici – dans ce manoir, pourquoi pas, le temps que Stu nous trouve une nouvelle maison. Je m'habituerais à être surveillée en permanence par Sam ou un autre garde du corps. Ce ne serait pas si terrible. Je pourrais voir mes amis, je pourrais sans doute convaincre Johnny de me laisser finir ma scolarité dans le même lycée. Je ne serais pas obligée d'aller dans une école privée, et à supposer que je le sois, je me ferais de nouveaux copains. Ici.

Ou alors, je peux m'en tenir à mon plan. Trier et emballer mes affaires. Dire adieu à mes amis et les voir de temps en temps, pendant les vacances. Retourner à L.A. Vivre avec mon père, Meg et mes deux petits frères.

– *À bientôt, les garçons, d'accord ?*

Mes derniers mots à Barney et Phœnix.

– *Quand est-ce que tu reviens à la maison ?, m'a demandé Barney, avec une grimace.*

– *Dans une semaine.*

– *Tu promets ?*

– *Je promets.*

À la maison… Vraiment ?

Je retire ma main toujours posée sur Tom, et recule d'un pas.

Il me fixe.

– Alors, ça y est ?, dit-il, l'air abattu. C'est fini entre nous ?

Je me mords la lèvre presque au sang, puis j'acquiesce d'un hochement de tête.

Il ne dit rien, pas un mot, et sort de ma chambre.

33.

Dire que ce sont des vacances de merde serait en dessous de la vérité. Je passe plusieurs jours amorphe, complètement déprimée. Je suis d'une compagnie lugubre pour mes amis. Stu est malade de me voir dans cet état. Hier, je suis allée rendre visite à grand-père, qui m'a vivement encouragée à tourner la page.

Aujourd'hui, c'est Noël, et j'ai le cafard.

C'est le premier sans maman. Stu et moi, on est à table, devant la dinde préparée par l'adorable cuisinière de Johnny, venue hier soir avec toutes les instructions nécessaires pour faire réchauffer la volaille dans les règles de l'art. Tu parles d'un grand soir !

On est dans la superbe salle à manger de Johnny, avec tableaux de maîtres aux murs. Jamais je ne me suis sentie aussi loin de chez moi et de notre minuscule salle à manger, où d'ailleurs on ne mangeait quasiment jamais.

La dinde a l'air succulente, mais j'ai les papilles mortes et aucun appétit. Stu affiche une tête d'enterrement. Ni lui ni moi n'avons le cœur à faire la fête.

J'aurais dû insister, le pousser à aller voir ses parents. J'aurais dû rester à L.A. J'imagine son soulagement, lorsque je repartirai.

– C'est ridicule !, enrage-t-il soudain. Il se lève en emportant son assiette. Allons au moins nous installer devant la télé !

J'esquisse un sourire, prends mon assiette et le suis dans le salon. Il allume la télé, et on s'assoit sur le canapé côte à côte, notre plat sur les genoux.

– Ne t'en fais pas, Jess, dit-il. Tout finira par s'arranger.

Je lui ai expliqué que nous avions rompu, Tom et moi, car c'est bel et bien fini entre nous. Une rupture nette et sans appel. Je n'ai eu aucune nouvelle de lui et de mon côté, je n'ai pas essayé de le contacter. Terminé. J'ai juste envie de rentrer à L.A., d'être entourée, chouchoutée, par ma famille et mes nouveaux amis.

Stop. Je connais bien cette réaction, tirer un trait sur le passé pour ne penser qu'au présent, sous prétexte que me rappeler ce que j'ai perdu est trop douloureux. Je dois être plus forte, cette fois. Je dois bien réfléchir à ce que je fais, ne pas me contenter de fuir.

– Est-ce que tu as envisagé de m'accompagner ?, je demande à Stu d'une voix hésitante.

Il me jette un regard de travers.

– Quoi ? À L.A. ?

Je lui souris, pleine d'espoir, mais il se renfrogne et secoue la tête.

– Oh non, Jess, non, je ne peux pas.

– Pourquoi ?

– Parce que c'est ici, chez moi, dit-il avec tristesse. Il pose son assiette à ses pieds et se tourne vers moi. Je ne me sentirais pas à ma place, là-bas, à tout recommencer. Et puis, mes parents sont ici. Ils vieillissent. Ils ont besoin de moi. Toi, tu as une famille toute neuve qui t'attend. Tu n'as pas besoin de moi.

– Mais si, j'ai besoin de toi !, je proteste avec véhémence, au bord des larmes. J'aurai toujours besoin de toi.

– Et je serai toujours là pour toi. Tu le sais ça, dis-moi ?

J'acquiesce d'un signe de tête, tout se brouille devant moi.

– Et si ça ne se passe pas comme tu l'espères, reprend-il avec douceur, ou si tu changes simplement d'avis, tu pourras toujours revenir. Parce que oui, tu auras toujours ta place à mes côtés.

Je m'empresse d'essuyer les larmes qui coulent sur mes joues.

– Merci, je chuchote.

– Approche. (Il prend mon assiette pour la poser sur la table basse, et m'attire dans ses bras. On se serre très fort.) Tout se passera bien, murmure-t-il.

Je reprends mon souffle, puis le regarde.

– Stu…

– Oui ?

– Je veux aller à la maison, je chuchote d'une voix tremblante.

Il se décompose.

– Oh, Jessie, non. Pas aujourd'hui. Pas le jour de Noël. On peut organiser ça une autre fois.

– Stu, toutes ses affaires sont là-bas depuis bientôt un an, comme abandonnées. J'ai envie d'être avec elle. J'ai envie d'aller à la maison. Ce ne sera jamais le bon moment. Et de toute manière, la journée est foutue…

Il se frotte les yeux et soupire, puis me fixe et finit par accepter, sans cacher ses réticences.

Notre maison est plongée dans l'obscurité et le silence. Pas la moindre guirlande de Noël aux fenêtres, pas d'éclats de rires ni de voix joyeuses, comme chez nos voisins. Stu ouvre la porte. Sam attend dans la voiture, après avoir passé l'essentiel de la journée dans sa guérite, au manoir, préférant manifestement la télé à notre compagnie. Difficile de lui en vouloir.

Les mêmes odeurs familières me submergent. Dans le salon, pas d'arbre de Noël. L'espace de quelques secondes, je revois le frêle sapin tout enguirlandé et ma mère agenouillée devant, ses longs cheveux noirs retombant en douces cascades sur ses épaules, alors qu'elle accroche une étoile argentée à une branche.

Je ravale un sanglot et me précipite dans l'escalier pour entrer dans la chambre d'amis.

Stu ne cherche pas à me retenir.

Ses vêtements sont entassés un peu partout, exactement comme je les avais laissés. J'ouvre une boîte à chaussures, sur la coiffeuse, remplie de ses bijoux. J'en sors un collier fantaisie couleur or, et je la revois l'essayer ce jour-là chez *Topshop*. Quand elle demande mon avis, je l'encourage à le prendre, avec la ferme intention de le lui emprunter. Ce que je n'ai toujours pas fait.

J'ouvre une autre boîte à chaussures. Son maquillage. Je prends son parfum, porte le vaporisateur à mon nez et respire. Cette fois, impossible de contenir mes larmes. Je me mets à sangloter.

– Hé… Stu apparaît à la porte, les yeux rougis, lui aussi a pleuré. Viens ici…

Il ouvre les bras, et je me précipite. Il me berce tandis que je pleure toutes les larmes de mon corps et bientôt, il se joint à moi et sanglote lui aussi.

– On va le faire ensemble, dit-il, la voix cassée. Ce sera plus facile.

Je renifle en hochant la tête.

Il s'approche du lit, s'empare d'une robe rouge.

– Tu te souviens ? Elle l'avait mise pour la fête de la Nativité du lycée. Monsieur Hillman n'arrêtait pas de mater ses jambes.

J'éclate de rire. Oui, le proviseur était sous le charme.

J'attrape une autre robe, couleur jaune moutarde.

– Et celle-ci ? Elle la portait pour le quarantième anniversaire de Marilyn. (Marilyn, c'est la mère de Libby.) Je lui avais dit qu'elle ressemblait à un canari.

– Elle la trouvait super, répond Stu en riant. Mais elle disait que le jaune t'allait mille fois mieux qu'à elle.

La gorge serrée, je plie la robe avec soin et la pose sur le rebord de la fenêtre.

Stu et moi continuons comme ça, entre rires et larmes, et au final, on arrive à faire le tri dans cette montagne de vêtements qui appartenaient à Candy, la rockeuse, la maman. L'épouse. L'amie.

En fin de journée, presque toutes ses affaires sont emballées dans des sacs en plastique noir destinés à la friperie. Il reste sa robe de mariage, quelques bijoux et deux robes que je porterai peut-être un jour. Je garde aussi son parfum.

– Merci, dis-je à Stu quand nous avons terminé, en le prenant dans mes bras.

Il me serre très fort, mais cette fois, il ne pleure pas, et en dépit de l'émotion qui m'étreint, moi non plus.

– Je t'aime, Stu !

– Je t'aime aussi, Jessie. Et je t'aimerai toujours.

– Tu viendras nous voir bientôt à L.A., j'espère ?

– Bien sûr ! J'ai une idée. Si votre prochain concert se tient en milieu de trimestre, je pourrai profiter des vacances scolaires pour venir t'applaudir ?

Je pense à Jack, à All Hype. Je donnerais cher pour savoir comment les choses vont tourner. Mais c'est impossible. Tout ce que je peux faire, c'est prendre la vie comme elle vient. Et prier pour ne pas être confrontée à un autre séisme, naturel ou pas…

– Je vais voir si c'est possible, je lui fais la promesse.

34

– Mais enfin, tu dois venir !, supplie Agnès. C'est le réveillon du premier de l'An, putain ! Chez Lottie !, hurle-t-elle au bout du fil.

– Je n'ai pas très envie de faire la fête. Je suis désolée.

– Je sais que tu viens juste d'arriver, que tu es fatiguée à cause du décalage horaire, mais… Tu dormiras demain, merde !

– Agnès, moins fort, tu m'écorches les tympans !

– Jack sera là, annonce-t-elle sur un ton solennel.

– Je sais, il me l'a dit.

– Il t'a appelée ?, s'exclame-t-elle, surprise.

– Non, il m'a envoyé un texto. Je lui ai dit que je le verrai plus tard. Quand je me sentirai prête.

– Oh, s'il te plaît, m'implore-t-elle.

– On se voit la semaine prochaine, je te le promets, puis je raccroche et retourne à la cuisine où ma famille est en train de dîner.

– Tu es sûre que tu ne veux pas y aller ?, me demande Meg, avec un regard inquiet. Nous avons presque terminé, et les garçons ne vont pas tarder à aller se coucher.

– Meuuhhh, marmonne Barney. J'ai pas envie d'aller me coucher !

– En temps normal, à cette heure-ci, tu es déjà au lit, observe Meg. Et puis, Phee dort à moitié sur sa chaise.

Je regarde mon petit frère dont les yeux se ferment. Il pique du nez.

– Oh, c'est trop mignon !, je m'écrie, il sursaute et regarde autour de lui, désorienté.

– S'il te plaît, papa, supplie Barney en se levant de table.

– Non, désolé, mon grand. C'est l'heure.

Barney rouspète, s'accroche à la jambe de son père et se laisse glisser pour s'asseoir sur sa chaussure. Johnny lève alors la jambe, et Bee se met à rire aux éclats. Ce qui finit par réveiller complètement Phœnix qui regarde la scène, tout sourire.

– Papapapa !, se met-il à crier, en tendant ses petits bras potelés.

Je l'attrape sur sa chaise – il commence à peser lourd ! –, puis le tend à Johnny qui emmène ses fils faire un tour, chacun sur un pied. Meg lève les yeux au ciel en soupirant, « jamais ils ne vont vouloir se coucher, maintenant ».

Elle prend la bouteille de champagne dans le seau à glace, et remplit mon verre. Je me rassois avec elle, et nous trinquons.

– Bonne année, dit-elle. Je suis heureuse que tu sois rentrée à la maison.

J'avale une gorgée de champ', bouleversée par ses paroles. *Rentrée à la maison...*

– À quoi penses-tu ?, me demande-t-elle en élevant un peu la voix pour couvrir le chahut dans la pièce à côté.

– En fait, je ne sais plus trop où est ma maison...

– J'espère que tu sentiras bientôt que c'est ici. On pourrait arranger ta chambre. Je peux t'aider, si tu veux, quand tes affaires seront arrivées. Nous devrons aussi faire un peu de shopping pour te trouver du mobilier, et peut-être apporter quelques touches de couleurs à la chambre blanche.

– Oh oui, ça serait super.

– Et puis, ajoute-t-elle en prenant mes mains, c'est bientôt ton anniversaire. Il va falloir s'en occuper.

Son regard est affectueux. Elle sait que ça va faire un an que maman est partie.

– Je ne sais pas si j'ai vraiment envie de le fêter.

– Voilà exactement pourquoi il faut le fêter.

– Fêter quoi ?, demande alors Johnny juste derrière, ses fils toujours accrochés à ses jambes.

– Le seizième anniversaire de Jessie, répond Meg.

– Ah, seize ans, marmonne-t-il. L'âge d'or. Il me sourit. Je suppose que tu vas vouloir une voiture ?

Je bondis sur ma chaise, toute excitée.

– Tu rigoles ?

– C'est bien ton père, ça, plaisante Meg. Toutes les occasions sont bonnes pour aller traîner chez les concessionnaires...

– Tu as un modèle préféré ?, demande-t-il.

Je secoue la tête, soudainement libérée de toutes mes idées noires.

– Aucune idée.
– Une Golf GTI ? L'Audi A3 ? Les deux sont super pour les débutants.

Jack a une Audi…

Johnny demande aux garçons de le lâcher, mais ces derniers protestent en chœur.

– Bien, cette fois, c'est l'heure d'aller au lit, décrète Meg en se levant.

– J'y vais, dit Johnny. Reste là.

– Oh, d'accord, répond Meg qui me jette un regard perplexe, avant de saisir sa coupe de champagne.

De mon côté, j'en bois une autre gorgée, les bulles me montent directement à la tête.

– Il n'est pas trop tard, tu sais, chuchote Meg. Tu peux encore décider de sortir.

Je hausse les épaules, secoue la tête.

– Allez, insiste-t-elle. Agnès a tellement envie de te voir. Et puis, maintenant que tu vas aller à l'école ici, ça te permettrait de rencontrer de nouveaux amis, non ?

– Je ne veux pas obliger Davey à ressortir. C'est le réveillon du premier de l'An. Il est chez lui, avec sa famille.

– Johnny peut t'emmener.

J'hésite, et il ne lui en faut pas plus pour prendre la direction des opérations. Elle se précipite vers l'escalier et crie :

– Johnny, je m'occupe des garçons. Peux-tu accompagner Jessie chez les Tremway ?

Il m'emmène sur sa moto, juste pour le fun. Et pour être fun, c'est fun.

– Plutôt qu'une voiture, je pourrais avoir une moto ?, je demande, une fois arrivée.

– Quand les poules auront des dents, répond-il sur un ton sans appel. À quelle heure je viens te chercher ?

– Je peux prendre un taxi.

Il secoue la tête avec détermination.

– Je viendrai te chercher. Une heure du matin, c'est OK ?

– Une heure du matin ?, je m'exclame, surprise. Si tard ? Tu es sûr ?

– Ce n'est pas si tard, répond-il en souriant, avant de rabattre la visière de son casque. Il me souhaite une bonne soirée et s'éloigne en faisant rugir sa machine.

Je regarde autour de moi. Les lanternes rouges et les citrouilles de la fête d'Halloween ont laissé place à des centaines de guirlandes multicolores de toutes sortes – chaînes de fée, stalactites lumineuses – accrochées aux arbres et au toit du chalet. On a installé trois braseros pas loin, des gens se prélassent dans des transats tout autour. La musique est à fond et sur la piste de danse, il y a foule. Certains tiennent un verre rempli d'un liquide rougeoyant d'où s'échappe un nuage de vapeur. Hmm, du vin chaud.

J'envoie un texto à Agnès pour la prévenir de mon arrivée. Mais pas de réponse. Je ne suis même pas sûre qu'elle l'ait reçu.

La virée à moto a chassé toutes les bulles de champagne de ma tête, et soudain, je regrette d'être venue.

Personne n'a encore prêté attention à moi.

Je regarde parmi les invités pour voir si je reconnais quelqu'un. Aucune trace d'Agnès. Le doute me gagne.

Je croise le regard d'un garçon aux cheveux blonds, son visage s'illumine. Peter, l'acteur de la série de Lottie. Il agite la main dans ma direction, et je vais lui dire bonjour. Il me fait la bise.

– Salut ! Et bonne année !, s'exclame-t-il.

Il a l'air vraiment heureux de me voir.

– Bonne année à toi aussi ! Tu as vu Agnès ?

– Elle est là quelque part, oui, répond-il en regardant autour de lui. Avec un type, un Australien, je crois.

– Brett ?

– C'est ça.

– Et Jack, il est ici ?, je demande, nerveuse, éprouvant l'envie irrépressible de le retrouver.

– C'est lui, le DJ.

Mon cœur s'emballe aussitôt. Je remercie Peter, lui dit à plus tard, et m'éloigne.

Je passe de l'autre côté du chalet et enfin, je le vois, juste devant moi. Casque sur les oreilles, concentré, aux platines.

Subjuguée, je le regarde en pleine action en train de mixer « Rock Superstar » de Cypress Hill et « Live Forever » d'Oasis.

Il a vraiment un talent dingue, j'en suis bouleversée.

C'est plus fort que moi, je commence à bouger au rythme de la musique, mais sans m'approcher. Je ne veux pas le distraire.

Je suis un peu en retrait de la foule, juste derrière les enceintes. C'est sûr, demain, je n'entendrai plus rien.

– C'est pas vrai… Jessie ?

Je me retourne, et tombe nez à nez avec Agnès, les yeux ronds de surprise.

– Peter vient juste de me dire que tu étais là !, s'écrie-t-elle en me prenant dans ses bras.

– J'ai décidé de venir, en fin de compte !

– Je suis tellement contente !, s'exclame-t-elle, et c'est réciproque. Jack sait que tu es là ?, demande-t-elle en regardant derrière moi.

– Non, pas encore, je réponds, et je me retourne pour observer son frère.

– Maintenant, il le sait, observe-t-elle, espiègle, tandis que Jack vient juste de nous apercevoir. Il écarquille les yeux, stupéfait.

Je lui souris, mais quand il veut retirer le casque de ses oreilles, je secoue la tête et lui fais signe de continuer à jouer. Il hésite, puis rajuste son casque, sans me quitter des yeux. Apparemment, il ne semble pas avoir envie de me sourire.

– Viens boire un verre, dit Agnès. Elle me prend la main et m'entraîne vers le bar.

Lottie est là, en train de flirter avec Brandon et, comme d'habitude, aucune trace de Maisie, sa petite amie. Certaines choses ne changent jamais.

Brandon me serre dans ses bras.

– Jessie ! Aah, Jessie !, chantonne-t-il. Visiblement, il n'en est pas à son premier verre.

– Mais c'est notre chanteuse !, s'exclame Miles qui nous rejoint, suivi par Lottie.

– J'ai écouté ton concert ! Géant !, s'écrie-t-elle. Je viendrai au prochain.

– Je suis en train de réfléchir à une tournée, indique Brandon, tandis qu'Agnès me met un verre de vin chaud dans la main.

– Santé ! Je suis si heureuse que tu sois revenue !, dit-elle.

On trinque. J'avale une gorgée de vin quand je sens deux mains se poser sur mes hanches. Je me retourne, et me retrouve face à Jack Mitchell en chair et en os, ses yeux gris bleu plongeant dans les miens, hésitants.

– Salut, dit-il, et il m'embrasse, sur la joue, pas sur la bouche. Une subite angoisse me prend à la gorge.

C'est là que je me rappelle. Brandon et Miles sont ici, et tous deux ignorent ce qui s'est passé entre nous. Il est prudent, c'est tout. À moins que ce ne soit autre chose…

– Je ne savais pas que tu venais, me dit-il au creux de l'oreille, se tenant peut-être plus près de moi qu'il ne le devrait, face aux autres membres du groupe.

– J'ai changé d'avis finalement, je réponds, en m'écartant un peu.

Je sursaute quand sa main s'empare de la mienne et qu'il m'entraîne, déterminé. On passe à côté de la piste de danse, puis il contourne le chalet pour nous emmener dans un endroit plus calme, à l'abri des regards.

– Tout va bien ?, me demande-t-il, toujours sans l'ombre d'un sourire.

– Tout va bien, je réponds. Et toi, ça va ? Tu n'es pas venu accompagné de Susan, d'Eve ou de je ne sais qui, dis-moi ?

Car peut-être est-ce la raison de son attitude, plutôt distante… Il est venu faire la fête avec une fille ! Cette idée me donne la nausée.

– Bien sûr que non, répond-il, le regard noir.

Un immense soulagement m'envahit.

– Et Tom ?

– Nous avons rompu.

Il laisse échapper un soupir, son visage enfin se radoucit.

– Tu lui as dit ?

– Je lui ai dit, je réponds, la gorge nouée.

– Il a compris ?

– En tout cas, il n'a pas insisté.

Nouveau soupir. Enfin, il me sourit, un tout petit sourire, puis c'est l'esquisse d'une caresse sur ma joue.

– Tu m'as manqué.

– Je ne suis partie qu'une semaine, je réponds, un brin ironique.

Mais il n'a pas envie de bavarder. Il prend mon visage entre ses mains et m'embrasse.

Au contact de sa bouche sur la mienne, j'éprouve des picotements partout et dans ma tête, c'est un feu d'artifice. Il me pousse contre le mur du chalet, et son corps se presse contre le mien.

Une petite voix dans ma tête me met en garde. Nous allons au-devant de tempêtes, de disputes et de naufrages. Les autres membres du groupe vont être furieux et notre histoire ne durera probablement pas plus que quelques semaines.

Mais bon, peut-être que non après tout.

Quoi qu'il en soit, à ce moment précis, je ne céderais ma place pour rien au monde.

Alors je lui rends son baiser.

Demain, c'est la nouvelle année qui commence. Le début d'une nouvelle vie, aussi.

À SUIVRE…

L'auteur

Sacrée « Bestselling author » par le *Sunday Times*, **Paige Toon** a déjà publié de nombreux romans au Royaume-Uni où sa série « Jessie Jefferson » a conquis des milliers de lecteurs.

Dépôt légal : juin 2017
Numéro d'impression : 1704.0393.
Achevé d'imprimer en France par Aubin Imprimeur